覇王さま、大きすぎますっ!
最強王者は実は粗●ン!?
転生聖女のヒミツの閨事情

浅岸 久

Illustration
蜂不二子

覇王さま、大きすぎますっ! 最強王者は実は粗●ン!?
転生聖女のヒミツの閨事情

Contents

イラスト／蜂不二子

覇王さま、大きすぎますっ!
Haou sama, Ookisugimasu!
最強王者は実は粗●ン!?
転生聖女のヒミツの閨事情

MOON DROPS

一日目　嵐の日の召喚

「王よ！」

「我らが王！　お願いです！　あなたのその資質、この代で失われるのはあまりに惜しい‼」

ああ、今日もだ、とガルフレイは思う。

日に日に臣下どもが、しつこく、煩わしくなってくる。

（余に子がいようがいまいが、いずれ力を持った別の者が台頭するだろうに）

――この世は力が全て！

魔力、筋力、精神力！　全てを兼ね備えた絶対的な者が、他者を払い玉座を勝ち取る。

そうしてこの世界は成り立ってきたはずだ。

ラインフィーグ、戦の国。

その頂点に立つ男、覇王ガルフレイ・ルーベガルドは玉座にどしりと構えながら、懇願する臣下たちを睨(にら)みつける。

彼は数多くの属性を兼ね備えた者の証である漆黒の髪を後ろに流し、冠代わりの黄金の額飾りをぐるりと巻きつけている。顔立ちは厳つく、血の色の瞳で周囲をぎろりと睨みつけ、威嚇する。

鋼色の鎧は細やかな装飾が施されているが、全身を包むものではなく、胸と肩、そして腰を覆う程度だ。

武が全てのこの国では、肉体を剥き出しにすることによって、力を誇示する。

鎧など必要なし！　どこからでもかかってくるがよい！　そう主張できるほどの余裕がある者こそ、真の強者なのである。

しかし、こうして誰よりも力を持ち、世界の頂点に君臨する男ガルフレイには、ひとつ悩みがあった。

「その魔力！　その肉体！　人としての資質全て、後の世に引き継ぐべきです、王よ‼」

「どうか、力あるお妃をお迎えくだされ！」

「あなた様の血を引き継ぐ者と、私たちは戦いたいのです！　王よ‼」

全員が全員、戦闘狂とも言える猛者たちは皆、ガルフレイに子を作らせたがった。

(まったく、簡単に言いおって……！)

そう事が上手くいかなかったからこそ、この歳になってまで独り身なのである。

齢三十三のガルフレイは、その突出した才能でもって、わずか二十一のときに全ての頂点に立った。十二年という月日を妃不在で過ごしてきたが、別に、女に興味がなかったわけではない。

実際、言い寄ってくる女はごまんといる。こちらが興味を持ったとして、声をかければ――いや、力が全てのこの世界では力尽くでも許されるゆえ――女を抱こうと思えば簡単に抱けるだろう。それはわかっている。

しかし、ガルフレイには妃を娶らぬ理由があった。

全てを統べる者には、どんな些細なことであっても他者に嘲笑われるようなことがあってはならぬのである。

「王よ！」

「――余に相応しき女がどこにいる？　余は王ぞ？　全てを統べる覇王だ。その妃となる者、ただ顔や身分がそれなりなだけの女では務まらんて」

などとそれらしい理由を述べるも、本心は別にある。

この話を振られるたびに、彼の抱える遠い記憶が呼び起こされるのだ。

――ええ!?　ガルフレイ……なんだか、ごめんなさい？

まだ王になる前の若き頃のことだ。

ふふふふふ、と。堪えきれず漏れた、ある女の笑い声。

――ずいぶんかわいい、のね？

ズタズタにされた。全てを、そのひとことに。

かわいい、などという言葉を使われたことなど、若かりし頃と言えどただの一度もなかったし、彼女の言葉には確かに嘲笑の色が混じっていた。

侮られたのだ。このガルフレイ・ルーベガルドが、だ！

つまり！

ガルフレイには、誰にも言えぬ秘密があった。

あの女にはっきりと告げられてしまったその日から、ただの一度とて、女は抱いていない。これまでもこれからも、ガルフレイは、己の股間を人前にさらけ出すことなどないだろう。

そう、彼は！

この世界を統べる、最強の男は‼

どうしようもないほどの、粗チンだったのだ‼


ズガァァ――――――ン‼

（思い出すだけで、腸が煮えくりかえる！）

怒りのあまり、玉座のひじ掛けに思いっきり拳を振り落としてしまった。粉砕されて原形がまったく残っていないそれを横目で見たのち、ガルフレイは話を振ってきた臣下たちを睨みつける。

強き者に憧れ、自分についてきてくれる皆には感謝している。それでもいい加減、妃の話題は飽き飽きしているのだ。

……さらに、その話題を振られるたびに、思い出したくない過去が蘇ってくるのも耐えがたい。このままだと、玉座すら捨ててひとりで放浪の旅にでも出たくなってしまう。

ここにいれば、世界中から力のある猛者たちが集まってくるからこそ、玉座に留まっている。だが、それすらもどうでもよくなってしまいそうなほどに、ガルフレイはうんざりしていた。

「どれだけ脅そうとも、今日は退きませんぞ、我らが王よ！」

「そうです、王！　今日の今日は聞いてください！　提案があるのです！」

しかし奴らもやはり、この国有数の実力者たち。こうと決めたら一歩も退かない。

それでこそこの覇王の傍に勤める者たちよ、と思いながら、ガルフレイは片眉をくいっと上げる。

「今こそ女神召喚の儀を致しましょう。王にもっとも相応しき娘を、召喚するのです……！」

＋＋＋＋＋

その日、王乃愛理（おおのあいり）は少々冒険した気持ちになっていた。

全国大会のレギュラーから落ちた。左手首の怪我が原因、それはわかっている。

小さい頃からバレーボール一筋で生きてきた。あまり身長が伸びなかったから、それでも自分の身体能力を活かすことのできるリベロのポジションに全てを注いできた。

相手の攻撃を拾って、拾って、拾って――そうして次に繋(つな)げるのはとても楽しかったし、チームの中核を担うたったひとりのポジションだということもまた誇らしかった。

高校生の時にはメディアにも取り上げられたし、全日本の強化合宿にまで参加した。さすがに大きな世界大会の代表選考には落ちたけれども、それでもいつかは――という想いはあった。

そして大学。

鳴り物入りで入学したにもかかわらず、手首の怪我に苦しみ、二年がたった。

(今年も駄目だった……)

女らしさも恋も何もかもを横に置いて、がむしゃらに頑張ってきたけれど、現実は厳しい。同じ高校出身でアタッカーをしている友人がガンガンと実力をつけていく隣で、ひとり、もどかしさと戦って――。

もちろん、少々の怪我で練習を休むわけではない。チームの一員として、やることは山ほどある。今日だって本当にひさしぶりのオフだけれど、午前中はみっちり自主練という名の集団練習に励んできたのだ。

(でも、もう引き際なのかな……)

努力を重ねても大会に出ることもできず、四年が過ぎてしまうのだろうか。愛理のピークは高校生の頃で、あとは落ちるばかり？

そうしたら、この先は？　絶対バレーボール選手になるんだって信じていて、それ以外の道など考えたこともなかった。けれども、いい加減、別の未来にも目を向けるべきなのかもしれない。

大学だって、今は特待生扱いで学費は免除だし、寮費だって無料だ。ただし、それは競技を続けているからであって、このまま結果が出せなければ、寮から出ないといけなくなる。

芽の出る可能性を信じて頑張るか、諦めて早めに他の道を探るか——ずっと悩んできて、気持ちは正直後者に傾きはじめている。こんなにもバレーボールから離れたいと感じたことなど、人生ではじめてだった。

だからこそ、だ。

——このままくよくよしているのは自分らしくない！

カラ元気とはいえ、この日、愛理の足どりはしっかりとしていた。背筋を伸ばして、ひとり歩く。

今日はひとつ目標があった。

団体行動が当然だったこれまでの自分から脱却したい。唐突にそれを思いたった愛理が選んだのはひとりショッピングだ。

女の子らしい服を買うこと。これこそ、最大のミッションである！

愛理はバレーボール選手にしては比較的小柄だ。さらに黒髪のショートカットなため、男の子みたいだともよく言われてきた。

なりふり構わずスポーツに生きてきたし、おしゃれになんか興味のない素振りをしてきたけれど――興味がないわけないじゃないか！

女の子らしい格好だってしてみたいし、正直なところ、もう二十歳。ドキドキするような恋もしてみたい。

そんな己の願望を抑えこみ、超ストイックに生きてきた王乃愛理にとって、今日は新たな一歩を踏み出す記念すべき日なのである。

きらきらしすぎて、普段ひとりで来るなんて絶対にできなかったデパート。自分とは全然違うおしゃれな女性たちがあふれていて落ち着かないけれど、気分は弾んでいた。

（はぁー、買ってしまった。白のワンピース！）

しかも細かいレースが入った、甘めのかわいいものだ。似合うかどうかはこの際横に置いておく。

店員さんに押し負けたとも言えなくもないが、最終的にはちゃんと愛理が望んで購入したものだ。普段はシャツにパンツスタイルばかりだったため、これは大冒険と言えるだろう。

明日からも練習に勤しむため、本当に着る機会があるかどうかは不明だ。それでも部屋に掛けておくだけで、心がうきうきしそうだ。

目的はばっちり果たした。そろそろ帰ろうと思い、エレベーターのボタンを押す。フロア奥のエレベーターの前には誰も待っておらず、愛理ひとりだ。

ポーン、と電子音が鳴って扉が開く。考えごとをしながら愛理はエレベーターの中へと足を踏み入れた——のだけれども、前に出した右足が、すかっと宙を切った。

えっ、と思ったときにはもう遅い。

そこに床はなく、どこか暗い穴の奥へ、愛理の身体は真っ逆さまに落下していたのだ。

そして——。


ガラガラ、ピシャ————ン!!

次の瞬間、愛理の耳に届いたのは、耳をつんざくような雷の音だった。

自分のいる場所のすぐ傍に雷が落ちたらしく、全身が震えた。

「え……?」

屋内にいたはずだったのに、これはなんだ。

ひどく寒い。肌が冷たくて、痛いくらいに。

愛理はどこともわからぬ場所に立ち尽くしていた。

(待って?　え?　なに?　ちょっと、待って?)

わけがわからない。愛理は先ほどまで、真っ暗な穴の中を落ちていたはずなのに。

ぱたぱたと、大粒の雨が頬に降り注ぐ。それは痛いくらいに激しくて、目をあけるのも怖いくらいだけれど、状況が理解できずに何度も瞬きしてしまう。

ガラガラ、ピシャ————ッ!!

また、雷が落ちた。

雷鳴が鳴り響き、空にうねるような重たい雲が流れ、どんどん形を変えていく。

ゴロロ、ゴロロロ……ピシャ――――ッ‼

屋内にいたのは間違いないはずだ。なのに、大切に抱えていたショッピングバッグは雨でぐしゃぐしゃ。愛理自身も一瞬で濡れ鼠になってしまっている。

（待って待って待って、何？　いったい、何が起こっているの？）

愛理はショッピングバッグをぎゅっと両腕で抱きかかえ、キョロキョロと周囲を見回す。

（底のないエレベーターの中に落下して、そのまま……？）

落ちた衝撃もなかったし、痛みも何も感じなかった。

代わりに今、この雨の冷たさを感じ、雷の光と轟音をうけて身体が震えている。

「おおおお！　さすが我らが王だ！　儀式は成功だ！」

「この方が女神か！　なんと可愛らしい！」

「陛下、おめでとうございます！」

土砂降りの雨の中、聞こえてきたのは野太い男たちの大歓声だった。雷の音に勝るとも劣らない大声に、愛理は声のした方を振り返る。

そこには、まるで漫画やゲームの世界にいる悪役のような、奇妙な格好をした男たちが並んでいた。

それぞれが鋼の装飾をあしらった黒いコートやローブを身につけている。とはいっても、胸元が大胆に開いていたり、肩をむき出しにしていたりと妙に露出度が高いのはなぜだろう。

鎧のたぐいも、肘当てや片方の肩当てのみであるなど、ずいぶんと偏っている気がする。それで鎧としての意味を成しているのか正直疑問だ。

髪の毛の色はとりどりで、現実世界ではあり得ない青やら紫やら赤やらと、統一感がまるでない。

コスプレかな？　とも考えたけれども、すぐに自分でそれを否定した。なぜなら、彼らが身にまとう服や、髪の色、そして様々な色彩の目の色までもが、彼ら自身に馴染んでいたからだ。この日だけ特別に身につけたものではないことは明らかだ。

そのうえ、全員の身長が二メートルをゆうに超している。数人ならまだしも、全員が揃って超高身長だなんてこと、あるはずもない。

巨人のような人々に囲まれ、現実味がまるでなかった。加えて、彼らが発している言語も日本語ではなさそうなのに、どういうわけか愛理には理解できている。

つまり、夢の世界だと考えるのが一番自然なわけなのだけれど……。

（冷たいし……寒い……？　待って？　私、死んだ？）

エレベーターから落ちてから、ふっつり記憶が遮断され、この状況。死んだのか夢なのかはわからないけれど、とにかく現実ではありえない。

まったく理解が追いつかないけれど、愛理は今、どこかよくわからないお城の屋上にいるらしい。

「…………夢？」

かろうじて発することができた言葉はそれだけだった。

ぱたぱたぱたと、返事の代わりに、強い雨が打ち付ける。

石が敷きつめられた床には、淡い魔法陣のような光が灯っている。それがさらに現実味を薄れさせた。

ピシャ――――ン!!

かなり近くに雷が落ちたらしく、あまりの眩しさに愛理は目を細めた。

しかし、やがてその光は目の前に立った誰かによって遮られる。

その巨体。丁度、顔が影になってしまい、表情はよく読み取れなかったけれど――、

「そなたが、余の女神か？」

低く、重々しい声で問いかけられて、愛理は瞬いた。

体の芯から震えが来るような、力強く、威厳に満ちた低い声。平和ぼけした現代人の愛理が、ひとこと声を聞いただけで、全身が緊張し、感覚が研ぎ澄まされるような。

これが覇気なのかと本能で理解する。

きっと彼は、絶対的強者にして絶対的王者。

血の色の瞳に、意志の強そうな真一文字の眉。黒い髪は、前髪を後ろになでつけており、ぐるりと巻かれた黄金の額飾りが印象的だ。

黒い鋼に金の縁が入った豪奢な鎧も、他の男たちと同様——いや、彼ら以上に、鎧としての意味合いが薄いように感じる。なぜなら、胸や肩などを軽く隠しているだけで、腕や脇腹はあえて肌を剝き出しにしているからだ。どちらかというと、装飾的な意味合いが大きいのだろう。

鍛え上げられた圧倒的な筋肉に、鋭い眼光。まるで魔王か何か、ゲームなどで言うラスボス的な悪役のようだと愛理は思った。

年齢は定かではない。若くはなさそうだが、三十過ぎくらいだろうか。とにかく年齢不詳な強面で、どこからどう見てもカタギには見えない。

「………聞いてもわからぬか。だが」

ずし、ずし、と近づいてくると、彼の影によって、愛理の身体は隠れてしまう。

あまりに、大きい。大きすぎる。

もしかしたら二メートル五十センチくらいはあるのかもしれない。巨人と言われても納得できる圧倒的な大きさに、いよいよ彼がただの人間ではないと実感させられた。

「っ」

思わず後ろに足をひいた。けれど、手を伸ばされて簡単に抱きかかえられそうになる。

ぐいと引き寄せられ、腰を持ち上げられたところを、愛理は身体を捻って彼の腕から逃げた。長身の彼の腕から転がり落ち、そのままくるりと受け身をとる。

手に持っていたショッピングバッグが地面に落ちる。それを拾う余裕もなく、愛理は周囲の男たちの立ち位置を確認し、一気にダッシュした。

「おい！」

「待て！」

きっと逃げようとしていると判断されたのだろう。慌てて愛理を捕まえようとする長身の男たちを見ると、さらに神経が研ぎ澄まされる。

長い競技人生で、人の動きを読むことに長けた愛理は、体勢を低くして駆ける。

愛理を止めようと手を伸ばす男たちの間をくぐり抜け、真っ直ぐ城壁の方へ。焦燥感のままに、大きな石が積み上げられた城壁に右腕をかけ、身体を持ち上げた。

視界がぐっと高くなる。そのまま両方の肘を引っかけて、遠くの景色を見た。

別に逃げたかったわけではない。ただ、今すぐにでも確かめたかったのだ。

ガラガラガラ、ピシャ――――ンッ！

雷が、世界を照らす。

「…………」

山の斜面に重なりあって沿うようにのびる長い城壁。その内側には、色のない石造りの同じ形の建物がいくつも並んでいる。それが山の麓まで広がり、さらに向こうにはいくつもの見事な山脈が見えた。

こんな景色、日本であるはずがないし、テレビや雑誌などで見る世界の秘境とも合致しない。

こんなところ知らない。見たこともない。

愛理は呆然（ぼうぜん）としたまま、ただただ遠くの景色を見つめることしかできなかった。

「満足したか？」

後ろから声をかけられてはっとした。今度こそぐるりと腕を回され、しっかりと抱きとめられる。

愛理を捕まえたのは、先ほどのひときわ威圧感のある男のようだった。

「……ここは、どこですか」

「ラインフィーグ、戦の国」

そう告げる彼の腕は、まるで丸太のように太く、愛理ひとりを持ち上げたところで一切ぐらつかない。

「なかなかに見事な動きであった」

彼は満足そうに告げ、血のような赤い色の目で愛理を射抜くように見つめた。愛理は両脇を摑（つか）まれて持ち上げられ、宙ぶらりんになったまま、彼と視線を交わす。

「髪も――瞳も黒か。そしてこの魔力……なるほど、確かに、この世の者とも思えぬ」

「あなたは？」

「余か？　余はガルフレイ・ルーベガルド。この国を統べる覇王よ」

「はおう？」

「そうだ。女神よ」

そう言うなり、ガルフレイと名乗った男はぎろりと愛理を睨みつける。

瞬間、自分の身体にビリビリと電流のようなものが走った心地がして、愛理は震えた。

それでも負けじと唇を引き結び、目に力を入れる。

「ほう？　余を恐れぬか」

ガルフレイは感心したようにつぶやき、片方の眉を上げる。

何事かと思ったけれど、次の瞬間、バタバタと周囲にいた男たちの何人かがその場に崩れ落ちた。

「なるほど。余の覇気を浴びても平気でいられるか。確かに、余に相応しい資質はあるらしい」

「あの……」

「名は？」

「え？」

「名は？」

ガルフレイは、一瞬たりとも愛理から目を逸らさなかった。

パタパタと降り注ぐ雨をものともせず、瞬きひとつしない。まるで見定められているような気がして、愛理はごくりと唾をのんだ。

一瞬も気を抜くことができないようなピリピリした空気。

状況は違えど、愛理は同じような空気の中に身を置き、そして緊張感に満ちた世界を愛して生きてきた。だから大丈夫。怖くはない。

まったくもって状況はわからないけれど、目の前の覇王を名乗る男は、こんな小娘に向き合うつもりでいてくれるらしい。ならば、と愛理は真剣な面持ちで返事をした。

「王乃愛理、です。王乃は姓で、名前が愛理」

「ふむ――アイリか」

アイリ、アイリと、ガルフレイは目の前で何度か呟いた。きっちりと発音を覚えてくれるつもりらしい。

「アイリよ。突然であろうが、受け入れよ」

「？」

ずいぶんともったいぶっているが、一体何だろうかと愛理――そう、アイリは思う。ガルフレイの覇気を浴びてなお立ったままでいられた者たちも、固唾を飲んでガルフレイを見守っている。

「そなたには、余の妃となってもらう」

ガラガラガラ、ピシャ――――ン!!

雷が落ちた。

大事なところが被って聞こえにくかったけれど、今、ガルフレイは何を言ったのだろうか。

（きさき……妃？　覇王さまの？　妃？　つまり、一体、何のこと？）

いやいや空耳だよねと自分に言い聞かせながら、恐る恐る訊ねてみた。

「聞き間違いでしょうか？　今、妃って……」

「ああそうだ」

「妃……きさき？」

「理解し得ないのならば、教えこむまで」

「え⁉　はっ⁉　あ、ちょっ……‼」

たちまち、アイリの身体はガルフレイに抱き込まれてしまった。

今度は離すまいと、ぎゅうと強く抱きしめられる。そのたくましい筋肉に、アイリの心は大きく跳ねた。

（妃？　この人の？　この、ムキムキな覇王さまの？）

どくどくと心臓の音が聞こえた。

そして同時に、ひとつの結論に至る。

（――――あー……なるほどね。これ、夢だ）

そう考えると合点がいく。というか、むしろ他の可能性はないだろう。

記憶が途中で途切れているせいで、エレベーターから落ちて死んだ可能性を否定できずにいるけれども、さすがにそれはないと信じたい。だからきっと、これは夢に違いないと考えることにした。

ならば覚めるまで、この夢を満喫するのみだ。

そう考えると、一気に気持ちが楽になった。まさか自分の心の奥底に、こんな願望があるなんて思わなかったけれども。

アイリにとって、今日は特別な日だった。

はじめてひとりで出かけて、はじめて女の子らしいものを自分で選んで――悩んで、迷って、それでも新しい自分を見つけてみたくて、たくさんの勇気を振り絞った日だった。

そんな特別な日に――状況は奇天烈ではあるが――立派で、あまりにたくましい男性から妃にと求められた。現実味はまったくないけれど、願望を叶えるという意味では一貫性がある。

（あはは。こんな悪役みたいな人がよかったの？　私ってば）

自分で自分の願望に問いかける。

周りがアイドルだの俳優だの校内のイケメンだのと噂をしている横で、自分はこのどこからどう見ても厳つい雰囲気の男性を望んだらしい。

ちょっと可笑しいけれど、納得もする。

綺麗だったり細身だったりする男の人は緊張する。だったら、ゴツゴツして厳つい人の方がよっぽど好みだ。――目の前の人はちょっとどころじゃないくらいにガタイがよすぎる気もするけれど、それはそれだ。

ドキドキしながら、彼の腕をぎゅっと掴んだ。

ガルフレイはずっとアイリの動きを目で追っているようだった。表情は険しいままだけれど、抱きしめる腕に幾ばくか力が入ったことがわかる。

そのままガルフレイは城の中へと足を踏み入れる。中に入るなり、彼の身体から何か強い力が放出された。一瞬にして彼の、そしてアイリの身体からも水気が吹き飛び、服だけでなく髪までからからに乾燥する。

（魔法……？）

不思議な力を直接浴びて、アイリは何度も瞬いた。

手品などとは到底思えない。このようなこと、科学の力でも不可能だ。

（すごい、さすが夢。なんでもありだ）

実際、この城の中もファンタジー映画みたいだ。

オレンジや青など、不思議な色の蠟燭の明かりが灯った石造りの回廊。小さい窓しか存在しない城内は薄暗い。夢にしては細部までよくできすぎている気がするが、アイリはただただこの状況を受け止めることにした。

そうして連れていかれたのは、ひとつ下の階。その突き当たりの部屋だった。

大きな扉の左右に立った兵たちは、ガルフレイの姿を確認するなり、恭しく一礼して扉を開く。

重たい扉の向こうには大きな部屋が広がっているようだった。いくつかオレンジ色のランプが灯っているものの、かなり暗く、部屋全体は見えない。

目をこらしてじっくり見る余裕もなく、アイリはそのまま連なった奥の部屋へと連れて行かれる。そしてどさりと下ろされたのは、弾力のある場所だった。

どうやら奥は寝室だったらしく、アイリは自分がキングサイズよりもさらに大きなベッドの上に下ろされたことを理解した。

「脱げ」

あまりに直接的な言葉に、アイリは目を見開く。

今度は遮る音など何もない。聞き間違えようもなく、彼は確かに「脱げ」とアイリに言った。

「そなたには余の子を孕んでもらわねばならぬ」

「は……え……はら？」

「この言葉では理解できぬか？　余の子を産んでもらうと言った。ずいぶんと華奢な体つきだが――天が選んだのだ、問題はなかろう」

突拍子がなさすぎて理解ができない。

だが、ガルフレイはアイリが理解しようがしまいがお構いなしのようだった。アイリの目の前でガチャガチャと鎧を外しては、適当に床に投げてしまう。

一方のアイリは、ずっと呆然としたままだった。

だってこれまで色恋にも縁がなく、しかもまだ二十歳。彼氏がいたこともなければ、当然処女だ。孕むという言葉に馴染みがなさすぎるのだ。

ただ、鍛え抜かれたガルフレイの肉体が、とても美しく感じて見とれてしまう。

突然の事態にも、ドキドキと高鳴る胸を抑えきれない。ぎゅっと自分の腕を抱いて、アイリは自身の心臓の鼓動を感じていた。

「そなたは目をつぶって寝ていればよい。心配せずとも、そなたの身体に負担がかからぬうちに終わらせる」

この行為自体が不本意なのだろうか。眉間に皺を寄せた彼からは、不機嫌な様子がにじみ出ている。

だったらなぜ？　と不思議に思うアイリをよそに、ガルフレイはあっという間に上半身裸になっていた。

彼はそのままベッドに膝をつき、容赦なくアイリの身体を組み敷く。その重みでぎしりとベッドがきしむ音がして、彼との体格の違いを思い知らされた。

「世の乙女とはまったく違う。――なるほど、女神か」

「女神？　私が？　まさか」

あまりに仰々しい言葉に、笑ってしまう。

さすが夢。言葉のチョイスが独特すぎると思ったけれど、目の前の男はごく真剣な表情でアイリに迫る。

「それを決めるのはそなたではない、余だ」

「わ、わっ」

「逃しはせぬ。そなたは余とまぐわうのだ」

「まぐわ……っ」

古めかしい言いまわしに戸惑いつつも、あまりに真剣な彼の眼差しに、目が逸らせない。

緊張と——これは、期待だろうか。

今日という日に訪れた、唐突な夢。

夢ならなんでもアリなのだからと、アイリはドキドキしながらも、彼の一挙一動を見守っていた。

彼の手が、そっとアイリの首元に移動する。どうやらシャツのボタンを外そうとしているようだった。

しかし、太い指をかけた瞬間、ボタンが粉々になってしまう。瞬間、ふたりしてピシリと硬直した。

（え？　………むり）

もともとゲームや漫画っぽいとは思っていたけれど、これは、劇画タッチのバトル漫画とかに出てくるタイプの覇王さまだ。軽く腕を振り回しただけで岩を粉砕できる人に違いない。

「………脆（もろ）いな」

すぐに彼が困惑するように呟いたけれど、さーっとアイリの血がひいていく。夢の中にせよ、力の入れすぎでうっかり殺されるのは勘弁だ。

「あの！　や、やさしく。……やさしく、おねがいします」

「む、ぅ」

でないと、アイリは確実に死ぬ。

アイリの言葉はそれなりに刺さったらしく、ガルフレイは困ったように口をへの字にした。

先ほどまで悪の王さま気取りだったガルフレイがしおらしくなり、妙に可愛く感じなくもない。……そう考えれば恐怖も薄れる気がする。

彼も彼で、ふたつめのボタンからは妙に真剣な様子で、慎重に取り組みはじめた。

（すごい、似合わない……）

つけ加えるならば、まったくもってスムーズではない。なんと、指があまりに太くて、ボタンがうまくはずせないらしい。

「……ひきちぎらないのですね」

優しくしてほしいと言ったのは自分だけれども、背中を丸めてボタンと格闘している大男が、ちょっとだけ憐れになってくる。

普通ここはブチブチブチッと引きちぎるシーンでしょうと思うのに、彼は変わらずちまちまとボタンと格闘し続けた。

「そなたを怖がらせるのは本意ではない」

さらに気遣うような言葉が出てきたのがなんだか意外で、アイリは何度か瞬きをする。

なるほど、目の前の悪役面の大男は、悪い人ではないらしい。

むしろ、かなり紳士なのでは、とさえ思えてくる。不良がちょっと親切なところを見せただけで、すごくいい人に感じてしまう現象のような気もする。

それでも、アイリのような小娘に対しても真摯に接してくれるのは、妙に親しみが持てる。だから、彼の存在自体は怖く感じなかった。うっかり捻り殺されないかとヒヤヒヤするけれど、まあ、夢なら大丈夫なのだろう。多分。

「――あなた自身は、あんまり怖くないですよ」

「む、そうか」

片眉を上げて、彼はアイリの表情を覗き見る。

アイリも特に逃げるような素振りを見せず、互いにじっと見つめ合った。

最後のボタンが無事に外れて、はらりとシャツがはだける。可愛げのないキャミソールとブラを見られるのは少し恥ずかしかったけれど、彼はやっぱり真剣な表情でアイリを凝視している。

そこに甘さはない。ゾワリと全身が震え、アイリは笑う。

ああそうか、と、納得した。このひりつくような緊張感。コートの上に似ている。

この状況から逃げ出さずにいられるのは、そもそもアイリは、こういった刺さるような緊張感が嫌いではなかったからだ。そして彼がこんなにも真剣に、アイリと向き合ってくれているからこそ。

彼の大きな手がアイリのキャミソールにかかる。直接お腹に彼の肌が触れ、アイリは緊張でゾクゾクしながら、身体を強ばらせた。

けれども、よく見ると彼の方が緊張しているようだった。

尊大な態度と、この真剣な顔つき——どちらも彼本来の姿なのだろうが、彼がアイリに対して慎重に慎重を重ねているのは確からしい。

「大丈夫——脱ぎます」

「む」

「ブラ、あんまり可愛くないので……笑わないでくださいね」

とうとう自ら彼に助け船を出してしまい、アイリは覚悟を決めた。そして、やんわりと彼の手を外してから上半身を起こす。

ベッドに膝をついたまま彼に背を向けて、自らキャミソールを脱ぎ捨てる。さらにデニムのパンツも脱ぎ、ブラとショーツだけになった。そして恐る恐る顔だけを彼の方に向ける。

彼の視線は真っ直ぐ注がれているようだった。気恥ずかしくてすぐにまた背を向けるも、彼に腕を摑まれて心臓が大きく鼓動した。

（私、今からこの人とエッチするんだ……）

どきどきしすぎて心臓が破裂しそうだ。気分が高揚し、頭がゆだってぐらぐらする。

でも、なるようになれとも思う。

これは夢。夢の中だけでも、初体験を済ませてもいいよねと自分に言い聞かせた。

相手はあまりに身体が大きすぎるけれども、素晴らしい筋肉を持った素敵な人なのだ。期待してしまうのは仕方ない。

「えっと」

いよいよブラのホックに手をかけたとき、後ろでごくり、と彼が唾をのむのがわかった。

気がついている。出会ったそのときから、彼はただの一度もアイリから視線を逸らしていない。

(ほんとに、私の願望、すごいね)

こんな風に扱われたかったのかと理解する。

荒々しい男の人が、アイリ相手にはしおらしく、慎重になって、丁寧に扱ってくれるような。そして目を逸らさず、大事にその存在を見守ってくれるような。

アイリは自らホックを外すのを止め、視線だけを後ろに向ける。

「ホック。ここを、外すんです」

「む」

「でも、あまり見ないでくださいね。恥ずかしい」

「いや……美しい、と思うが」

まさか褒められるとは思わなくて、カッと頬が熱くなる。

「――あはは。お世辞はいいです。男の子みたいだって、いつも」

「男？　どこからどう見ても、娘だろう」

「！」

しかも、ほしかった言葉がこんなところでもらえるとは思わなかった。

小っ恥ずかしくて、短い髪の毛をくしゃくしゃとかき混ぜ、顔を背ける。

だめだ。ゆるゆるになって、締まりのない顔だって笑われる。

夢だとしても、できすぎている。心臓はもうはち切れんばかりに暴れていて、勝手に目が潤んでいく。こんな感情は人生ではじめてで、どう鎮めたらいいのかもわからない。

ぷつりとホックが外された。そのままブラを引き抜かれ、もう胸を隠すものはない。かと思うと、後ろから逞しい腕が伸びてきて、アイリは彼に抱き込まれる。そのままくるりと後ろを向かされ、とうとう彼と向き合う形になってしまう。

「ひゃっ……！」

気がつけば彼の逞しい胸板に顔が押し当てられている。

彼の心臓の鼓動は低く、それでいてとても早かった。

ハッとして顔を上げると、ガルフレイの瞳がわずかに震えた。が、見られることに抵抗があるのか、アイリの頭を抱き込んでしまう。

「そなたには不運だったとしか言いようがない。このような場所に召喚されたことも、相手が余だったことに対してもだ」

「……」

「それでも謝ることはできぬ。よくしてやろうとも言わぬ。痛まぬとは思うが、耐えろ」

そう言って彼は、どこからともなく取り出した黒くて薄い布で、そっとアイリの目を覆ってしまった。

「⁉」

抵抗する間もなく、彼はぐるりとそれをアイリの頭に巻き付ける。視界が完全に塞がれてしまい、アイリは硬直した。

（え）

視界が真っ黒になって、思考が停止する。

（えええええ……⁉）

これは、いわゆる目隠しというモノではないだろうか。

（覇王さまってばまさかのマニアックっぷり⁉　私、こんなマニアックな趣味アリなの⁉）

深層心理から引っ張り出されたもの――いや、もちろん、夢はおかしな繋がり方をするし、願望そのものではないのは承知しているけれども――こんな発想が自分の中に眠っていたとは知らなかった！

だが、これがアイリの夢、アイリの深層心理の一部らしい。

年齢の割に性の情報にうといアイリは、目隠し程度でも〈最上級のマニアックな性癖〉だと認識してしまう。世の中に変わった趣向は数あれど、今、ガルフレイの仕掛けた行動は、アイリにとっては最上級のハードプレイだった。

(怖がらせたくないんじゃなかったの⁉　――こんなの、こんなのっ)

心臓が暴れて、もたなくなってしまうじゃないか！

(やだ、ドキドキするけど、嫌いじゃないっ⁉)

あまりの展開について行けず大混乱と大興奮が混ざってアワアワしてしまう。すると、がっしりと身体が抱き上げられたものだから、心臓が飛び出しそうになった。

そのままベッドに横たえられると、彼が覆い被さってくる。

いくら幼いときから身体を鍛えてきたとはいえ、一般的な日本人のアイリと、ガルフレイでは体格の差があまりに大きい。アイリはバレーボール選手の中でも比較的身長が低かったため、彼との身長差は一メートル近くありそうだ。

だから視界が塞がれていても、その体格差、彼の存在感を嫌でも実感する。と同時に、いくら男性経験のないアイリとて気がついた。

(っていうか……これだけ、身長差あったら……)

嫌な予感がした。

ごそごそ、と音が聞こえるけれど、もしかしてズボンを脱いでいるのだろうか。

できればそのサイズを確認したい。だが、目隠しをとろうとしても、彼の余っている方の手で阻まれて動けない。

(………私……だいじょうぶ？)

挿入る？　死ぬ？　と、単純に不安になってしまった。

怖いもの知らずだと自負してきたアイリだけれども、冷静に考えても、大丈夫ではない気がする。

なにせ、さっぱり経験がない。一般的なサイズがどのようなものかはわからないけれど、彼の体格は普通の日本人の一・五倍ほどはありそうな気がする。となると、単純に考えて、彼の持つモノも一・五倍――いや、もっとだったりするのだろうか？

（いやいや、そもそも、夢だし）

夢ならその辺のサイズ感は曖昧なままだとも思うのだけれども。

（ガツッときて、ぐいって、……くるのかな⁉）

擬音だけで脳内再生する。

（あ、無理だ。しぬ。すごい。逆にドキドキする）

脳内が妄想でフル回転して、ドキドキが止まらなくなる。

けれども、ガルフレイがアイリのショーツに触れたところで、それどころではなくなってしまった。

慎重にショーツを脱がされ、アイリの身体の熱を持った中心が外気に触れる。目隠しされている分、他の神経が妙に敏感になっているらしい。アソコに冷たい風があたるだけでひくひくしてしまう。

焦りで何かに掴まりたくて、ぺたりと何かに手を触れる。どうやらそれは彼の胸筋らしい。寄りかかろうと、掴む手に力をいれてしまった。

「……」

「……」

…………実にほどよい筋肉だ。

素晴らしい。ほんとうに、素晴らしい夢なのだけれども。

「…………あまり、愛らしい顔をするな」

デレデレしていたら、なぜか褒められた。

「そんな顔、してないです」

「我慢をしているのだ、これでも」

「私なんかに？」

どうにも信じられなくて、ぽろりと本音がこぼれ落ちた。それにガルフレイは少し不機嫌そうに答える。

「——己を卑下するのは好まぬ」

「ごめんなさい」

「自覚がないなら、教えてやる」

「——!!」

次の瞬間、がぶりと、大きな口に噛(か)みつかれた。

顎を掴まれ、無理矢理唇をこじ開けられる。大きな舌が入ってきて、アイリの口内をなめ回す。

「ん……」

ぽろりと、自然とひとつぶ涙が滲（にじ）み、目隠しの布を湿らせる。

夢の中だからノーカウントといえど、はじめてのキスは、アイリが想像していた以上に激しくて苦しい。口の中を大きな舌が這（は）い回り、じゅるりと唾液をかき混ぜる。

じゅぷじゅぷと淫らな水音が響き、口の端からだらりとこぼれ落ちていく。

さらに唇を重ね合ったたまま、彼はアイリの身体を強く抱き込んだ。その大きな手で髪を、頬を、そして胸をなで回し、揉（も）みしだく。

少々込められる力が強すぎて、アイリはバンバンと彼の胸を叩（たた）くと、彼は慌てたようにその力を緩めるのだ。

「はっ……はぁ、はぁ、はぁっ」

「ン――」

ぷは、と唇が離れると、アイリは足りない酸素を求めて荒く息をつく。けれどもすぐさま二回目のキスを奪われて、アイリは彼のなすがままになっていた。

「あ、はっ……」

「――甘い。魔力がよく溶けて、実に美味だ」

「まりょく……？」

強引なキス。それは壮絶だった。

（キス……すごく、きもちいい）

荒々しいが、なぜか心地いい。身体の奥が疼いて、下半身がきゅんと切なくなる。

さらにアイリは腿に熱い存在が当たっているのを感じ、余計に高ぶってしまう。アイリ自身、すっかり発情しているらしく、気がつけば強請るように彼に脚を絡めている。

（あつい……すごい――）

くらくらしてしまいそうだ。

先ほどからずっと、アイリの太腿に当たっているらしい熱い猛り。

ピクリ、とわずかばかり震えた彼の身体に身を寄せる。無意識ながら、アイリは彼のモノに擦れるように太腿を動かしていた。

「！」

アイリがその存在を感じているのに気がついたのか、ガルフレイは慌てて腰を浮かせる。

「やめ……！」

なぜか彼は抵抗するように声をあげるけれど、もう遅い。布越しでもわかる、バキバキに硬くなっている彼の凶悪な分身。

「すごい……」

「……っ」

そのあまりの存在感、あまりの大きさに、アイリは無意識に呟いていた。彼が動きを止めたことにも気付かずに。

（夢なら、触れて、いい――？）

まるで惹きつけられるように、アイリの小さな手が彼の下半身へと伸びている。どうやら彼はまだ下穿きをはいているらしく、布越しにその熱を見つけて、さわりと指を這わせた。

「おっきい……」

「!!」

瞬間、ビクリと、あからさまに彼の身体が震える。

けれどもアイリはそれを気に留めず、硬さを持ったその形を確かめるように、恐る恐る手を軽く上下させた。

「すごい……」

「くっ……なにを、たわけたことを」

「？」

その声には、はっきりと焦りと戸惑いが含まれていた。

彼が謙遜する意味がわからず、アイリは小首を傾げる。

でも、これがアイリの中に挿入るんだと思うと、緊張と期待で、お腹の奥底が熱くなるのだ。体格差があまりにありすぎるけれど、逞しい彼に抱かれるのかと思うと、ドキドキが止まらない。

目隠しされて、彼の動きが読めない。

いつ触れられるのだろう、いつ挿れられるのだろうと、緊張で呼吸が浅くなる。だからアイリは彼の胸に頬をあて、つぶやいた。

「はじめて、なんです」

「ああ」

「その……すごく、ドキドキしてます」

「む……！」

うっとりするほど立派な身体に、ますます存在感を増している彼の猛り。だから少し甘えるように彼に告げると、ガルフレイは硬直した。

ごくりと、彼が唾を飲み込むのがわかる。

どこからどう見ても悪役の覇王さまだけれど、アイリはもう怖くなかった。目が見えずともわかる。彼は、まるで壊れ物を扱うようにそっとアイリに触れるのだ。

体格差や力の差を理解しているからこそ、彼は絶対アイリを乱暴に扱わないよう気をつけてくれているのだろう。実際、彼なりに力加減もわかってきたようだった。

アイリも彼にもっと触れたくなり、少し大胆に下穿きの紐に手を伸ばす。

「！　待て！」

彼の制止が聞こえたときには、もう紐を解いていた。

しゅる、とその布を剝がすと、中で押さえつけられていた肉棒が、アイリの腿に強く当たる。その質量、その太さたるや！

「！」

「……くっ」

彼はアイリの身体を押さえつけ、腿から離そうとしたけれど、アイリのつぶやきが早かった。

「おっきい……」

うっとりとした瞬間、ピタリとガルフレイの動きが止まる。

だって、あまりに凄まじい。心臓が痛いくらいに鼓動している。

一瞬だったけれど、はっきりわかる。太くて、硬くて、ゴツゴツしていて——彼が持つモノも間違いなく覇王サイズだった！

（あれを、挿れられちゃうんだ……！）

見えない分、妄想だけが大きく膨らむ。凶悪なモノを問答無用に突き刺され、よがり狂うまで突き立てられる——のかもしれない。

もちろんアイリに被虐趣味はないし、彼もそんな無理矢理な行為には及ばないだろう。

それでも、あんな凄まじいモノを自分は受け入れるらしい。

凶器と呼ぶにふさわしい、きっと立派であろう彼のモノに、アイリの胸はますます高鳴った。恐怖と同時に期待が押し寄せる。

だから、気がついたときには、その立派なモノに直接手で触れていた。

「！　そなた、何を——」

「すごい……」

ぽろりと本音がこぼれていく。

戸惑うガルフレイをよそに、アイリは何度も何度も同じ言葉を繰り返しながら、その熱棒に触れる。

はじめてで、しかも相手はこの厳つい覇王さまだというにもかかわらず、まるで引力に引きつけられるように、アイリの意識は彼自身に釘付けになっていた。

うっとりしたまま、ガルフレイのモノを上下に軽く扱く。なけなしの知識による精一杯の動きではあるが、ガルフレイは呻くように息を吐いている。

「く……アイリよ、やめないか」

「っ」

彼に呼ばれてハッとする。

無意識ながら、なんと積極的なことをしていたのだろうか！

アイリは今まで、色恋沙汰には無縁だった。セックスだってそれなりに興味はあったものの、それで終わり。いくら夢とはいえ、はじめての体験で自ら動くだなんて自分でも信じられない。しかも、目隠しをされているというなかなかにマニアックな状況のうえでだ！

（私、こんなにえっちだったの⁉）

雰囲気にのまれているとはいえ、まったくもって知らなかった！

でも、もう頭の中は彼の凶悪なモノの存在でいっぱいだ。目隠しをとりたい。彼の顔を、そして猛りも、ちゃんと彼の全てを目にしたいのに。

戸惑っているのはアイリばかりではないらしい。ガルフレイもまた、絞り出すようにして告げる。

「世辞は……いらぬ」

「世辞？」

なんのことかわからなくて小首を傾げると、ガルフレイは苦しげに吐きだした。

「これが、そなたが受け入れられるという理由だ」

「？」

「とぼける必要はない。――が、そなたは、笑いもせぬのか」

彼は自分自身に言い聞かせるように呟き、ぎゅうとアイリの身体を抱きしめる。

どくっ、どくっ、と低い心臓の音がやけに聴こえて、顔を上げた。

彼の体温が、とても高い気がする。

けれども次の瞬間、大きな雷音が聞こえ、思考を奪われる。驚き、咄嗟に彼の身体に腕を回して抱きつくと、彼の大きな手のひらがアイリの背中をさすってくれた。

「そなたは度胸があるのかないのか、わからぬな」

「それなりにあるほうだと、思っていたんですけど」

「確かに。フフ――そのようだが」

アイリの返事に、ガルフレイが笑ったのがわかった。

声だけなのに、心臓が大きく高鳴る。

目が見えないのが残念だ。今だって彼の表情を見たいのに、それがかなわない。

彼の手が、ゆっくりアイリの下半身にのびる。

「では、そなたの度胸を試させてもらうか」

はじめて耳にしたガルフレイの笑い声にほーっとしていると、いつの間にか彼の手がアイリの大事な部分に触れていた。

「ん……もう、濡れているな」

「っ」

そっと耳元で囁かれると、アイリの身体がきゅっと強ばる。

今まで誰のものも受け入れたことのなかったそこは、たった一本の指でもかなり窮屈だった。しかも、相手は巨人とも言えるほどの大男だ。彼の指はアイリの倍くらいの太さは余裕でありそうだ。

「ん……」

ごりごりと浅いところを擦られると、自然と甘い吐息が漏れた。余裕がなくてシーツを摑み、ぎゅっと身体を硬ばらせる。

目隠しの布をぐるりと巻かれた頭部を、何度も何度もベッドに擦りつけてしまう。力を入れすぎないようにとかなり注意しながら結ばれたそれは、アイリが頭を揺するたびに、少しずつ緩んでいった。

けれどもアイリはおろか、ガルフレイさえもそれには気付かない。

彼は、アイリの膣に指を埋めながら、彼女の身体にたくさんの口づけを落としていく。確かめるように、そしてまるで執着するように、いたる所を吸われると、アイリの白い肌にぱっと熱がともっていった。

「痛っ！」

「！　……加減をあやまった」

たまに強く吸われて、アイリが声をあげると、彼はばつが悪そうにつぶやいた。

「…………いえ」

互いに触れるたびに、アイリ自身も、そして彼だって、その行動の中に何らかの情が伴ってくる。

ガルフレイはアイリの膣を解そうと、ゆっくりとアイリの身体をひらいていった。

くちゅ、くちゅくちゅ。くちゅ。

甘い吐息とともに、やがて甘い水音が、暗い部屋の中に響きはじめる。

「は……ん……」

自分からこんなにも甘い声が出ると思わず、アイリは恥ずかしくて口を閉ざした。けれども、ガルフレイがアイリを抱き寄せるようにして上半身をすり合わせると、彼のたくましい肉体にうっとりして、再び息が漏れてしまう。

（すっごく……逞しい。硬いけど、しなやかな筋肉……）

こうして裸で誰かと触れ合うのははじめてだが、彼の肉体は特別だ。

彼の持つ圧倒的な雰囲気に一気に感情が飲み込まれ、揺さぶられる。人間離れしたたくましさと、現実離れした状況に、アイリはすっかり酔っていた。

（ほんとに、この人と……するんだ）

期待と不安に胸が高鳴る。

見た目こそ凶悪だが、アイリを大切に扱おうとするガルフレイの行為を、とても好ましく感じた。

「ん……」

彼は体勢を変えても、変わらずアイリの膣をゆるゆると解していた。

じれったいくらいに入念に触れてくれる彼の真剣さ、慎重さに、今度はもどかしくすら感じてしまうから不思議だ。

「あ……」

「痛むか？」

「んん」

ぶんぶんと首を横に振ると、ガルフレイは安心したように息を吐く。そして彼は、わずかばかり奥まで指を進める。

そうしてしばらくゆるゆると解した後、彼は指を二本に増やそうとした。入り口を広げるようにしてこじ開けられ、アイリはますます余裕がなくなる。

たった二本。それがアイリの限界だ。

後頭部をシーツに押しつけて、はくはくと息を吐く。また、目隠しが少しだけ緩み、アイリの目にわずかに光が届くようになる。

「あ、はぁ、はぁ……っ」

吐息が荒くなり、お腹の奥がきゅんと苦しくなる。同時に、何か疼くような感覚を覚えた。

（ん。すご、おなか、熱い……）

たとえようのないもどかしさに、アイリはガルフレイの腕を摑む。強請るようにして何度も引っ張ると、ガルフレイはじっと、考え込むように黙り込んだ。

「………もう、よいのか？」

彼の問いかけに、うん、と声を漏らした。すると、彼は心得たとばかりに、とうとうその猛りを蜜口に押しあてる。

（おっきい。でも――）

これは夢。

ならば挿入る、はず。きっと。……多分。

ぐい、と力を込められるだけで、アイリはその圧迫感に目を細める。先ほどまで彼に触れていた両手が、何かに摑まりたくて宙を搔いた。

アイリの頭が、ベッドから僅かに浮き上がる。そのとき、はらりと目隠しが落ちた。

「！」

「――っ!!」

瞬間、がっ、と彼の手が伸びる。すぐに目を押さえられてしまったけれども、その一瞬で、アイリははっきりと見てしまった。

その凶悪と言っていいほどの太さ。

熱棒というのが実に正しく、その上、アイリの身体で受け止められるのか本当に不安になるほどの大きさのソレが、はち切れんばかりに怒張していた。

覇王と呼ばれる彼に相応しい、立派すぎるその姿。

赤黒く、血管がボコボコと浮き出ているそれは、片手では絶対ぐるりと握れないほどに太く――角度的に長さまではっきりわからなかったけれど、きっと長い。

今もアイリに押しつけられている鋒(きっさき)は、まるで刃物のように鋭く感じた。

「覇王さま……っ」

「見た、のか」

両目を押さえ込まれたまま、静かに問われる。

そして、アイリは理解した。

彼が目隠ししたのは、どうやら彼の優しさだったらしい！

（すごい……おおき、かった……！）

目隠しするという行為は、彼がマニアックに楽しむためのものではなかった。

想像を絶するほどに厳つい巨根。あんなもの、普通の女の子は怖がるに決まっている。

（やさ、しい）

勝手な憶測ではあるけれども、少し感動してしまった。

アイリの大切な場所に触れたままの彼のモノ。ひと思いに挿れないのもきっと、彼の優しさだ。

アイリは視界を塞いでいる彼の手首に、そっと自分の手を添えた。

太く、たくましい腕。何度もそこを優しく撫で、何も話さなくなってしまった彼に呼びかける。

「大丈夫です。……私、度胸あるほうって、言いましたよね？」

「む」

「覇王さまの、すごくて。びっくりしたけど、でも――」

ゆっくりと呼びかけると、彼の手の力がわずかに緩む。

「ちゃんと、覇王さまの顔見て……したいです」

「……」

もう、彼は抵抗しなかった。

アイリはゆっくりと彼の手を離し、にっこりと微笑みかける。彼は呆けたように見返した。血の色の瞳がふるりと震えて、きょとんとしているのが可愛く見える。

だからアイリは手を伸ばした。そっと、優しく彼の頬に触れる。

彼が唇を噛み、強くアイリの手を摑んだ。そして互いの指が絡み合う。そのままガルフレイは身体を折るように丸めて、アイリの顔に己のそれを近づけた。

緊張しながら息を吐くと、もう一方の手で頰を包むように撫でてくれる。彼の表情は硬いままだけれど、しぐさからは慈しみの心が感じられて、アイリは彼の手の甲に、自分の余った方の手を重ねる。

「…………」

ごくり、と唾を飲み込み、彼が腰に力を入れるのがわかる。

アイリを壊さないようにと、慎重にその鋒が侵入してきた。

「ん……っ」

その圧倒的な質量。想像をはるかに超えた圧迫感に、アイリは目を細める。

「ああ、そうか。そなたはこんなにも狭い、のだな」

「あ、んんっ」

ぎちぎちと、入り口が押し広げられる。

「……なるほど、余に相応しい。そういうことか」

「あああっ」

「読み違えた。ああ。これでは、いくばくか痛むかもしれぬな。——許せ」

ああやっぱり！　アイリの目に映った彼のモノは、巨根とかいう生易しいものではない。おそらく受け入れられるギリギリの太さのソレが、男を知らないアイリの身体に埋め込まれようとしている。

亀頭がぬぷんと中に入ると、あまりの痛さに、握り込んだ彼の手に爪を突き立ててしまった。

「あ、あ、あ……！」

「キツいな――くっ」

熱く猛った彼のモノがアイリの中へと侵入してくる。指でたっぷり解されていたけれど、まだまだ受け入れるのは厳しかった。

ズプ、ズプ、と前後に腰を揺すりながら、ゆっくりと挿入っていく。彼の体重がぐっとのしかかり、アイリは涙目になりながら彼を見上げる。

そしてその度に、彼は躊躇するのだ。

「そのような目を向けるな。我慢できなくなる」

「は……ぁ、だって――覇王さま、大きすぎますっ！」

「！」

「ンンっ、また、おっきく……！」

おおよそ半分ほど咥え込んだ彼の熱棒が、アイリの中で怒張する。いよいよ我慢できなくなったのか、彼がさらに奥へと突き立てた。

引き裂かれるような衝撃が走り、アイリの身体が強張る。同時に、彼の怒張は一気に爆発し、どろりと温かいモノが肚のなかに満ちていった。

（あ、これ――）

破瓜の痛みとはこのようなものだったのか、と考える間もなく、びゅくびゅくと、彼のモノがアイリの中で脈打っているのがわかった。

出ている。

出されている。

肚に収まりきらなかった白濁が、アイリの股をつたってシーツにこぼれ落ちていく。その感覚にぼんやりしていると、ガルフレイ自身が動きを止めているのがわかった。

「……」

「……？」

はあはあと荒く息を吐きながらも、彼の様子がおかしいことに気がつき、絡めていた手に少し力を入れる。

指先で彼の手の甲を撫でていると、笑わぬのか、と、呻くような声が聞こえた。

「どうして？」

「情けない、とは？」

「なにが、ですか？」

夢だというのに、彼の言葉の端々が妙に引っかかる。覇気に満ちた荒々しい覇王さまは、こうしてアイリと向き合っていると、ぽろぽろとその弱さの欠片を見せるのだ。

表情は硬いのに、その手はアイリに縋(すが)り付くがごとくに力が込められる。すっと身体を寄せると、彼の血の色の瞳が震えた。

あんなにたっぷり精液を吐き出したというのに、彼の熱杭(ねっくい)が再びアイリの中で硬く、大きくなっていくのがわかる。

「………なるほど、余の女神か」

「？」

「いや。まだ付き合え。そなたの身体ももう少し慣らさねばな」

「あっ」

吐き出された精を潤滑油がわりにして、いよいよ彼のモノがアイリの奥へと突き当たる。

彼のモノはあまりに大きすぎた。

みし、とかなり無理やりこじ開けられたアイリの膣は、彼のモノが奥まで埋め込まれ、隙間もない。まるで腹が膨らみそうなほどの圧倒的な質量に、アイリは意識が飛びそうになる。

背中に腕が回され、強く抱き込まれた。

アイリも彼の胸に顔を埋め、背中に腕を回す。どれだけ力を込めて抱きしめても、彼はビクともしない。けれども、無意識に膣の方を締めてしまうと、ガルフレイもまた甘く吐息を吐くのだ。

「くっ……！」

ぎちぎちになっている中を揺さぶるように彼は動く。どうにか痛みを堪えながら、それでもアイリは、ほんのわずかな快楽の欠片を拾いはじめる。

「あ、あああ、そ、こ……」

「ンッ……ここか」

「ごつごつ当てられるの……」

「いいのか?」

問われ、コクリと首を縦に振る。

ガルフレイは「そうか」と短く言葉を切り、アイリのいいところを集中的に擦っていく。

ああ、と意味をなさない言葉ばかりが漏れいでると、ガルフレイは満足そうに頬を緩めた。眉間のしわが消え、口の端を上げた彼は、さきほどまでより若く見える。

「あっ、ああっ」

「くっ……」

ひたすら求めるようにガツガツと奥に突き立てられる。痛みの中から快楽を拾いはじめたアイリもまた、うっとりした目で彼を見た。

「出すぞ。今度は、奥に」

「んんっ」

「くっ、出る……ッ」

ごり、と強い衝撃が走るとともに、再びアイリの中にあたたかい液体が満ちていく。

奥まで突き刺されたその熱棒は、先ほどよりもずっと大きく脈打っているのがわかった。

同時にアイリの身体もブルブルと震え、頭が真っ白になる。意識が白い波にさらわれるようにぐらりと揺れて、仰け反った。

「あっ、……んんんんっ」

びゅくびゅくと、まだ彼のモノは脈動し続ける。たっぷりと吐き出されるその精を感じつつ、アイリは自分の身体が満たされていくのがわかった。

「はぁ、はぁ……」

「ああ、アイリ」

「はっ……はぁ、はぁ」

ぱらりと彼の漆黒(しっこく)の髪が乱れる。後ろに流してあった前髪が落ちると、荒々しさがなりを潜め、彼が若く、凛々(りり)しく見えた。

「アイリ、ああ……アイリ」

何度も何度も、彼はアイリの名を呼んでくれている。

アイリは頬を緩めて反応するので精一杯だったけれど、それだけで十分だったらしい。

——彼の下半身が元気になるためには。

むくむく、と、お腹の中が圧迫されていくのがわかる。

大量の精を受けて、すでにアイリの腹は張っているにもかかわらず、まだ彼はアイリに種を植え付けようとしているのだ。

「もう、……私っ、お腹」

「許せ」

「あっ、あああっ……あっ、あああっ」

「まだまだ、やめられそうにない」

ガルフレイはアイリの言葉に首を横に振りつつ、苦しそうに息を吐き出す。我慢できないと言わんばかりにガツガツと行為を繰り返し、アイリの中に何度も精を吐き出した。

最初はアイリも耐えていたけれど、やがて体力の限界か、あるいは意識の限界か――ふつりと記憶が遮断されてしまう。

そしてそのままアイリは、まともに起き上がれなくなってしまった。

五日目　夢か現実か

(――おかしい)

目が覚めるたびに、そう思う。

夢から覚めても、また夢。ガルフレイと名乗る覇王に抱かれる、同じ夢の続きにたどり着く。

たった今、また夢から覚めたはずなのに。アイリがふと両目を開いたこのときも、やっぱり目の前には逞しい男性の胸があって、ぼんやり考える。

抱かれて、眠り、抱かれて、眠り――それを何度繰り返しただろう。朦朧としたまま食事を与えられ、色々世話を焼かれていたような気もする。

立派な体軀に強面。覇王と名乗るに相応しい堂々たる振る舞いに、飾り気のない口調。一見無骨な印象でありながらも、いざアイリに接するときは、まるで宝物に触れるがごとく慈しんでくれる。

そんな覇王ガルフレイと過ごす日々。それは、まさにアイリの願望を具現化したようなものだった。

他人を寄せ付けなさそうな厳しい印象の覇王さまが、自分だけをどろどろに甘やかしてくれる。アイリだけを求め、貪り、たっぷりと愛の言葉をくれるなんて、本当に漫画やゲームの中のできごとのようだ。

ぽぉーっとしたまま、ガルフレイの腕の中で過ごす日々が過ぎ――いったいどれほど経ったのだろう。少なくとも、三、四日は経っているのではないだろうか。

夢であるならばあまりに長すぎる。それでもアイリは気付かぬふりをした。

覚めてほしくない甘い夢に縋り付くようにして、彼の胸に顔を埋める。

けれども、元来丈夫なはずの身体がいよいよ悲鳴をあげ、その痛みがアイリに呼びかける。

――これはただの夢じゃない。

ぼんやりと起き上がろうとして、無意識にテーピングも何もしていない丸裸の左手首に力を入れてしまい、ん、と声を漏らす。

ズキン、とした鈍い痛みが走り、ぞっとした。

(この、痛み――)

全身の血が逆流するような心地がした。

だって、アイリにとって、この手首の痛みは限りなく現実だったからだ。

「目覚めたか」

「あ――」

なに、と言う間もなく、抱き込まれた。ごろんと身体を反転させられ、気がつけば自分よりもはるかに大きな巨体が上にのしかかっている。

そう。現実ばなれしたこの状況。絶対夢だと思うのに、いつまで経っても覚めはしない。

すっかり見慣れた血の色の瞳。それは、アイリには優しく、そして激しい。

力強く抱かれ、何度も懇願するように「やさしくお願いします」と伝えた気がする。

「ン――」

「あ、ん――」

かぶりつくようにキスされて、抗えない。キスをするたびに、彼の獣のような一面が見えて、ますますうっとりしてしまう。

けれども、一度頭が冷えてしまったこのときだけは、彼のキスに溺れるどころではなかった。

「?　どうした、アイリ?」

「――おなか、すいた」

「む」

「歯磨きたい、お風呂入りたい、ごはん食べたい、トイレ行きたい――おかしい。覇王さま、おかしい」

「おかしい?」

「これ……夢じゃない……?」

愕然とした。

だって、全身に残る疲労感と痛みは本物だ。

キスをしておいてなんだが——いや、だからこそ、自分の口臭は気になるし、汗もたっぷりかいたし、彼の精液で身体はベタベタしているし、お腹も空っぽだけど、尿意はある。人間が生きていく上で発生する生理現象の数々が一気に押し寄せ、処理しきれない。

だからアイリはようやく理解した。

「現、実……？」

「む？」

「私、生きて——？」

ここで。わけのわからないこの場所で、心臓は動き、生命として活動している？

エレベーターに落ちて、そこで死んだわけでも、夢の世界にダイブしたわけでもなく？

「………………トイレ行く」

「ぬ？」

「トイレ、うう、覇王さま、今すぐ、ね、トイレ、どこ、ねえ」

「ふむ、尿意か。心得た——これでどうだ？」

「おなかスッキリした⁉　——って、そうじゃなくて‼」

ガルフレイがふとアイリの腹に触れ、少し力を入れるだけで、尿意がすっかり消え失せる。多分これも魔法なのだろうけれど。

「アイリ？　——一体どうした」

じっとガルフレイに見下ろされるも、混乱してどうしたらいいかわからない。

押し寄せる事実を受け止めるのに精一杯で、うまく言葉が紡げない。

彼は心配そうに目を細め、アイリの頬を撫でた。そうして背中を丸め、アイリの顔を覗き込んでくる。が、アイリがうまく反応できなかった。

ただ、こうも見つめられると、めくるめく夜のことが思い出され、息をのむ。

そうだ。今までも何度か目が覚めるたび、なし崩しに彼に愛され、気を失うことの繰り返しだった。そして、それは夢などではなかったわけで。

（待って？　え。嘘でしょ。待って、待って……⁉）

散々愛され続け、いまさらではある。が、今までは夢だと思っていたからこそ、開き直って愛されることができたわけで。

（あれ？　私、中。中に、出さ、出されて？　出さ、だ、出……‼）

ざわ、と身体の芯から震えて、凍り付く。

瞬間、彼の胸を突き飛ばし、ベッドから逃げ出した。裸足のまま石の床の上へと降り立ち、パタパタと移動する。

全身が軋み、悲鳴を上げる。改めてこの痛みが本物であることを自覚し、泣きそうになった。

「アイリ！」

けれど、悲痛な声で呼びかけられ、はっとする。

逃げ場所なんてどこにもない。アイリは今、何も身につけておらず、こんな状態で部屋の外に出ることもできない。

泣きそうになりながら部屋の隅の柱に身を寄せ、よろよろとしゃがみ込む。そうして己の身体を抱きしめながら、そっと顔だけを後ろに向けた。

「……突然どうした、アイリよ」

ガルフレイはすぐ傍まで歩いてきたものの、差しだそうとした手を彷徨（さまよ）わせたままだ。

彼の瞳が不安で揺れた。

ガルフレイからすると、突然の拒絶ではあったのだろう。流され、彼の愛に溺れて甘える仕草さえ見せていた自分が、いきなり逃げ出すなんて。

「これ。夢じゃ、なかった……？」

一度現実だと気付いてしまったからには、もう元には戻れない。

ふわふわした夢に甘える時間は、とっくに過ぎてしまっていた。

夢だと思っていたこの世界は、どういうわけか、確かに存在する場所で。――おそらく、いや、間違いなくアイリが住んでいた場所とは別の世界。

嵐の夜、どういう事情かこの世界にやってきてしまったのは事実らしく、その日からもう何日も経ってしまっているらしい。そして、目の前の覇王に愛されつくし、アイリも流された。

（私、彼と、今日までずっと……？）

受け止めきれない事実に、身体が震える。彼から顔を背け、己の身体を抱いた。

だめだ、怖い。

とてもではないが、この現実と向き合えない。

「アイリ」

すると、背後から大きな影が落ちてきた。どうやらガルフレイが、もう一歩アイリに近づいたらしい。

アイリのすぐ後ろで、彼が膝をつくのがわかった。

「アイリ、落ち着け」

二本の腕が伸びてきて、しゃがみ込むアイリを抱き込もうとする。けれども、アイリはその腕の中からすり抜け、地面にへたり込む。

は、は、と浅く呼吸を繰り返すも、苦しい。酸素が足りなくて、全身が痺れる。

彼を受け入れることも、逃げることもできず、アイリはただただ震えていた。

「アイリ……」

彼もまた、手を差し出したまま、動けずにいるようだった。表情は抜け落ち、まるでこの世の終わりとでもいうかのような顔をしている。

ずくりと、アイリの心も痛んだ。

だって、こんな顔をさせたかったわけではないのだ。

「ご、ごめんな、さ……」

言葉がうまく紡げない。けれど、今、彼に抱き込まれたらもっとひどい態度をとってしまいそうで。

違う。拒否したいわけでも、傷つけたいわけでもない。

でも、それを上手に言葉にすることが難しい。頭が真っ白で、なんとか言葉を絞り出す。

「ひ、ひとりに」

呼吸することすら難しく、涙目になりながらガルフレイを見上げる。

「今は、ひとりに、して……」

彼がはっと息をのむのがわかった。

何度も激しくまぐわったものの、アイリを壊さぬようにと、彼がずっと気遣ってくれたことは知っている。力加減を間違えないように、アイリの様子をうかがいながら、大切に触れてくれたことも。

アイリとて、流されたとはいえ、彼に甘えてしまっていたくらいだ。情だって湧いている。でも、今はどうしたらいいのかわからなくて、きゅっと唇を噛む。

ガルフレイは目を見開いたのち、口惜しげにくしゃりと表情を歪(ゆが)めた。

アイリが自ら応えるのを待ってくれていたはずの彼の手が、ふいっと近づいてくる。怯(おび)えて咄嗟に両目を閉じると、彼の手は想像以上に優しく、アイリの唇に触れた。

彼の親指がそっと、アイリの唇をなぞる。

きゅっと噛みしめてしまっていたそこを解すように、優しく、そして慎重に触れてくれているのがわかった。

「……あまり強く噛むな。そなたの美しい唇が傷ついてしまう」

その優しい声に、アイリは目を見開く。

ガルフレイの言葉に従って唇をわずかに開くと、彼が目に見えてほっとするのがわかった。彼もそれ以上強引に触れるつもりはないらしく、すぐに唇から手が離れてしまう。

ふと胸が寂しくなって、離れていくその手を目で追った。すると、彼がくしゃりと目を細める。

「落ち着け。——今は、そなたの望むようにしよう」

ガルフレイはひとり立ち上がり、くるりとアイリに背を向ける。部屋の隅に用意してあったらしい清潔なガウンを手に取り、一度こちらに戻ってくる。

そして何を言うわけでもなく、しゃがみ込むアイリにバサリとかけた。

「……っ」

重い足音が遠ざかっていく。

広い寝室に、ただひとり。歯を磨きたい、風呂に入りたい、ごはんを食べたい、トイレに行きたい。そして、ひとりになりたい。混乱しながら口にした言葉を、彼は全部覚えてくれて。

——ガルフレイは本当に、アイリの願いを叶(かな)えてくれたのだ。

＋＋＋＋＋

この世は力が全て！

戦いは生きるために必要な手段であり、同時に娯楽でもあった。

五日ぶりに臣下の前に姿を現したガルフレイは、己の力を見せつけるようにあえて魔力の波動を表面に宿し、皆を見下ろす。

玉座に座する彼の周囲には、黒い炎のようなものが浮かび上がっている。その姿を目にとめた者たちは、ハッと目を見開いて慄（おのの）いた。

力が満ち満ちている。

頭のてっぺんから足の指先にまで魔力が満ちあふれ、今なら簡単に城ひとつふき飛ばせそうなほど。

（これが余の女神の力か）

完全に溶けあう魔力の波動。

自分と釣り合うほどの強すぎる魔力を持つ者が、この世に存在するとは思わなかった。

だが、ガルフレイにとって、アイリはもはやそれだけの存在ではなくなっていた。

むしろ、魔力のことなどおまけでしかない。そもそも、魔力の適合なんてこれっぽっちも頭になかったのだ。

女神を召喚する儀式は、本来そのほとんどが失敗に終わるのだという。

あの召喚魔法は魔力消費が激しく、行使できる者自体、片手で数えられる程度。さらに、必ずしも己に相応しい女神が存在するとは限らない。儀式のための厳しい条件をそろえ、大量の魔力を消耗した挙げ句、女神が現れない可能性もあったわけだ。

己の女神となりうるに相応しき相手を召喚できること自体が、もはや奇跡。

かくいうガルフレイとて、本当に自分の女神が現れるなどと微塵も思っていなかった。

だからこそ、形式上の儀式さえ行えば、臣下ももうぐちぐち言いはしないだろうと、茶番に付き合うことにしただけだったのだ。

しかしあの嵐の夜。

ガルフレイの元に、アイリという唯一無二の女神が舞い降りた。

（アイリ……）

彼女を思い出すだけで、ガルフレイの魔力が揺れる。

「おい、我らが王を見ろ。昂ぶっておられる」

「ああ――あのすさまじい魔力の渦。一体、何が……」

可視化されるほどに圧倒的な魔力の渦を放出したまま、ガルフレイは動けないでいた。

その魔力は禍々しさすら感じるほど。ぐるぐると渦巻く負の感情が、噴出する魔力に影響してしまい、どうすることもできない。

（……ひとりになりたい、か）

部屋の片隅で身体を丸め、震えていた彼女の姿が忘れられない。

混乱で震える彼女を慰めようと手を差し出すも、拒絶された。

アイリに拒絶されたのははじめてだった。その事実が想像以上に重たく、ガルフレイにのしかかる。

彼女はガルフレイの唯一にして女神。彼女が心を痛めているのなら、ガルフレイが慰め、守護したい。

なのに、今のガルフレイにはその権利すら与えられていない。むしろ今、ガルフレイの存在は、彼女の心を乱すだけ。

（彼女に無理をさせすぎたからだろうか。あれだけ華奢なのだ。負担が大きかったのだろう）

などと理由をこじつけてみるも、実のところ結論は見えている。……あまり、向き合いたくない事実であるだけで。

（夢ではなかった、か）

彼女の言葉を思い出し、理解する。

彼女はどうやら、この世界に召喚されてからずっと、ここが夢の中だと思ってきたらしい。

冷や水を浴びせられたような心地がした。

彼女を愛し、溺れていたのは自分だけで、彼女にとっての自分はあくまで都合のよい夢の中の存在でしかなかったことに。

ガルフレイの全てを受け入れてくれた希有な存在。ガルフレイに甘え、求めてくれたあの態度も、あくまで夢だと思っていたから。そう思うと、心がひどく痛む。

つかみ取ったと思った幸せは、まやかしだった。その事実に、ひどく落胆しているらしい。

同時に、すでにここまで彼女に溺れていたのかと実感する。この覇王ガルフレイ・ルーベガルドが、だ。

(アイリ……)

彼女の体温を思い出す。

彼女を召喚し、ひとめ見た瞬間から、そのあまりの愛らしさに釘付けになった。おそらく、あの場にいた全員がそうだろう。

自分は覇王であるがゆえ、最初こそなんとか取り繕ったけれど、そんな意識などすぐに崩壊してしまった。

だって、彼女が怯えるような表情を見せたのは最初だけ。この覇王相手に媚びるわけでも、へりくだるわけでもなく、ただただ純粋に受け止めようとしてくれたのだから。

突然、見知らぬ世界に呼び寄せられ、この覇王に目をつけられたのだ。怖くないはずがなかったろうに、『——あなた自身は、あんまり、怖くないですよ』と、ガルフレイにまっすぐ向き合ってくれた。それればかりか、頬を紅潮させ、瞳を潤ませながら見上げてくる彼女の美しさと言ったら！

小柄で愛くるしい見た目からは想像できないほどの色気を感じ、ガルフレイの方がくらくらしてしまいそうだった。

ガルフレイの腕の中に、確かに己の女神たり得る娘が舞い降りてきたのだと確信した。だからこそ、己の股間だけは彼女の目に映してはならない。それを目にし、彼女が落胆した顔でも見せてみろ。その絶望はいかばかりか。

絶対に侮られるわけにはいかぬと考えた。

せめて目隠しをすれば――あるいは指で蕩かし、彼女が疲れて眠った後にすればと、卑怯な手段ばかり思い浮かんだ。そうまでしても、何が何でも彼女を孕ませたいと願ったのだ。

だが、全ては杞憂に終わる。

自分よりもはるかに大きい屈強な男に、目隠しまでされて犯されそうになったのに、彼女はそれを受け入れた。

そして彼女は、ガルフレイの情けない部分を目にしても、嘲り嗤わなかった。

それどころか、はじめてガルフレイのモノの大きさに気がついたときには、うっとりとした様子でガルフレイのモノに触れたのだ。

そして、大きい、と。

普通ならば、大きいなどと言われたところで馬鹿にされたと感じるだろうに、彼女からはまったくそんなことは感じなかった。

そのような娘、他にいるだろうか！

少なくとも、ガルフレイの目に映る彼女は、ガルフレイのほしい言葉、反応、全てを与えてくれるのだ。

これまでは女などと侮ってきたが、考えを改めなければいけない。

ガルフレイも男。ようやくこれという女に出会ってしまえば、ずっと愛を交わしたくなるものなのだと激しく理解した。

（まさしく、余の女神よ！）

考えてみれば当然のこと。あれだけ体格差があるのだから、彼女の膣は一般的な女のものよりはるかに小さい。

――けっして認めたくはなかったのだが、ガルフレイの持つモノは大した大きさではない。というか、小さい。絶対に誰にも見せたくないと――考えるだけで気分が落ちこんでしまうのだけれども――つまりは、そういうことだ。

そんなガルフレイのモノこそ、彼女にとっては最上のサイズに感じられるのだろう。

彼女を抱いたからこそわかる。ガルフレイのモノがあと少し大きかったのなら、本気で彼女自身を壊してしまっていただろう。

つまりだ！

この世界で彼女を抱くことができる男というのは、おそらくガルフレイただひとりなのである。——もちろん、それを周囲に主張することは憚られるけれども。

同時に、彼女にとっても唯一の男がガルフレイであるならば、自分の極小サイズすらも妙に誇らしく感じてくるから不思議だ。

己は彼女を愛するためだけにこの宿命を背負ったのだろうし、彼女も彼女で、ガルフレイに愛されるためだけに存在しているのだろう。

我慢しきれなくて、すっかり抱き潰してしまったことは本当に申し訳ないと思っている。ただ、この申し訳ないという気持ちすら、ガルフレイにとっては新鮮で、快感だった。

全ての頂点に立ち、他者にけっして頭を下げることのないガルフレイにとって、彼女はすでに己が跪いてもよいと感じる唯一無二の存在だった。

そう、アイリはガルフレイの唯一にして宝となったのだ。

だからこそ！

——大切な宝は、他者に見えるように身につけよ！

——力を持つ者は、それを守り抜いてこそ！

この世に生まれ落ちた誰もが信じ続けている絶対的な倫理にのっとり、ガルフレイはまず、彼女を身につけなければならない。そう思うのに……！

「…………」

深く息を吐く。

これぞという女神と出会えて昂ぶる気持ちと、彼女に拒絶された絶望がぐるぐると渦巻き続ける。

それが魔力に色濃く出て、臣下たちが動揺するも、どうしようもない。

救いだったのは、彼女が拒絶の意を示したのは、ガルフレイに対してではなかったことだ。どちらかというと、この状況が現実であることを受け止め切れてないからだろう。

ガルフレイ自身が嫌われたわけではないと信じたい。できうることならば、すぐにでも彼女に問いただしたい。彼女の真意を。

でも、そんなことは、ガルフレイが己の不安を解消するためのものでしかない。

真に彼女を想うならば、今、このときは、彼女の望むように彼女に時間を与えて然るべきだ。

久しく感じることのなかった恐怖という感情に、震えそうになる。しかし、覇王という立場が彼を押しとどめた。

恐れるな。信じて待て。

ガルフレイは絶対的覇王なのだ。己の女神の望みひとつ叶えられないでどうする。

たとえ、その結果、己が侮られることになろうとも。

「お、王がお怒りだ……！」

「女神さまと何かあったのか？　お姿が見えない」

「この時期に、宝をどうしておられるのだ？」

皆が疑問に思うのも無理はない。

今日、この場にガルフレイがやってくることを知った臣下たちの中には、期待をした者もいるだろう。

大切な宝は、他者に見えるように身につけよ！　――その倫理に則り、ガルフレイが宝を抱いてやってくることを。

己の宝――すなわち、愛するべき妃を身につけ政務に励む。先代の覇王もそうであった。

ガルフレイ自身は若き頃に城勤めの期間がなかった。都へやってくると同時に覇王の座を勝ち取ったため、先代とは短い引き継ぎ期間をともに過ごしただけだ。

だが、確かに彼が、常に妃を傍に侍らせていたことを覚えている。あれが本来あるべき覇王の姿なのだろう。

宝を常に抱きかかえ、ともに過ごす。そして己が宝を守護する力を持つ人間であることを示す。これこそが真の強者の在り方だ。皆の先頭に立つ覇王こそ、その倫理を体現せねばならない。

いよいよ宝を身につけたガルフレイの姿を見られると、臣下たちも期待していたのだろう。しかも、ガルフレイの宝と言えば、あのアイリだ。

誰よりも華奢で、強く抱きしめれば壊れてしまいそうなほどに繊細な存在だからこそ、ガルフレイに相応しい。――なのに、肝心のアイリがここにいない。

（己の宝を表に出す気概すらない男と、侮られたか）

一部の者たちの空気が変化するのを感じる。

集まっているのはこの国の中でも最上位の力を持つ城の戦士たちだ。あふれ出るガルフレイの魔力に畏怖するも、そのままでいるはずもない。おのおのがそれをはね除ける気概がある。

従順であるばかりではなく、血気盛んで、主張の強い者だって多い。

だからこそ、大勢の戦士の中からいくつか鋭い視線を感じ、ガルフレイは片眉を上げた。

大方、ガルフレイが宝を抱かずに姿を現したことに苛立っているのだろう。ようやくガルフレイが己の女神を見つけたというのに、それを表に出さないのはなぜか、とでも言いたいのか。

ガルフレイとて、可能であるならば彼らの意向を汲むことはする。だが、今はアイリの心を優先したい。ただ、それだけなのに。

「フ……」

自嘲気味に笑い、ガルフレイは立ち上がる。

「見ての通り、余は今、魔力があり余っておってな」

魔力の波を練り、己の体軀よりも大きな戦斧を生み出した。そして、それで地面を打ち鳴らし、宣言する。

「――魔の山へ出る。余について来られる者のみ、同行するがよい」

ラインフィーグ、戦の国。この国の都は、国の最北端にある。

その北側に隣接する魔の山より迫り来る凶暴な魔物を払うことこそ、覇王たる者の最たる責務。そして、ガルフレイが絶対強者であることを示すに相応しい場でもある。

ここ五日、城の戦士たちに対応を任せてきたが、いつまでも覇王が不在であるわけにもいかない。それに――、

（戦いに明け暮れれば、いくらか気も紛れよう）

不安で揺れるアイリを放っておくことは難しい。本当ならば、今だって彼女を抱きしめ、彼女が不安に感じる原因を問いただしたい。

けれども、今は離れておくべきだとも、理解しているから。

不安に負けて彼女の元へ詰めかけて心を乱さぬよう、今はこの城から離れるべき。それがアイリのためなのだと、自分に言い聞かせる。

己の激情を宥めることに苦心しながら、ガルフレイは立ち上がる。

そして、猛る心を静めるためにも、彼女の残る城を後にした。

＋＋＋＋＋

ガルフレイは本当にアイリの願いを叶えてくれた。

アイリがひと心地つけるように、周囲の環境を整えてくれたのだ。

ガルフレイ本人は、思い詰めたような顔をして私室を出て行ったまま、いつまで経って

も帰ってこない。

けれど、アイリが困らぬようにと、召使いたちが様子を見に来てくれた。どうやらガルフレイが遣わせてくれたらしい。もちろん、長居はせぬようにしっかり言いつけられて。

アイリは召使いたちから、ガルフレイが王の責務を果たしに行ったことを聞いた。

ここラインフィーグは、国の北側に魔の山と呼ばれる山脈があるらしく、そこにはいくつもの大きな魔素だまりがあるのだとか。

魔素だまりというのは、魔物を生み出す歪みのようなもの。そこから湧き出る魔物たちを討伐することこそ、戦士たちの役目。そして戦士たちを率いて前線に出ることが、ガルフレイの責務ということだ。

此度(こたび)は、明日の朝までひたすら討伐を続ける予定らしい。

(明日の朝まで?)

夜になっても帰ってこない。それはすなわち、まる一日、アイリにひとりの時間をくれるということだった。

「……っ」

アイリが拒絶したときの、彼の不安そうな瞳が忘れられない。

いや、あの時だけではない。覇王と呼ばれるに相応しく、堂々たる立ち居振る舞いが印象的なガルフレイがたまに見せる不安の揺らぎ。それをアイリは、すでに何度か目にしている。

彼がなぜ、ああもアイリに心を砕いてくれるのかはわからない。少なくとも、出会った当初はもっと強引だった気がするのに。

（ずっと抱いていたから、情が移った――とかかな）

でも、彼は覇王だ。アイリでなくとも、相手はいくらでもいるだろうに。こんなちんちくりんに熱心になるとか、正直不思議で仕方がない。

それでも、彼がアイリを気遣ってくれたのは揺るぎない事実だった。


彼の私室の奥に続く大浴場で身を清めさせてもらって、ようやくほっとする。

アイリ用の衣服はまだ仕立て中だからと、ひとまず子供用の衣服に身を包む。さらに出された食事を軽くつまみながら、これまでのことを思い出していた。

とはいえ、記憶はおぼろげだ。

ガルフレイに愛され続けて、アイリはずっと意識がふわふわしていて。あれこれ彼に世話を焼かれていたような気がする。

彼が持ってきたのか、彼の従者が持ってきたのか、寝室には何度か食事が運ばれ、彼は自分が食べる傍ら、アイリにも手ずからものを食べさせてくれた。けれど、主に運ばれてくる肉は喉を通りそうになかった。だから食事のたびに彼を困らせていた記憶がある。

（ちゃんと、覚えてくれてたんだ）

果実水と、果物ならかろうじて口にできた。アイリがものを食べることで、彼が安堵（あんど）していたのも、ぼんやりながら覚えている。

尊大な物言いや表情変化に乏しい強面とは結びにくいが、彼はたくさんアイリに気を遣ってくれた。

食事だけではない。彼はアイリを壊さぬよう、細心の注意を払って触れてくれていたし、アイリの言葉にきちんと耳を傾けてくれた。——現に、今だって。

無理に抱いたり、問い詰めたりすることもなく、アイリが望むようにひとりにしてくれた。知らぬ場所で、アイリが困らないように適時世話をする者もつけてくれて。

彼は覇王だ。だから強引にアイリを従えることだって、できただろうに。


日がないちにち、ぼんやりと過ごす。

ガルフレイにたくさん愛されたからか、腰が重く、身体中がぎしぎしと痛む。

自分の身に何が降りかかったのか知りたい気持ちもあるし、今いるこの城のことだって確認したい。——そんな思いを抱えながらも、どうも動く気になれなかった。

アイリがこの突拍子もない現実を受け入れるには、まだ時間が必要だった。

(私、本当に異世界に来ちゃったんだ……)

——元の世界には戻れるのだろうか。

——向こうでは騒ぎになっているのだろうか。

——これからどうすれば？

多くの疑問が浮かんでは消えていく。

同時に、何ひとつ答えを出すことができなかった。

ただ、不安に押しつぶされそうになると、誰かがぎゅっと抱きしめてくれる心地がした。

このところ、ガルフレイにずっと愛されてきたからだろう。彼の逞しい腕が、胸板が、そして体温が、いまだにアイリを包み込んでくれているような感覚が残っている。

眼光は鋭く強面で、体格の差もありすぎて、本来ならば恐ろしく感じる存在のはず。しかし彼は優しく、たくさん甘やかしてくれた。

言動こそ覇王らしく尊大だが、実は繊細なところもあるようで――だから、アイリのことをあんなにも気遣ってくれるのだろう。

自分など、たいした美人でもないし、どこにでもいるただの娘でしかない。なのに彼は、アイリに心砕いてくれる。だからこそ、アイリも邪険にできないどころか、彼を受け入れてしまっているのだろう。

（覇王さま……）

己の腕を抱きしめる。

わかっている。今、アイリが頼れるのはガルフレイしかいない。

けれども、このまま流されてはいけないと思う自分もいる。

だって、これが現実であるとするならば、彼はアイリを孕ませようとしていたわけで。

その事実は、正直アイリにとって重すぎる。

それでも夜、ベッドに眠るころには、なんだかひとりが寂しくて。彼の逞しい腕の中を思い出しながら、目を閉じる。

そして、アイリがこの世界へやってきて六日目の朝。

はじめて彼女は、クリアな目でこの世界と向き合えたのだった。

六日目　宝として、だけではなく

事前に聞いていたとおり、夜になってもガルフレイは戻らなかった。

だからアイリはただひとりで落ち着かない夜を過ごし、いつの間にか眠っていて——朝になっても、やはり彼の姿がないことに不安を覚えた。

夜通し魔物討伐をしていたと聞けば、心配するのも当然。ガルフレイにとってはたいしたことのない責務かもしれないけれど、きっと危険なはずだから。

だからアイリは目覚めてから、ずっとガルフレイの帰還を待っていたのだ。

もちろん、昨日の今日で気まずくもある。それでも、アイリは彼と向き合おうと決めていた。

「——アイリ。起きていたか」

突然、低くて深い声が届き、瞬いた。だってそれは、アイリがぼんやりした意識の中で何度も思い出してきた声だったから。

居間のソファーに腰掛けていたアイリは、はっとして立ち上がる。とうとうガルフレイが帰ってきたのかと、入口の扉の方を向いて——絶句した。

「霸王さまっ⁉」

ひゅっと息を飲み込む。

そこに立っていたガルフレイは、血と泥で全身が汚れきっていた。

相変わらず表情は強ばっていて、思い詰めた様子だ。大きな怪我でもしたのかと、気がついたときには彼の傍に駆けつけていた。

しかし、彼に触れようとした瞬間、彼はばっと手を前に出し、アイリを制止する。

「全て魔物の返り血だ。大事ない」

「でも」

「そなたを汚すことは本意ではない」

彼の言葉に、心臓がどくんと音を立てる。

ほら、こういうところ。尊大でありながら、ほんの小さなことでもアイリのことを気遣ってくれる。

「本当に？　怪我はしていないのですか？」

そう問いかけると、彼は驚いたように片眉を上げ、次の瞬間には表情をくしゃくしゃにする。安堵するように息を吐いてからしばらく、噛みしめるようにしてつぶやいた。

「無論だ。余を誰だと思っている」

なんだか声まで穏やかになった気がする。

彼の言葉はアイリの心にも優しく響き、不安だった心を溶かしていく。

「よかった……」

アイリはようやく胸をなで下ろした。

するとますます、ガルフレイは眩しそうに目を細める。

「――触れられぬのが惜しいな。身を清めてこよう」

「あ。えっと……」

「すぐに戻る」

そう言い残し、彼は浴室へとひとり向かっていった。


そうして待つことしばらく、のしのしと重い足音が聞こえ、アイリは背筋を伸ばした。

昨日、一日時間をもらって、かなり気持ちは落ち着いた。ようやくガルフレイと話ができそうな余裕もできたけれど、どうしても緊張してしまう。

「アイリ、今戻った」

「はい」

それでもアイリは居住まいを正し、ガルフレイを迎え入れる。

彼は前髪を後ろに流して鋼の額飾りで止め、肩と胸の一部は黒い鎧で覆っていた。全身きれいになっているが、帰ってきたときと同じ装備を身につけている。

夜通しの討伐の後は、てっきりお休みするのかと思っていたが、違うのだろうか。

「休まれないのですか？　疲れてるんじゃ」

「フ、余を誰だと思っている？」

「えーと、覇王さま？」

「ああ、そうだ。数日間戦い通すこともある。一夜程度、なんということもない」

「す、すごいですね」

アイリは頰を引きつらせた。

ガルフレイは尋常じゃない体力の持ち主なのだろう。確かに彼の体力が化け物じみていることはアイリだって実感済みだ。

数日間彼に抱かれ続けた中で、ついぞ彼の寝顔を見たことはなかった。アイリが目覚めているときは、いつもアイリをとろとろに酔わせてくれて、疲労した様子すら見せなかった。

——と、彼の逞しい腕の中の記憶が蘇り、頰が熱くなる。

ガルフレイがアイリの隣に腰掛け、じっと見つめてくると、アイリの心臓は高鳴るばかり。風呂上がりで彼の体温が高いせいか、余計にどきどきする。

そう、この目だ。

彼はアイリからけっして視線を逸らさない。一挙手一投足を見逃すまいと、まっすぐな眼差しを向けてくる。

どうやらアイリはこの眼差しに弱いらしく、どうしたらいいのかわからなくなる。

もともと男性慣れをしていない。そもそも、こうもはっきりとアイリへの興味を態度に出してくれる人など出会ったことがなかったからだ。

彼の興味はきっと本物。それがわかってしまうからこそ、余計に困惑する。——どうして自分なんかに、と。

ひとりそわそわしていると、彼の手が伸びてきた。

抱き込まれるかと思い、緊張でアイリの身体が強ばった。すると、その緊張が彼に伝わったらしい。頬に触れようとした彼の手が、直前でぴたりと止まる。

「……」

でも、アイリは逃げなかった。だって、彼と向き合うと決めたのだから。

じっとアイリを見ていたガルフレイも、覚悟を決めたのだろう。彼の大きな手がそっとアイリの頬に触れた。

相変わらず彼の表情は険しいままで、何を考えているのか読み取りにくい。それでも、アイリの顔を覗き込むなり、彼の表情がわずかに緩んだ。

「顔色が、よくなったな」

「え？」

「余が無理をさせていたのだろう？　——許せ」

彼の言葉に、アイリもこくこくと頷（うなず）いた。

どうしてだろう。彼の言葉のひとつひとつを素直に受け止めてしまえるのは。

流されたとはいえ、半ば強引に彼に処女を奪われたのだ。本来ならば警戒して然るべき相手なのに、そのような気持ちになれない。

ガルフレイはアイリの観察を続けているようだった。慎重すぎるほどにアイリの様子をうかがいながら、親指がそっと唇をなぞる。

それから彼の顔がゆっくりと近づいてきた。

（これは――）

経験上、キスをされると察知したアイリは、咄嗟に己の手で彼の胸を押さえる。

「あ、あの！」

「……っ」

「あの！　私、わけがわからなくて！　せ、説明してもらえますか？　いろいろ」

ちょっとあからさますぎるとは理解しつつも、強引に話題を切り替えた。

でも、この言葉はアイリの本心でもある。

ここがどこなのか。そしてアイリがなぜここにいるのかなど、とにかく状況を教えてほしい。

今までも会話のなかでぽろぽろと情報の断片を拾ってきたけれど、落ち着いて、ちゃんと理解したい。――ものすごく今さらではあるけれど。

この世界に来てから何日も経っているはずだ。これだけ時間が経ってしまうと、わずかな可能性としての『これは夢』という線も完全に消えた。

アイリが逃げたことを理解したのか、ガルフレイの眉間に皺が寄っている。

「――そうだな。そなたにとってはいきなりだったからな」

彼はそれ以上無理強いすることはなかった。

ぎゅっと目を閉じ、深く呼吸する。それからアイリを見つめ直し、大きく頷いた。

「そうですよ。もうすぐ大会があるのに。帰らないといけないのに」

（どうせ試合には出られないけれどさ）

それでも、チームメイトが大切な試合に挑むのに、音信不通などあり得ない。それに、自分が行方不明になったせいで、向こうの世界が騒ぎになっていたらどうしようという思いもある。

アイリの言葉にガルフレイは険しい顔をしたまま黙り込んでしまい、なんとなく察する。というよりも、どういう仕組みか、アイリ自身、漠然と理解しているのだ。

「やっぱり、帰ることはできないのですか？」

「……ああ」

想像通りの答えに息を吐く。

思いのほか衝撃が少ない。それでも落胆しているのは事実だ。

事実を受け止めるのに精一杯で、アイリは何も言えずにいた。すると、そっと肩を抱き寄せられて、どきりとする。

ぽんぽんと、ガルフレイの大きな手のひらがアイリの肩を叩いてくれる。

何度も思い出していた彼の力強い腕。そして彼の体温。

彼に触れられると心臓がどきどきするのも事実。けれども同時に、彼のぬくもりが混乱するアイリごと受け入れてくれるような心地がして安心する。

そして彼は、アイリが望むとおりに順を追って教えてくれた。

ラインフィーグ、戦の国。

強き者が上に立つ国で、ガルフレイはまさに世界の頂点に立つ男だということ。

そしてこの国ではずっと、彼の遺伝子を持つ子が望まれていたということ。

彼と相性のよい女神を召喚する儀式をおこなったところ、奇跡的にアイリを召喚できてしまったこと。

「召喚？　ええと、つまり、魔法のような？」

「ようなではなく、魔法そのものだ」

本当に、とんでもない世界に来てしまったのだと実感する。元の世界とは根本的になにもかもが異なっている。

「魔法なんてものが、本当に……？」

いや、実際魔法がなければ、今アイリがここにいることが説明つかない。すでに不思議な現象をいくつも目にしているし、存在しているのはわかった。

でも、頭で理解できたところで、いまいち実感が湧かないのだ。

「当たり前だ。そなたとて、その気になれば使えるだろう」

「え？」

「感じぬか？　その身に満ちた魔力を」

「私の身体に……？」

頭の中がハテナでいっぱいになる。

試しに両手を握ったり開いたりしてみる。しかし、魔力の気配などちっとも感じることができず、ただただ困惑する。

「さすが余の女神というところか。見事な魔法の才能を持っているようだが」

そう言われても、わからないものはさっぱりわからない。

眉をハの字にしながら、アイリは肩をすくめる。自分の魔力とやらを突き詰めるのは、いったん横に置いておいた方がよさそうだ。

「えっと。つまり、この世界には魔法があって、その魔法で、あなたが私を召喚したということですか？」

「そうなるな」

ガルフレイは鷹揚（おうよう）に頷いた。

本当に彼こそがアイリを呼び出した張本人らしい。帰ることのできない一方通行の道に、アイリを引っ張りこんだ。

「その溢（あふ）れんばかりの才覚。余の妃は、そなたをおいて他にいまい」

確かに彼は、出会ったその日から、アイリを妃にするとかなんとか言っていた気がする。

今だってそう。彼は親身になり、アイリに寄り添ってくれようとしている。それは、アイリを妃に迎えたいと本当に思ってくれているからなのだろう。

だから同時に、困惑した。

だって、いくらなんでも正直すぎではないだろうか。

(嫌われるとか、思わなかったのかな)

いくらでも誤魔化しようはあるだろうに。今、この状況でそんなことを伝えて、アイリに恨まれるとは考えなかったのだろうか。

それでも、自分にとって不利な事情も詳らかにしようとする潔い姿勢は、嫌いになれなかった。

「儀式で召喚できたら、誰でもよかった？」

「呼び出せるとも思っていなかった。それに余とて、もともとはその気もなかった——そなたが現れるまでは」

ガルフレイがアイリに妙に強い興味を抱いていることには気がついている。

でも、アイリは自分が飾り気のない平凡な女子だと思っている。別に賢いわけでもないし、人の上に立つような人物でもない。ちょっと運動ができるだけの、どこにでもいる娘だ。

だから自分とは住む世界が違うだけでなく、立場的にも雲の上の人に妃として選ばれる道理がまったくわからないのだ。

「お妃なんて。私、一般人ですよ？　頭よくないし向いていないし荷が重……っ⁉」

否定しようとすると、ガルフレイの腕に力が入る。

彼自身、何かを我慢しているようだった。ぐっと息をのみ、眉根を寄せている。

「向いているもいないもないだろう？　余が選んだ、それが全てだ」

彼の声が重たくなる。切実な願いがこもった言葉に、アイリはきゅっと唇を引き結ぶ。

彼の瞳が不安で揺れている。

一度彼を拒否してから、彼はアイリに触れようとすることに、ひどく葛藤を見せるようになった。

だからなのか、しばらく考え込むように口を閉ざした後、彼が選んだのは額への口づけだった。ちぅ、と触れるだけのキスを落として、すぐに顔を離してしまう。

幸せそうでいて、どこか寂しそうな笑みに目を奪われつつ、アイリは疑問を口にした。

「選ばれる理由がわかりません」

「余こそ、こんなにも愛らしいものを傍に置かぬ理由がわからぬ」

ガルフレイの熱っぽい視線に心がざわつくのを感じながらも、アイリはふるふると首を横に振った。

「それに、お妃っていっても、実際何もできない――」

「余の子を孕み、強い子を産んでくれ」

「孕……っ」

ざあああ、とその言葉に血の気が引く。だって、ここに来てから盛大に中に出され続けているのだ。

（わあああ……！）

今さらながら、そのことが現実となってのし掛かってきた。勢いに流され、なんということをしてしまったのだろうか！

頭が真っ白になり、これまでため込んでいた分、一気にいろんな焦りが噴出する。

「無理！　無理です！　だめ！　駄目です！」

両手で頭を押さえてぶんぶんと首を横に振る。

けれども、このことに関してはガルフレイも引くつもりはないらしい。アイリの肩を抱き寄せて、なぜだ、と強く問い詰める。

「私、まだ二十歳なんです」

「若いな。何人でも産めよう」

「まだ学生で」

「学びたいならば教師はつける。この国のことも知ってもらわねばならぬしな」

「そうじゃなくて！　子供とか、もっと後のことだって――」

晩婚化の進む日本において、アイリもまた、漠然と自分が母になるであろう年齢を考えたことはある。ふんわりと、二十代後半か三十代か――というイメージがあったけれども、生きる世界が違いすぎて、その年齢的な感覚を彼に共感してもらえるとも思えない。

（っていうかさ、この調子で覇王さまと結婚したとしてさ？）

想像できる未来はひとつ。ただひたすら抱き潰されて、子だくさん賑やか家族の道一直線だ！

一瞬楽しそうだとは思ったものの、すぐに落ち着けと言い聞かせる。どうにも、脳みそがまともに働いていないようだ。脳内がお花畑すぎる。

「とにかく！　勝手に決めつけないでください。その。確かに私、あなたと、その……」

何度もえっち、しましたけど——と、そこだけは小声で告げる。だって、改めて口にするには恥ずかしすぎる言葉だ。

「お妃になる覚悟ができていたわけでもないし。……お妃って、つまり結婚ですよね？　結婚なんて重大なこと、世界だって違うのに、すぐに決められるわけもないし」

ああでもない、こうでもないと、往生際の悪すぎる言葉を次々と口にして、アイリは息をつく。

この期に及んで悪あがきがすぎるだろうか。

しかし、ここで流されるのは絶対だめだ。いろいろ考えることはあるけれど、つまり、伝えたいことはひとつなのだ。

「だから、時間をください。——考えますから、私。ちゃんと、これからのこと」

「む」

アイリの言葉に、彼は片眉をあげる。

大丈夫、彼は話せば理解しようとしてくれる人だ。そう信じてアイリは続けた。

「この国のこととか、あなたのことも教えてください。大切なことだから、ちゃんと返事に責任を持ちたいので」

「………なるほど」

もっともらしい言葉を選ぶことができた。とはいえ、全部アイリの本音でもある。

一度決めたことを、あとでぐちぐちと言うのは嫌いだ。だから中途半端な返事はしたくない。

そもそも、元の世界に帰る事ができないということも、それが本当かどうかすらわからない。気持ちが宙ぶらりんな状態だからこそなおさら。

「そなたの意向は理解した」

ガルフレイは恭しくアイリの手をとる。そして彼の決意を示すがごとく、その甲に口づけを落とした。

気恥ずかしさで真っ赤になるアイリに、彼は真摯な目で語りかけた。

「ならば、余はそなたに選ばれるよう努力しよう」

「覇王さま」

「覚悟しておけ。余は、ほしいものは必ず手に入れる」

瞬間、心臓が大きく鼓動する。

殊勝な言葉を重ねても、やはり彼は覇王。アイリを逃してくれる気なんてないらしい。

そして厄介なことに、アイリ自身、それが嫌ではないことにも気がついていた。

「ではアイリよ、この国のことを知りたいと言ったな？」

「はい」

「ならば――そうだな。余の宝として、余に同行せよ」


朝まで魔の山での討伐を行ったこの日も、午後から城の戦士たちを招集する予定らしい。アイリの常識からすると、もっと休んで然るべきだと思うものの、やはり根本的な体力がちがうのだろう。一夜くらい眠らずとも、ガルフレイはピンピンしているし、どことなく上機嫌そうにも見える。

一方のアイリはというと、さすがに子供服のまま皆の前に姿を現すわけにもいかず、元の世界からたまたま一緒に持ってきた白いワンピースを身に纏うことになった。

ちなみにアイリの手荷物は全て大切に保管されているらしい。ただ、スマートフォンはとっくに電源が入らなくなっていたし、他に何か役立つものを持っていたわけでもないのだけれど。

雨で濡れてしまっていた新品のワンピースも、きれいに洗濯して保管してもらえていた。ただ、問題はその白ワンピースを着るだけにとどまらなかったことである。

ラインフィーグの男は、己の宝を黄金で飾ることが至上の喜びらしい。結果的に、アイリも見事に、全身黄金の装飾品で飾り付けられた。

もはや首輪と呼んでも差し支えない黄金の首飾り。ずっしりと重いそれは、本当に金でできているのだろう。細かな装飾が入ったうえに、大きな宝石がいくつも埋め込まれていて、身につけること自体気が引ける。

さらに、肩からは黄金の鱗（うろこ）のような——これも首飾りと言うよりも前掛け状態の飾りをつけさせられたし、手首や足首にも同様、黄金をたっぷり使った装飾品をはめられた。古代エジプトの女王さまにでもなったような気分だ。

ただ、やっかいなのは、腕輪やアンクレット同士をつなぐ黄金のチェーンのようなものがいくつも連なっていることだ。

チェーンが引っかかりそうで、手足の自由が制限されて落ち着かない。それに、正直全身がとても重たく感じた。

（全部金なのはすごいけど、何これ……）

アイリにとって、この装飾は重たすぎる。だからまるで枷（かせ）のように感じた。

けれど、ガルフレイが満足そうに笑っているから何も言えなくなる。なるほど、アイリは彼のこの顔に弱いらしい。

普段、表情の変化が少ないどころか、普通にしていても不機嫌そうに見えてしまう強面だからだろう。笑ったときのギャップがすごい。

愛しそうに触れられてしまえば、たちまちアイリの胸の奥がふわふわしてしまうから大いに困る。

　そのうえ、この格好がこの世界の常識だと言われてしまうと、ますます抗議がしにくかった。

　ガルフレイに左腕一本でひょいと抱き上げられ、連れて行かれたのは謁見の間だった。石造りの冷たい印象のある空間だが、部屋の周囲には数々の武具がずらりと並んでいる。やはり、この国の戦士たちにとっては武器が一番の装飾なのだろうか。少々無骨すぎる印象の空間には大勢の戦士たちが詰めかけており、その数にも、見事な体軀にも圧倒される。

　戦士たちが順々に報告を続けるのを、アイリは玉座に腰掛けたガルフレイの膝の上で、おとなしく聞いていた。

　戦の国とはよく言ったもので、ほとんどが魔物の討伐報告だった。アイリにとってはなじみのない話ばかりだ。けれども、アイリはしっかりと背筋を伸ばし、その報告に耳を傾ける。

（……見られてる）

　ある程度覚悟はしていたが、予想以上だ。

　この大広間にやってきてから、ひしひしと皆の視線を感じ続けている。

　大丈夫、この手の緊張感には慣れていると自分に言い聞かせる。きりりと表情を引き締め、アイリは背筋を伸ばした。

「それにしても、女神さまはやはりお美しい」

「とうとう宝を身につけられたお姿を拝見できましたな。我らも誇らしく思います！」

賞賛の声がそこここから上がり、アイリは目を丸くする。

ガルフレイもそうだが、皆、アイリのことを宝と称する。女神と呼ばれることにも気が引けるが、宝を身につけるという表現がどうも引っかかる。

とはいえ、ここに集っているのは屈強な戦士ばかりだ。彼らの不興を買うのは恐ろしく、この違和感を簡単に口にしてよいものかも判断しかねる。

せめて堂々としていようと、アイリは自身の腹に力を入れた。

戦士たちはますます興奮しているようだった。

ほとんどの戦士がアイリのことを好意的に見てくれているようだ。――もちろん、全員が全員というわけではなかったのだけれども。

一部の――アイリから見て左側の前列にいる男たちの一部が、何やら目配せをしているのがわかった。そしてそれは、ガルフレイも気がついたようだ。

不穏な空気が漂い、ガルフレイが眉間に皺を寄せる。それから、その戦士たちを睨みつけた。

いよいよ、その戦士たちの中心に立っていたひとりの男が、ガルフレイに呼びかける。

「恐れながら、陛下」

「……ズィーロか」

ズィーロと呼ばれた男は、短い金髪に碧眼の、精悍な顔つきをした男だった。不機嫌さを隠そうともせず、真っ先にアイリを睨みつける。

けれどそれも、一瞬のことだった。すぐに表情を引き締め、ガルフレイへと向き直った。

(今、私を睨んでた、よね……？)

敵意をぶつけられる経験などなくて、アイリはぎゅっと両手を握りしめる。アイリの緊張が伝わったのか、ガルフレイがアイリの背中を撫でてくれたのがわかった。

「何だ、申してみよ」

彼が冷たく言い放つと、ズィーロは一歩前に出てから、二度足で地面を打ち鳴らす。そして、再度アイリを睨みつけ、はっきりと言い放つ。

「我らが王に相応しき娘を、第二の妃として召しあげることを進言いたしたく」

まさかの言葉に、アイリは絶句した。

アイリ自身はまだまだ認めてはいないものの、ガルフレイはアイリを妃にと望んでいる。わざわざ異世界から召喚までしたアイリがいる状態で、第二の妃を娶れというのはどうなのだろうか。

この国の常識はさっぱりわからないものの、アイリの立場としては、気持ちのいい提案ではない。

「――ふむ、余は耳が悪くなったのか？　女神を迎えたばかりのこの身に、別の娘を娶れと？」

そしてアイリの常識は、この世界でも共通の感覚ではあったらしい。ガルフレイも眉間に皺を寄せ、ズィーロに問いかける。

腹の底から響くような声は、怒りでわずかに震えている。そして彼の拳がぎゅっと強く握られるのを、アイリは見逃さなかった。

「はっ！　恐れながら陛下、このままでは目的を違えてしまわれぬかと、我らは心配しているのです」

「ふむ、目的、とは？」

「決まっておりましょう！」

そう主張するズィーロ一派の目は真剣だった。数名が拳を握り、強く主張する。

「お妃さまに、強き子を孕んで頂く！」

「我らが王の血を引く強き子に、後世を託さずしていかがする！」

その主張を耳にして、アイリは息をのむ。

（子供……ほんとに、そうなんだ……）

ガルフレイにも同じことを告げられている。

彼らは異常なほどに戦うことに執着し、強さを追い求めている。だから、覇王であるガルフレイの子に期待せずにはいられないのか。

強い遺伝子が途切れるのをもったいないと感じるのは当然のこと。ガルフレイの血を引き継ぐ者が望まれるのはよくわかる。

——同時に、アイリという存在が不安視されている理由も。

（私は、この世界の人と比べて、身体が小さいから？）

元の世界ではごくごく普通の女性だ。というよりも、運動神経はかなりいいと言い切れる。

けれども、この世界の人とは、比較にならない。アイリはこの世界で着る服にも困るほどに、あまりに華奢で小さいから。

少し触れるだけでも、ガルフレイが慎重になるほどに脆く、儚い。いくらガルフレイの子であっても、アイリの遺伝が色濃く出てしまったら、彼らの目的は果たせないということなのだろう。

「つまり、余の女神では強き子が望めぬと言うか？」

アイリが危惧したことを、ガルフレイが代弁してくれる。

怒りのあまり、ガルフレイの覇気がピリと噴出した。アイリのことは優しく抱きしめたまま、右腕にだけ力を込め、ブルブルと震えている。

その覇気をまともに浴びたからか、後方に控えている者たちの顔色が悪くなっていく。

アイリはなぜかその覇気の影響を受けないが、ガルフレイがひどく憤っているのはよくわかった。

「そうです！　確かに女神さまは、この世のものとも思えぬ愛らしさ。王が身につけるにふさわしいお方！」

「しかし、その華奢な身体では、丈夫なお子は望めますまい！」

「王のご寵愛はもっともですが、他にも妃を娶ってくだされ！」

彼らの主張に、ガルフレイは我慢ならんと肘掛けに拳を振り落とす。瞬間、肘掛けが粉々に粉砕されてしまった。

（ひえええ……⁉）

彼の力はやはり、アイリの想像を遥かに超えていた。肘掛けは原形を留めておらず、粉々だ。彼はそれを気にする様子もなく、立ち上がる。

「余の女神以外に妃を娶るつもりはない。話は以上だ。散れ」

冷たく言い放ち、ガルフレイは皆に背を向けた。

そうして臣下たちから表情を隠した後、彼は眉根を寄せた。心配そうにアイリの顔を覗き込み、頬をゆっくりと撫でてくれる。

この場に長居はすまいと、彼は玉座の横にある扉から城の奥に向かおうとする。だが、このままでは終わらないらしい。

がちゃりと鈍く聞こえる金属音。耳慣れない音だが、嫌な予感がひしひしとする。

アイリが頬を引きつらせると、ガルフレイが耳元でそっと囁いた。

「——大事ない。怖ければ目をつぶっておけ」

まさか、と思う。

けれども、ここはラインフィーグ、戦の国。この国の男たちにとって、力が全てということはすでに教えられている。

「我らの話を聞かぬと言うなら、聞かせるまで！」

「お覚悟!!」

己の主張を通すため、大勢の臣下たちが一斉に地面を蹴る！

「ふん」

アイリを抱えたまま、ガルフレイはくるりと振り返った。

斧（おの）や大剣を構えて跳躍してくる男たちの動きを見切り、彼は一歩後ろへと引いた。

そして左腕でアイリを抱きしめたまま、最初に斬りかかってきたズィーロの腕を捻る。

そのまま隣の男も蹴り倒し、手のひらに魔力を集めて一気に吹き飛ばした。

ガランガラーン！　と、けたたましい金属音が鳴り響き、アイリの身体は強ばった。咄嗟に彼の左腕にしがみつくと、ガルフレイが口の端を上げる。

「ああ、それでいい。しっかり掴まっていろ」

「覇王さまっ⁉」

アイリの呼びかけに、彼は誇らしげに笑いながら、迫り来る戦士たちを迎え撃つ。

「お覚悟ぉ!!」

「――うおおおお!!」

彼に反旗を翻す臣下は想像以上に多かった。

というよりも、先ほどのズィーロ一派だけでなく、他の者たちも一斉に襲いかかってくる。むしろ、いきいきとして、楽しそうに笑っている戦士の方が多い気がするのは、気のせいではないようだ。

「待って、覇王さま!?」

「すぐに終わる、じっとしていろ」

迎え撃つガルフレイまでもが、嬉々とした様子だ。

「余は、覇王ぞ。そなたを排除しようとする者全て、この手で捻り潰してくれるわ!!」

そう言って彼は大きく前へと跳躍した。

左腕にアイリを抱えたまま、右腕を宙にかざす。するとそこには黒い靄のようなものが集まり、やがて、一本の大きな棍棒となった。

黒い鋼のような光沢感は、本物の金属のよう。どっしりとした重量のありそうな棍棒を、彼は軽々と振り回し、目の前の男たちを吹き飛ばしていく。

「オオオオオオ!!」

腹の底から響くような雄叫びに、アイリは震える。

右手に棍棒、左腕にはアイリを抱えながらも、彼は軽々と前に跳躍し、敵対する男たちを薙ぎ払っていった。

容赦なく対峙する男たちの鎧を粉砕し、骨を砕く。

彼の武器は棍棒だけではないらしい。剣や斧など、変幻自在に形を変える鋼の塊。

それに吹き飛ばされた男たちも、ふらふらしつつも立ち上がり、再びこちらへ走り込ん

でくる。大きく武器を振りかぶり、何人もが同時に攻撃するけれど、それも無駄。

ガルフレイは正しく覇王だった。

一撃で終わらないと判断すれば、容赦なく追撃を食らわせる。壁際に吹き飛ばされ、それでもまだ目が死んでいない男たちに、さらに追い討ちをかけようとする。

想像以上の凄惨さにアイリはひゅっと息をのんだ。

「駄目！　覇王さま、やめてっ!!」

彼の左腕に必死にしがみつきながら、アイリは叫んでいる。

「ぬ」

「もういいでしょう！　お願い、やめて覇王さま!!」

アイリの言葉に、ガルフレイは振り上げた黒い棍棒をピタリと止めた。

けれどもすっかり手遅れで、壁沿いには男たちが転々と転がっていた。壁はボコボコ、倒れている人もかなり多く、まさに死屍累々（ししるいるい）と言える状況だ。

戦闘がはじまってものの数分でこの有様だ。

はじめて目にする凄惨な状況に、アイリの理解が追いつかない。

――ただ、奇妙なのは、ガルフレイの攻撃を受けていた男たちがどこか嬉（うれ）しそうな顔をしていることか。

「王の手を止めるとはどういうことだ！」

ただ、約一名、明らかに怒りの声が上げていて、アイリははっとした。

ズィーロだ。彼だけが憎々しげにアイリを睨んでいる。

けれども次の瞬間には、ガルフレイが彼の目の前まで跳躍し、手刀で沈めてしまった。

いつの間にやら、ガルフレイが手にしていた黒い武器は消えてしまっているようだ。

「――ふむ、こんなものか。というわけだ。余は第二の妃など不要。異論はないな？」

ダン、ダンッ‼

ガルフレイが問うなり、男たちは揃って二度、地面に武器を打ちつける。武器を手放してしまっている者は足を、それすらかなわぬものは手を打ちつけ、その意を示した。すなわち、了、ということなのだろう。

それを見届けたのち、ガルフレイはくるりと皆に背を向ける。彼はこの場を放置したまま立ち去ろうとしているらしい。

血のにおいが漂う空間に身体が強ばるも、アイリはふるふると首を横に振る。

だって、これを放っておけるはずがない。だからアイリはパシパシとガルフレイの腕を叩いて、彼の足を止めさせた。

「離してください、覇王さま！」

「む」

「ほら、今すぐ！」

じっと睨みつけるように彼の顔を見上げると、ガルフレイはその口を引き結ぶ。しばらく考えるようなそぶりを見せたのち、彼はアイリをそっと地面に下ろした。

何かを考えている余裕などなかった。アイリは転がるように倒れている男たちのもとへと駆けつける。

（ああもう！　この飾りが重たいっ！）

大股で走りたくても、黄金のチェーンがそれを邪魔する。がっちりと固定された腕輪やアンクレットだって、アイリの肌に食い込むようでひどく痛む。

もどかしさを感じつつも、今は自分のことなど二の次だ。目の前の傷ついた皆を、はやくなんとかせねばという気持ちが膨らむ。

打撲だけでなくて大出血している者も多く、ざっくりと裂かれた傷口からあふれる血にぞっとした。

「誰か立てる人！　お医者さまを呼んできて‼」

慌てるアイリに、皆が皆、目を丸くする。

「はやく！」

そう叫びながら、アイリは地面に転がっていた一本の剣を手に取った。

「む」

何を、とガルフレイが呼びかけるのを無視して、アイリは自分の着ていたワンピースの裾に切り目を入れる。そのままビリビリと引き裂くと、思った通り、包帯のように細く切り取ることができた。

元の世界からの数少ない持ち物だったけれど、気にしない。脚もかなり晒（さら）すことになるけれど、それも仕方ない。

何よりも今は、目の前の人を放っておくことなどできなかった。

「血、止めますね。少し、力入れますよ？」

「ぐ……う、あ？」

男は意識が朦朧としているのか、まともな返事がない。アイリは問答無用で、彼の腕を強く縛る。それから剣の鞘を使ってぐるぐると締めて、固定した。

きっとすぐに、誰かがお医者さまを連れてきてくれるはず。応急手当の仕方なんて授業で少しかじったくらいだけれど、できることはやらねばと、アイリは奮闘した。

ひとり止血すると、隣の男のもとへ。さらに自分のワンピースを引きちぎり、応急処置をする。

「アイリ」

「覇王さまも！　つったってないで手伝ってください！　――ああ、布が足りない！」

どうしようと、アイリは頭を抱える。

先ほどのガルフレイの武器みたいに、どこからともなく出てくればいいのに――なんて都合のいいこと考えて、首を横に振る。

できないことを嘆いても仕方がない。

「誰か、包帯を……！」

慣れ親しんだあのふわふわした感触を思い出しながら周囲に呼びかけると、すぐに何かが手のひらの上に置かれる。それはまさに今、アイリが最も欲している包帯そのものだった。気を利かせた誰かがすでに用意してくれていたのだろうか。

「ありがと！」

その誰かに礼を言う。

パッとその包帯を見てみると、色が黒だった。なるほど包帯まで黒とは徹底している。

その時、周囲がざわついたことにも気がつかず、アイリは目の前の男に集中していた。

とにかく今は時間との勝負だ。ひとりの処置が終わると、さらに別の男の止血をする。

「余の女神よ」

目の前のことで必死なのに、ぱしりと手首を掴まれ、抗議する。

「覇王さま、ちょっと待っ――」

「捨て置け」

「！」

あんまりな言いようにカッとなった。

大きな彼の手を振り払おうとしても、うまくいかない。けれど、アイリの常識では、この状況を放っておくなんて選択肢はない。

「でも！　みんな、こんなに、血が！　………血が？」

しかし、アイリもまたはっとする。目の前の男性のむき出しになった腕は、パックリと裂けていたはずなのに――わざわざアイリが止血せずとも、すでに血は流れていなかった。

「あ、れ——？」

あまりのことに何度も瞬きした。

目の前の人もそうだし、奥に倒れている人たちも、わざわざそのひどい傷口をそれぞれアイリの方に向けてくれる。その上で、ニイイと得意げに笑っている人までいた。どこか楽しげな皆の様子と凄惨な光景のちぐはぐさに頭がついていかない。

「血なら魔法で止められるし、傷は一晩もあれば治る。その程度でおさめられぬような者は、ここにはいない」

「ひと、ばん」

「そうだ」

「骨折も？」

「ああ」

「内臓とか、やられちゃったりしても？」

「程度にもよるが、おおよそは」

「……」

目の前のガルフレイしかり、やはりこの世界の人間はアイリの想像を軽く超えていく。

ひとりで大騒ぎしたあげく、慌ててスカートを引きちぎってまで、不恰好（ぶかっこう）な応急処置をしたことが、妙に気恥ずかしくなってしまった。

「あ、あああ、私っ」

そうだった、ここはアイリがいた世界とは別世界なのだ。

異世界人である彼らを、元の世界の人間と同じくくりにしてはいけないらしい。

「ご、ごめんなさいっ」

アイリの暴走につき合わせてしまった目の前の男に、何度もぺこぺこしながら黒い包帯を引っ張る。けれども目の前の男は、その包帯を摑んで離そうとしなかった。

「いえ。ありがたく！　こちら、頂戴してもよろしいでしょうか！」

「え？　あ、はい。どうぞ」

男はなんとも興奮した様子で、手元の包帯をきらきらとした目で見つめている。どうしてこんなにも喜ばれるのかさっぱり意味がわからず、アイリは困惑した。

「――女神さま」

そこに横から声をかけられて、瞬く。振り向くと、涼しげな表情をした若い男と目が合った。

皆と同じく長身だが、少し細身。藍(あい)色の髪に同じ色の瞳の、ガルフレイや他の男たちとは少し印象の異なる知的な雰囲気の優男だ。

「ロウェン」

ガルフレイが名を呼ぶと、その男はにっこりと笑う。

彼の腕には一本の筋のような大きな傷が走っていた。血がボトボトとこぼれ落ちており、他の皆とは傷口の様子が全然ちがう。

とても綺麗に裂けており、少なくともガルフレイがつけた傷ではなさそうだ。

驚いてアイリが瞬くと、彼は頷いてみせた。まるで痛みなど感じていないようだけれど、傷の生々しさとのギャップに頭が追いつかない。

「女神さま、どうか治療をお願いできますでしょうか」

「え？　あ、はい」

雰囲気にのまれて頷き、ガルフレイの方を見る。手を離してくれと目で伝えると、彼も渋々アイリを解放してくれた。

とはいえ、先ほどの包帯は手元にない。さて、どうしようと考えた。

「あ。……包帯、ありがと」

また誰かが手のひらの上に包帯を置いてくれたらしく、礼を言う。この時ようやく、周囲のざわめきが大きくなったのに気がついた。

「ああ、女神さま、ありがとうございます。自分でできますので、お借りしても？」

「え？　はい。どうぞ」

素人のアイリがするよりも、慣れているならお願いした方が早い。――とはいえ、それならわざわざアイリに頼まずともよかったのではないだろうか。

頭をハテナでいっぱいにしながら黒い包帯を渡すと、ロウェンと呼ばれた男はにっこりと笑う。腕には痛々しい傷が残っていたけれど、不思議なことに、すでに血が止まっている。

「ふむ」

もはやロウェンの興味は黒い包帯に移行していた。手にした包帯を伸ばしたり、縮めたりしながらその感触を確かめる。しかも、なぜかガルフレイまでも一緒になって、物珍しそうに観察しはじめた。

「間違いありませんね、我が主。そして我が主の臣下たちよ」

「ああ」

「これは、我が主と同じ、創造の魔法です」

——創造の魔法。

どうやらそれは、ほんのひと握りのものだけが会得可能な特殊魔法らしい。

「——というわけで、女神さまには特別な才能がおありだったようですね」

「息をするように、簡単に物体を創造してみせたからな。やはり余に並ぶ——いや、それ以上の魔法の才を持っているやもしれぬな」

事前に、アイリの身体にも魔力が宿っているとは聞き及んでいた。

しかし本当に、このような形で魔法を行使できてしまうだなんて想像だにしていなかった。にわかに信じがたいが、本当のことらしい。

謁見の間でアイリが大騒ぎしたあと、ガルフレイとロウェンの三人で、ガルフレイの私室まで戻ってきた。

いくらすぐに怪我が治るとは聞いていても、皆を放置しておくのは不安だったけれど。なぜだか皆からきらきらした目で「大丈夫！」と断言されてしまったものだから、信じるしかない。

そして、この世界の事情がわからないアイリに、ガルフレイの右腕と主張する男ロウェンが丁寧に説明してくれた。

魔法について。そして、属性について。

この世界において、形ある全てのものは、さまざまな属性が複雑に絡みあって形成されている。そして、己が身に持つ属性のみ使役できるのだとか。

多くの属性に恵まれた人間は、空気中に漂う属性の素を組み合わせて固形化し、さらに変形することができるらしい。

（つまり、元素みたいなもの？）

ふわふわとだが、アイリはそう認識した。

さらにロウェンが言うには、アイリ自身も、単純に魔力だけでなく、多くの属性を操る才に恵まれているのだという。

なんと、魔法の才は髪や瞳などの色彩に影響するらしい。そしてアイリの黒い髪や瞳こそ、多くの属性に恵まれた証拠でもあるのだとか。つまり、アイリはとても珍しい存在らしい。

ロウェンに説明を受けながら、アイリはこくこくと頷いた。——自分を抱き寄せる大男の存在を感じながら。

「あの、覇王さま」

「ガルフレイだ」

ずいぶん真剣な様子で、彼は唐突な主張しはじめた。何か心境の変化でもあったのかと、困惑する。

けれど、すっかり覇王さまで定着してしまったし、そもそも、彼の名前など恐れ多くて呼べやしない。

「覇王さま」

かたくなに彼を名で呼ぶことを拒否すると、ガルフレイもそれ以上は無理強いするつもりもないらしい。ぎゅっと眉間に皺を寄せ、押し黙る。

「まさか、我が主の御名を口にできる栄誉を放棄なさる方がいらっしゃるとは」

「ああ。まだ、余が愛を乞うておる立場よ」

そうはっきりと口にし、ガルフレイはじっとアイリを見つめ続ける。

まるで突き刺さりそうなほどに鋭い視線に、息苦しさすら感じる。けれども、アイリは逃げないと決めていた。だから、ごくりと唾を飲み込んで、真剣な目で見つめ返す。

そうして見つめ合っていると、彼がふと肩をすくめた。

「ズィーロは優秀な戦士かと思うておったが、まだまだだな。——外殻にとらわれ、本質を見抜けぬとは」

「アレの場合は、主を思うがゆえの目の曇りでしょうが」

「ふん、面倒な男よ」

彼の主張はガルフレイの意には沿わぬものだったけれど、はっきりとしていた。

ズィーロというのは、確か最初にガルフレイに突っかかってきた金髪の男だったはず。

ガルフレイの遺伝子をよりよい形で後世に残したい。ガルフレイの強さを認めているからこそ、アイリの存在がもどかしく感じたのだろう。

ガルフレイの忠臣であるがゆえの進言だったということか。いきなり戦闘になってしまうのは困惑しかないが、彼の主張は理解できる。だってアイリ自身も、自分がガルフレイの妃になど分不相応だと思っているから。

でも、肝心のガルフレイ自身はそう思ってはいないらしい。

「――とはいえ、余もまだ見えていなかったな。そなたの本質を」

ガルフレイはじっとアイリを見つめたままだった。何かを考え込んでしまっているのか、動こうともしない。

ただ、彼の中で何か結論が出されたようだった。ふむ、とうなずき、ロウェンに呼びかける。

「ロウェン、今日はもう下がれ。よいな」

「はっ」

ニコニコ微笑みながら、ロウェンは己の足を二度地面に打ち付ける。ガルフレイはアイリから目を逸らすことなく、さらに続けた。

「ついでにうるさい者どもによく言って聞かせておけ」

「はい、我が主。ズィーロたちのことはお任せください」

そう言い残し、ロウェンが部屋から立ち去ってしまう。

重たい扉が閉まるなり、ガルフレイの纏う雰囲気が変わった。真剣な面持ちの彼に両手で抱き上げられ、アイリは身体を強張らせた。

「……あの、覇王さま？」

「ふたりだ」

「へっ」

「いや、そなたが異世界から持ち込んだドレスを与えたものを含めると四人か。四人も、余の先を越した」

「えっ、あの——」

入り口からさらに奥の部屋へ連れて行かれ、いつもの大きなベッドに身体を下ろされる。

四人。なんのことを言っているのか理解し、アイリは息を飲む。

ワンピースを引きちぎって作った包帯やアイリが魔法で創造した黒い包帯。——つまり、ロウェンを含め、アイリがなんらかのものを与えた者たちだ。

「余は常にそなたの第一でありたいと思うが、そなたはまだ、そうではないのだな」

「えっ、あの、覇王さま？」

「このドレスとて、そなたが引き裂いてしまうのであったならば、わざわざそなたに返すのではなかった」

そう言って彼は、ベッドに腰かけるアイリの前で、膝をつく。

「誰にでも心を砕くのは、そなたの優しさであり、強さなのだろうが」

名残惜しそうな彼の視線の先には、無残な姿になったアイリのワンピースがある。アイリに引きちぎられたワンピースはボロボロで、その裾がすっかりほつれてしまっている。かろうじて太腿は隠れているが、少ししゃがむと中が丸見えになりそうだ。こんな状態で、アイリは彼の臣下の前でバタバタしていたらしい。

そしてアイリには気になっていたことがある。

朝からブラもショーツも身につけさせてもらえていない。おかげで乳首は擦れて痛いし、脚の方は心許ない。この状態でさらにワンピースをビリビリ破るとは、なかなかの冒険をしてしまった。

「あの……」

ずっしりとした黄金の装飾がアイリの胸にあたっている。その重みが、感触が——そしてそれを彼にじっと見られているという事実もまた、アイリに己の状況を理解させた。

抱かれてはいない。愛撫（あいぶ）されているわけでもない。けれど、寝室でふたり見つめ合っていると、どうしても彼に抱かれたあの感覚が蘇ってきてしまう。

現に、アイリの乳首はすでに反応していた。手首や太腿にはめられた金属がひやりと冷たい。アイリの割れ目は外気に晒されスースーと冷たく、それでも、とろりと蜜がこぼれるのを感じてしまうのだ。

「そなたが持っていた数少ない荷ゆえ、そなたに返したが――もう、必要はないものだったのか」

よほど、目の前でアイリがワンピースを破ったことが堪えたのだろうか。――あるいは、アイリがガルフレイ以外の人を助けようと必死になっていたことが引っかかっているのか。

「違います！　あの時は、本当に焦って！　目の前で、みんなが死んじゃうんじゃないかって！　だから、布ならなんでもって思っただけで」

「余の臣下はそれほどに弱くはない」

「うん。……はい！　それは、よくわかりましたから！」

そうは言っても、彼は納得してくれなかった。

ふっと宙に手をかざし、どこからともなく、その手に細身のナイフを握る。

「っ」

「動くな。大事ない。そなたの肌には一切傷をつけぬ」

「あ、あ、あの――」

鱗のような胸回りの装飾を取り払う。それから慎重に、アイリのワンピースに切り込みを入れた。

緊張で呼吸が浅くなる。けれども、この恐怖に似た感覚さえ、アイリの胸を高鳴らせるのだ。

彼にとっては、ワンピースを手で引きちぎることも容易だろう。けれどもわざわざナイフを使うのも、アイリのことを思ってこそなのかもしれない。

ぴり。

ぴり、ぴりぴり、ぴり。

静かに裂かれていくワンピースを、そして丁寧なガルフレイの手つきを、アイリはじっと見ていた。

布が取り払われるたびに身体中に巻き付けられている金の装飾が直接肌に触れて、冷たく、硬質な感触がより緊張を呼び起こす。

首から腹、背中へと。手首、腰、太腿、足首——アイリの肌を黄金の装飾のみが彩っていた。

「ああ、黄金を身にまとうそなたは美しい」

「覇王さま」

「臣下のため懸命になるそなたも愛らしかった。……が、余を差し置いてというのは、かように気に入らぬものだったか」

その言葉は、彼自身に向けられたもののように感じた。

彼の眉間に皺が寄る。ぎゅっと握られた拳が、ぷるぷると震えていた。

「軟弱者よと、そなたは嗤うか？」

自虐的な笑みを浮かべながら、彼は再び手を伸ばす。恭しくアイリの足を持ち上げ、そっと足の甲へとキスを落とした。

「！」

「愛を乞う立場ながら、一人前に嫉妬した。――許せ」

これが彼なりの精一杯の謝罪なのだろう。

驚いて何も言えないでいると、彼はアイリをベッドの奥へと引っ張り、いつものように簡単に組み敷いてしまう。

シャラリ、と金属の音が響く。――と同時に、ガルフレイの鎧がアイリの目の前で消えていった。どうやらこの日、彼は自分の魔力で鎧を生み出していたらしい。

「余の女神。その御身、どこまでも余を魅了する」

「待って。――待って、覇王さま！」

「待てぬ」

苦々しく、彼は言い放つ。

「ちゃんと考えるって言いましたよね？　だから、どうか結論が出るまでは――」

「そなたを本当の妃にするのは待つ。だが、余はそなたに愛される努力をするとも言ったな？」

「努力って、まさか――ひゃあっ」

彼の大きな手のひらがアイリの乳房に触れた。

ふたりでベッドになだれ込む。カチャリと鳴る金属音が、広い寝室に響き渡った。

(エッチ？　努力って、エッチのこと⁉)

どうやらすでに彼の方は準備万端らしく、アイリの太腿には衣服越しにもわかるくらい硬く熱くなったモノが押し当てられている。

(だめだよ。今日こそは、ちゃんとするんだから)

いやいやと首を振りながら、アイリは両手で彼の肩を押したけれど、どうにも逆効果らしい。ますますその猛りを押し付けられながら、身体の至る所にキスを落とされていく。

ただ、以前アイリが拒否した唇にだけは、キスが降ってくることはなかった。

アイリの身体にはすでに無数の所有印があったが、それを上書きするように彼は強く吸い上げる。たまに強い痛みを感じて訴えかけたけれども、彼はやめてくれそうにはなかった。

直接触れられてもいないのに、すでに潤っている蜜壺に、彼の太い指が埋め込まれていく。このままでは、なし崩しに彼とエッチして、そのまま中に出される未来が見えている。

彼はアイリの気持ちを汲んで、強引なことは止めてくれると思っていたけれど、根本の価値観が異なりすぎてついていけない。

「お願い、やめてください！　私、まだ」

「余は愛を乞うておるのだ。だから――」

愛を乞う。その言葉が指し示す意味が、アイリの常識と違いすぎる。

「待って。時間をください！　嫌。このままじゃ、嫌なんです、覇王さま！」

「む」

「なし崩しにエッチとか、無理！　お願い、覇王さま。お願い――」

「だが」

血の色の瞳がわずかに揺れる。

彼からダメ押しでねだるように腰を押し当てられ、アイリ自身もすでに反応している。

彼の欲望も当然そう簡単におさまりそうにない。

それでもアイリは懇願した。

だって、これは夢ではなかったのだ。ここがアイリの現実だというのなら、流されず、自らしっかり立たなくてはいけない。

身体はすでに火照って、熱い。それでも、アイリの意識は無責任に生でエッチできるようにはできていなかった。――もちろん、昨日までめちゃくちゃに流されていることは自覚しているのだけれども。

「……っ」

彼をじっと見上げる。ガルフレイはアイリとふたりでいるとき、けっして目を逸らさない。だからこそ、目を合わせるのは容易だった。

そして彼は、アイリの気持ちからも逃げない。そう信じているからこそ。

「だから、お願い、覇王さまっ！」

ガルフレイは見た目は強面だし、戦うことに躊躇はしない。アイリとは根本的に価値観が異なるけれど、アイリの言葉はちゃんと聞いてくれる人だ。

必要なのは、伝えることだ。

理解してもらえるよう、勇気を出すことだ。

両手を握って「お願い」と繰り返す。はからずしも上目遣いで訴える形になり、ガルフレイがうっ、と言葉に詰まった。

「……そなたのここは、余を欲してはいないのか？」

彼の下腹部の主張しまくっているものが押しつけられるのを感じるけれど。

「……っ。欲がないって言ったら、嘘になりますけど」

「ならば」

「でもっ」

火照った身体を冷ますために、何度も何度も深く呼吸する。

いつもなら、このあと彼の大きな猛りに貫かれる。その圧倒的な質量にすっかり慣らされているアイリの身体は、彼に触れられるだけで、甘い蜜がとろりとあふれるように作り替えられてしまっている。

それでも。――その快楽だけに身を任せたくはない。人としてだめになりたくないと思いながら、アイリはきちんと言い切った。

「こうして身体を重ねるなら、ちゃんと好きな人とって――私はそれが当たり前なのだと、思っていますから！」

この世界ではきっと、根本的な文化が違うのだろう。

だからこそ、アイリ自身がちゃんと伝えなければいけなかった。

「……なるほど」

ガルフレイの眉根が寄せられる。

苦々しそうに呟き、彼は身体を起こした。そしてアイリから手を離し、正面に座り込む。

「余は覇王ぞ。全ての頂点に立つ強者だ。――だがアイリは、単純に強き者に身を委ねるつもりはないのだな」

「この国では強さが全ての基準なのかもしれませんけれど、私には、そういった感覚がいまいちわからなくて」

ガルフレイが唇を引き結ぶ。

険しい顔をしたまま、じっと考え込んでいるようだった。

「………………余は、まだ、愛を乞う立場だ」

彼は自分に言い聞かせるようにして、アイリから少し身体を離す。彼の表情は、険しいを通り越して無に近づいていた。

「ごめんなさい。私も、今までは夢だと思って、その」

もごもごと、小声で呟いた。

ガルフレイはぎゅっと眉間に皺を寄せて、黙り込む。

「――……」

長い沈黙の後、目の前で、あまりに深いため息をついた。

「……覇王さま？」

「――いや」

ふるりと彼は首を横に振り、腕を伸ばして布団を引っ張る。そのままばさりとアイリに被せたかと思うと、その場に立ち上がる。

ようやく、彼の視線が別の方を向く。その横顔は、暗くてはっきりとはわからないものの、ほんのりと赤みを帯びているようだった。

「そなたはひとりのほうが落ち着くのだろう。余は隣へゆく。――窓から逃げるようなことはしないでくれ」

アイリに背を向け、彼は魔法の鎧を再び呼び出す。

窓から逃げるだなんて簡単に言うけれど、ただの人間のアイリにはできるはずもない。それでも、彼の常識からして念を押さずにはいられないのだろう。

呆然とするアイリに対し、彼は一度だけ振り返る。目が合ったそのとき、彼の厳しい顔つきがほんのわずかに緩む。しかし、すぐに向こうを向いてしまった。

ずきん、と、胸が痛んで、アイリは布団を引き寄せる。三角座りで自分を強く抱いたまま、部屋を出て行く彼に呼びかけた。

「あの！　――ありがとう、ございます！」

「………ああ」

もう彼は振り返ってはくれなかった。

ただ、のしのしと隣の部屋へと向かう彼の背中を見ていた。そしてため息をつく。ひとりになった瞬間、妙に肌寒さを感じたからだ。

すぐそこに感じていたあの温もりがない。

がっしりとした丸太のような腕、頬っぺたをくっつけると心地いい逞しい胸板。身長は全然違うから、見上げるときは首が痛いけれど、抱き上げられると同じ視線の高さになって――彼はいつも、アイリのことを見つめてくれている。アイリの一挙手一投足を見逃すまいとでも言うかのように。

――熱烈だ。あまりに熱烈で、溺れてしまいそう。

少し強引すぎるところもあるけれど、男の子みたいなアイリを可愛いと言ってくれた。あんなに真剣に、あんなに熱心に想いをぶつけてくれる人など、元の世界で生きていても出会えただろうか。

（だめだ、ちょっと、さみしい――）

強引で、全然価値観も違う。それでも、なぜか嫌いになれない。

そう。強引だけれど傲慢ではないのだ。彼はきちんとアイリの話に耳を傾け、受け止めてくれようとしている。

それに、彼の口から語られる言葉は全て本心だ。口数こそ多くはないものの、彼の言動には嘘がない。

価値観も文化も異なるため、行動のひとつひとつが突拍子もなく思えるけれども、根が真面目で誠実なのだろう。

（………私、好きに、なりかけてる。……ま、当然か。そうだよね）

なかば強引に身体をひらかれ、アイリも流されに流されたけれど。正直格好いいと思うし、ちょっと照れたりすると可愛くも見える。

圧倒的な存在感から目を逸らせなくなっているのは、アイリの方なのだ。

何よりも、愚直とも言えるほどにまっすぐアイリに向き合ってくれる彼自身を無碍にできるはずがなかった。

心の奥底に芽生えはじめている感情に戸惑いながら、アイリはぶんぶんと首を横に振った。

（でも、結婚なんて）

遠い未来の話だと思っていた。

そして、その決断をしてしまったら、いよいよ元の世界との間のなにかが断たれる。

追いかけていた夢も、抱えていた悩みも、仲間も、友人も、そして家族すら切り放し、捨てることになるのだろう。

帰る方法なんてないと言われたけれど、それでも、という想いもあるからこそ。

（まだ、私には）

それほど大きな決断をする勇気なんかない。

ぎゅっと膝を抱え込み、顔を埋める。

ひとりじゃ、このベッドは大きすぎる。けれども、今は彼と一緒にはいたくない。

——やっぱりこれは夢じゃない。全てが都合よくは終わらないのだ。

七日目　異なる常識

アイリが混乱したときは、彼女にひとりの時間を与える。――ガルフレイの中ではそういう認識が芽生えたようだった。

だから結局、昨夜もガルフレイが寝室に戻ることはなかった。代わりにロウェンに食事を運ばせるなどして、気を利かせてくれたけれども。

『私がひとりで来たと驚いてます？　ふふ、我が主は、すぐ隣の部屋で見張ってるんですよ、私を』

肌を隠すため、布団をかぶったままロウェンを迎えると、ロウェンは寝室の入口につったったまま――まるで冗談のような、でも、きっと本当のことだろうと思える真実を伝えてくれる。それからアイリの許可をとって室内に入ると、テーブルに食事を置いてくれた。

そうしてロウェンが持ってきてくれたのは、アイリが好む果物の他、パンと、肉と、肉と、肉と、スープだった。

それはそれは、圧倒的な量の暴力であった。なんとこれがこの世界における女性の一般的な食事量らしい。

どうあがいても完食するのは不可能だ。けれども、日本育ちのアイリにとって、食べ残しはどうしても気が引ける。だからそれらのほとんどを、手をつける前に下げてもらおうとすると、本気で驚かれてしまった。

文化や思想だけではない。食事ひとつをとっても、この世界の人は自分と身体の作られ方が違うのだと思い知る。ガルフレイと価値観が異なるのは、当然のことなのだろう。

そうして腹を満たし、外し方のわからない黄金のアクセサリーをつけたまま、アイリはごろごろとガルフレイのベッドの上に転がっていた。

ここで、何日も何日も、夢だと思ったまま、彼に愛され続けたのだ。

「………」

不思議な夜だった。

窓の外を見ると、地球ではあり得ないような大きな月が浮かんでいる。その大きさ異様さに、いよいよ別の世界だということも理解し——。

——そのまま一夜明け。昨日と同じく、また気まずい朝を迎えることになってしまった。

ただ、この日はガルフレイの方から、アイリのご機嫌伺いにやってきて驚く。曰く、アイリ用のドレスが仕立て上がったのだとわざわざ持ってきてくれたのだ。

その時のすごく情けなさそうな彼の顔が可愛く見えて、ちょっとだけ笑ってしまった。

しょんぼりした覇王さまなんて、アイリ以外は絶対に目にしてはいけない。見た目とのギャップがありすぎて、混乱必至だ。

こんな小さなことで、わだかまりが解けてゆく。価値観や常識の違いに戸惑うことは多いけれど、ガルフレイという人のことはやっぱり好ましく感じた。

アイリが笑うと、ガルフレイは何度も瞬いた。そして、ぎゅぎゅっと眉間にシワを寄せて、白いドレスを渡してくれる。

「すごい。なんだか、綺麗すぎません……？」

自分には似合わないと言おうとしたけど、我慢する。ガルフレイは、きっとそんな言葉を好まない。

さらさらとした手触りがやさしい、少し大人っぽいタイトなシルエットのドレス。腿のところまでしっかりスリットが入っているのがこの国らしいけれど、裸に装飾品だけよりもはるかにほっとする。

さらに、仕立ても丁寧で驚いた。この国の人は皆、繊細な装飾など興味がないと思っていたし、厳つくてごつごつしたものを好むのだろうと感じていたからだ。

「街の女の手仕事だ。あやつらにはこれくらい容易い」

「へえ、女の人が」

そう説明する彼は、誇らしげな様子だ。

彼が覇王としてこの地を統治しているからこそなのだろう。

「とても綺麗です。ありがとうございます。――私に似合いますかね？」

「着てみせるがよい」

適当に返事しないのがガルフレイらしい。

少し照れながら頷くと、彼もまた安心したように眦を下げた。

だからその流れで彼を手招きして、耳元でそっとおねだりしてみる。

「できれば、下着も。ほしいです」

「む」

ノーパンノーブラはさすがに落ち着かない。しかもタイトかつスリットの入ったドレスを着るならなおさら。

特に、乳首って意外と目立つのだ。たまに見る外国のお姉さんたちみたいに堂々とはしていられない。

「だが、だな」

なにやらガルフレイの強いこだわりでもあるのか、妙にしぶる。けれどもさすがにここは押し負けるわけにはいかない。

「恥ずかしいですし。落ち着きませんから。――あと、その」

「なんだ?」

「……色々、擦れて痛いですし」

おねだりついでに外し方がわからずひと晩そのままになっていた金の装飾品も見せてみる。

この国では、宝は黄金で飾るものなのだと理解はしたものの、アイリはこれらの装飾がどうしても好きになれなかった。

単純に重たいというのもある。

寝ている時もあちこち当たって痛かったし、手首などはその重みで赤くすれ、ところどころ内出血してしまっている。

それだけでなく、動きを制限することに対し、どうしても所有物になったかのような感覚に陥るのだ。

「自由に手足を動かせないのは、私は――」

ただ、この気持ちをうまく言葉にできなかった。だって、彼らの価値観を否定したいわけではないのだ。

でも、華奢なアイリにとって、これらの装飾は負担が大きすぎる。それは揺るがぬ事実だ。

「綺麗なんですけど、重いし、すごく痛くて。とても、寝られな――ひゃあ！」

ガルフレイの行動は早かった。

アイリの腕を掴んだかと思うと、腕と足をつなぐチェーンを躊躇なく引きちぎる。

「え？　嘘でしょ……」

簡単に引きちぎれるようなものではないと思うのだが、ガルフレイにとっては容易なことらしい。

だが、アイリを驚かせてしまったことには気付いたようで、残りのものはひとつひとつ、丁寧に外していってくれる。

「許せ。――そうか、これも、そなたには毒だったか」

苦々しくつぶやきながら、彼はまだら色になっているアイリの肌をじっと見ている。大きな手が内出血部分を何度もさすって、自分を責めているようだった。

彼にこんな顔をさせていることが心苦しくて、アイリは息をのむ。

「毒っていうか、重すぎるというか。……ごめんなさい。私が昨夜、先に覇王さまに伝えていればよかったんです」

隣の部屋に彼がいるのは知っていた。そうしなかったのはアイリの意地でもあった。気まずくて、つい我慢することを選んでしまったというのもある。

アイリの言葉に、ガルフレイの纏う空気はますます重たくなっていく。そして装飾品を外していく彼の手が、あるところでピタリと静止した。

「……っ」

「あー、ちょっと切れちゃってましたね」

右手首に、ひとすじ赤い線が入っている。ほんのわずかだが血が滲み、ひりひりと痛みがある。

どうやら、金属の破片に引っ掻かれてしまったらしい。

「医師に！」

ガッ！　と抱き上げられそうになったけれど、このまま連れていかれるのはまずい。だって、まだ用意してもらったドレスを着ていない。つまり、今アイリは素っ裸なのだ。

「覇王さま⁉　たいじょぶ、大丈夫ですっ！」

「しかし、そなたの肌に傷が――！」

臣下たちの大怪我を放っておけと言う人のセリフとは思えない。

この国で医師を呼ぶというのは、もしかしなくてもかなりの異常事態ではないだろうか。それを切り傷ひとつでしようとは、さすがのアイリも気がひける。

カッ！　と目を見開き、すごい圧をかけてくるガルフレイに、アイリは両手をぶんぶん振って、落ち着かせようとした。

「いいえ！　こんなの、舐めておけば治りますって！」

バレーボールをしているときは打ち身も捻挫もしょっちゅうだった。今さら切り傷ひとつ、なんということもない。

けれど、よかれと思って言った言葉の意図が彼には伝わらない。アイリの言葉は、それはそれでガルフレイには衝撃だったらしい。

「舐め……⁉」

「？」

「舐め……」

アイリの小さな手をとって、わなわなと震える。そしてアイリは、また余計な言葉を言ってしまったことに気がついた。なぜなら、彼が傷口に顔を近づけたからだ。

「あっ……！」

ちゅっ、ちゅ。

最初は口づけからはじまった。

そして彼はぶ厚い舌で、丁寧に傷口を舐めはじめる。

「覇王さま、ちょっ……まっ……⁉」

「安心しろ、ちゃんと治療する」

「えっ、いや、ちょっ」

「――ここも、傷ついているな」

アイリの言葉を真に受けるどころか、小さな傷ひとつ逃すまいと、彼の唇が移動する。

どうやらアイリの国ではこうやって傷を治すものだと理解したらしい。

（間違ってはないけれど！　ないけどお！）

あくまでただの言い回しで、その治療法はけっして万能ではない。

さらに、装飾が擦れて赤くなっている胸に、キスが落ちてくる。エッチをするときみたいに揉まれたりしない分、彼の舌に妙に敏感になってしまう。

「あ、はお……さまぁ」

「大人しくしておけ」

あくまでもこれは治療らしく、彼の目は真剣だ。

「ん……！」

結果、全身くまなく愛撫され――胸に、首に、そして太ももや足首まで、ガッツリ治療という名のキスを受けて、アイリは朝からぐったりしてしまった。

ちなみに、ガルフレイに舐められたからといって、傷の治りが早くなることも当然なく――アイリは本当にか弱いのだなと彼にはしっかりとインプットされたらしい。

とはいえ、怪我の功名か、アイリは過剰な装飾で飾られることもなくなって、下着も無事用意してもらえるようになった。

ただ、完全に黄金を取り払うのは彼が寂しそうだったので、華奢な飾りだけを残してもらっている。アイリにとっては十分大きいけれど、負担がない程度の宝飾が、アイリの細い身体に揺れ、彼女を彩るようになった。

体格だけでなく、価値観も、倫理観も異なる世界で、アイリは己の気持ちをきちんと伝えていかなければいけないことを知る。

そうでなければ、アイリだけでなく、ガルフレイをも悲しませる結果になると知ったからだ。

以後アイリは一日の大半を、ガルフレイの女神として、彼とともに過ごすようになる。

彼の執務にも同席し、いわば宝として、彼に抱きしめられたまま過ごすようになった。

――都の北に位置する、魔の山への討伐任務を除いては。

城の中で、戦士たちとの戦いに巻き込まれることには慣れてきたものの、ガルフレイたちよりもさらに大きいという魔物と対峙する勇気はなかなか持てない。

同行が恐ろしいことを正直に伝えると、ガルフレイはアイリの気持ちをくみ取り、彼女を城へ残し、出陣すると決めてくれた。

それだけではない。ガルフレイはいつもアイリのことをじっと見守り、話をきちんと聞いてくれた。

いつもアイリのことを理解しようと努めてくれる彼に、アイリ自身も応えたいと思うのは、当然のことであった。

十三日目　治療院はじめました

この世界を現実だと知ってから、アイリの生活は大きく変わった。

ガルフレイの私室に閉じ込められ、彼に溺れる生活はもう終わり。むしろ一日のほとんどの時間をガルフレイとともに外で過ごす。

玉座で民の意見を聞くときや、執務室での公務中は基本的に彼の膝の上。

公の場で彼に抱きあげられていないといけないのは、アイリがすでにガルフレイの宝だと周知されているからだとか。

この国では強者こそ、己の宝は身につけるべきだという謎の倫理があるらしい。

まるで所有物扱いであることに抵抗感を抱いていたけれど、城内でも男性がパートナーを同伴かつ、抱き上げたままで仕事をしている姿を見かけることもあった。どうも、こちらの国の人にとっては見慣れた光景であるらしい。

ガルフレイの場合は、覇王という立場だからこそなおさら。彼が宝を身につけることは当然であり、臣下たちにとっても誇りであるらしい。

だからこの国の倫理に則り、せめて公の場だけでも、彼の宝として振る舞うようになった。

それでもガルフレイは、アイリの気持ちも汲んでくれた。

オフの時はアイリを地面に下ろしてくれる。自分の足で立ち、自分の意志で歩く。そんな風に自由に、彼の隣を歩く程度の距離感を許してもらっていたのだ。

ガルフレイが魔物退治に赴くときだってそう。

従来、覇王であるならばそのような危険な場でも宝を手にしていて当然――という考え方が根底にあるらしいが、アイリは無理強いをされなかった。

おそらくアイリは、この国の覇王の女神という立場としては考えられないほどに、自由を許してもらっているのだろう。

この国には、アイリにとって理解の難しい倫理が数多く存在する。

それは、強者として相応しき立ち振る舞いとは何かを示すための指標のようなものだった。

ガルフレイとともにいると、彼の臣下との戦いに巻き込まれることはよくある。

そのなかで、彼らがけっして卑怯な手段をとらないこともそう。正々堂々とガルフレイに挑み――たとえば、アイリを人質にとるようなこともけっしてない。

というのも〈相手の力が百パーセント引き出せない状況〉で戦いを挑むのは倫理に反することらしく――パートナーを人質にとるなんてもっての外ということ。外道中の外道のすることらしい。

特にこの城は崇高な戦士たちのみが集う場所らしく、いわば脳筋の総本山。国の中でも優秀な戦士かつ、優れた精神を持つ者でないと、お城の戦士にはなれないのだとか。

——結果、どうなっているかというと。


「王よ、覚悟!!」

「今日こそ俺も！　女神さまに!!」

若い独身の戦士に、正々堂々と戦いを挑まれるようになっている。——ガルフレイが。

「女神さま！　どうか、俺の女神に！」

「王に召喚されたなど関係ない！　俺の女神に!!」

そして怒りの覇王に毎度毎度粉砕されているわけだ。

身体こそ小さいし、ガルフレイの宝であると認められてはいるが、アイリはなぜかモテた。


この世界に来たばかりの時は、アイリのことを遠巻きに見ている人も多かった。けれど、本能に忠実な男性もそれなりの数がいるらしい。

どうにもこの世界の男性は、アイリのように華奢な女性を美しいと感じるらしい。

結果、アイリがほしいとか何とか言いながら、その宝の持ち主であるガルフレイに戦いを挑むのだ。それはもう、正々堂々と。——当然、がっつり怒りの返り討ちにあうわけだけれども。

ただ、そんなことが当たり前のように繰り返されるおかげで、ガルフレイが傍にいさえすれば安心して生活できるようになった。

(正々堂々……横恋慕も許されるわけね)

やはり、倫理観の違いは大きいようだ。

いや、別にアイリはガルフレイの恋人であるつもりはない。それでも、彼の女神で宝であることは公になっているわけで。そんなアイリにガルフレイの前で告白することがよしとされている。なるほど、ついて行けない。

この世界の倫理というのは理解はしがたいが、強者としてのありかたをわかりやすく示すものとして、ただただ受け入れるしかない。

それに、卑怯な手段を使われないということは、アイリにとっても安心材料になる。さらにガルフレイにしっかり護られるのは、少しくすぐったいけれど、妙に嬉しくもあった。

ガルフレイに寄り添うように一緒にいて、あらためて理解したことがある。

彼はやっぱり覇王で、絶対強者。

国政のことはよくわからないけれど、全てのことにおいて強さが最優先されるこの国では、ガルフレイを中心に国がきれいにひとつにまとまっているようだった。

日々の戦いは勃発するけれども、それはじゃれあいの一環でもあるということをアイリは知った。少しアグレッシブすぎるじゃれあいではあるけれども。

北の魔の山だけでなく、街の外にも魔物は数多く存在する。そんな世界で、強者が弱者を脅威から守るために、より強い力を得ようと切磋琢磨しているらしい。

アイリから見た彼らは皆、とても真面目で向上心がある。

お仕事よりも戦いが優先されすぎている節があるけれども、戦いさえ絡んでいなければおおらかな人が多い印象だった。

もちろん、アイリの住む世界と比べて便利さはない。

食事も正直、元の世界のものの方が美味しいし、テレビもスマートフォンもない。

けれど、不自由さは感じなかった。むしろ、アイリはこの国、この世界のことが好きになりつつあった。

それでもまだ、大きな決断はできそうにないのだけれども。


「——はい、できあがりですよ」

アイリは慣れた手つきで、丸太のような太い腕に黒いテーピングのようなものを巻き付ける。思うところがあって、あえてその上をペシっと強く叩いたけれど、これくらいでは相手はビクともしない。

この世界に召喚されてから二週間弱。ようやく日々の生活に慣れてきた中で、アイリは頻繁に訪れている場所がある。

それは、この城の敷地にいくつも存在する武術の訓練場。そのうち、特に実力者しか使用を許されていない第一訓練場だ。

要はかなり広めの運動場の様な場所。高い塀がぐるりと取り囲んだ、だだっ広い空間だ。ガルフレイはよく城の外に魔物討伐に出ているが、そうでない時は大抵ここで訓練に励んでいる。結果的に、アイリも頻繁にこの訓練場へ訪れているわけである。

通いはじめた当初はどうにも落ち着かなかった。というのも、この国の倫理に則り、ガルフレイはアイリを離そうとしなかったからだ。

とはいえ、ずっとアイリを抱えたままではガルフレイも訓練しづらいだろう。それにアイリ自身、皆が切磋琢磨しているのをぼーっと見ていることなど気が引ける。というよりも、元来身体を動かすことが好きなアイリとしても、じっとしていられるはずもなかったのだ。

というわけで、多少露出を控えた衣装を用意してもらい、軽くランニングしたり、柔軟をしたりしている。ガルフレイから離れて訓練所内をぱたぱたと動きまわる彼女の姿も、ずいぶんと見慣れた光景となっていた。

そうしてひととおり身体を動かしてから、アイリは訓練場の隅っこでひとり治療院を開くことにした。

「もう。覇王さまってば。わざわざこんな傷作ってこなくても」

「怪我をせねばそなたの癒しを受けられぬのであれば、余は永遠にそなたの魔法を受けられぬではないか」

などと、悪びれもなく主張するガルフレイに、アイリは肩をすくめる。

彼のこしらえてきた傷は、どう見てもあえて戦士たちの攻撃をくらったものだ。

思い返すと、今日の彼はいつもよりも荒々しく、防御など知らぬといった様子だった。攻撃は最大の防御と言うけれど、彼だったら怪我などせずに相手を倒せただろうに。

「……あえて無茶をするのはどうかと思いますが」

あきれながらも、くるくると彼の腕に包帯を巻いていく。

この作業にもすっかり慣れてしまった。魔法で包帯を生み出すことも、それで彼らの治療をすることも。

自分は何もできないと思っていたが、かなりの魔力が備わっているのは事実だった。あまり負担を感じることもなく、創造の魔法を使える程度には。

属性と呼ばれるものの関係か、アイリの魔力はゴムや包帯のように、ある程度弾力があったり、薄く伸びたりするものを創造することに向いているらしい。

一方、ガルフレイが硬質なものを創り上げるのも、彼の持つ属性の影響なのだとか。性質としてはちょうどアイリと正反対なところにも妙な縁を感じる。

アイリの意思に応えるように、魔力は簡単にアイリの思い描くものを創り上げる。己の力を磨くことに興味をもつアイリは、どこまで大きなものを作れるのか。どれほどの量を作れるのか。いろいろ試してみるのも楽しかった。

よって、魔法の練習もかねて、アイリは皆の傷の手当てをしたり、この世界の人にはまったく馴染みのないテーピングで動きを支えたりしているわけだ。

怪我をしてもこの城の戦士たちの身体はすぐに治ってしまうのだけれど、アイリが処置することで回復がより早くなるということがわかり、それならとアイリも喜んで協力している。

「うむ、見事だ」

「覇王さまの腕ガッシリしてるから、巻くのも力がいるんですよ？」

「フフ、愛いやつよ」

「……もう」

堂々とした愛情表現がくすぐったい。

アイリと接するときだけは、ガルフレイの表情が豊かになる。

ガルフレイの微笑みは珍しいものらしく、最初はことあるごとに周囲がざわついていた。しかし、最近になってようやく、皆、慣れてきたらしい。

一方でアイリ自身はまだ気恥ずかしくて、そっぽを向く。

「……ほら。はやく訓練して、もっと強くなってきてください」

「そなたがそう言うのなら」

「もう。応援してますから」

彼とは一定の距離を保ちたいけれど、邪険にしたいわけではない。だから応援する気持ちを伝えると、彼は満ち足りた様子で頬を緩め、去っていく。

あの様子だと今日の訓練は負傷者が多そうだなあと思いつつ、アイリは他の皆にもそれぞれテーピングを施していった。

アイリのテーピングはかなり好評で、怪我をしていなくてもテーピングしてくれと強請ってくる人が多い。

この世界の人と比べると、アイリの筋力などたいしたことがない。だからこれらのテーピングが本来の役割をこなしているのかと聞かれれば疑問ではある。それでも、彼らいわく、魔力の補助がかかるのか身体が軽くなるとのこと。

実際、アイリ本人もその効果に気づいていた。

アイリの左手。手首から手のひらまでぐるぐると、黒いテーピングが巻かれている。

ずっと苦しみ続けた左手の怪我が、たったこれだけで全然痛まなくなった。

そして、それだけではない。

アイリのテーピングに魔力があるとわかってから、毎日テーピングを続けるようになったところ、二年も治らなかったその怪我が、実際、治りつつあるのだ。

(たった数日で……ちょっと、笑えるよね)

このまま怪我が、本当に治ってしまったら?

そのまま元の世界に戻れたら、また、バレーボールを続けられる?

目指した舞台に、いつかは立てる?

——なんて考えごとをしていたらいつの間にか手が止まっていたらしい。

「女神さま?」

「あ、ううん、ごめんごめん」

笑って誤魔化して、アイリは彼らのテーピングを続けた。

大勢の戦士たちがアイリを信頼してくれるようになっていた。アイリの魔法が、強さを求める彼らの力になれることで、信頼を勝ち得たらしい。

もちろん、中には好意的でない人もいる。ガルフレイから離れて、他の男たちの治療をしていること自体、よく思われていないようだ。

曰く、覇王の宝としての自覚が足りないのだという。

あからさまに敵意をぶつけてくる人もいるけれど、それもほんのひと握りだ。

およそ二週間後には、次の王を決める四年に一度の武闘大会があるらしく、最近皆の熱気もすごい。真剣に強くなりたいと思っている人の手助けができるのは嬉しく、戦う彼らを見るのもまた楽しかった。

（まるでスポーツの世界大会みたいだよね）

それで次の王さまを決めるのだから、もしかしたら世界大会よりもずっと重要度が高いかもしれないけれど。

勝った人が王になるということは、ガルフレイが負けたら、彼は王ではなくなるということだ。だからもちろん、アイリもガルフレイを応援している。

ただ、それと同時に、眩しくも感じるのだ。

そこにはひがみや妬みのような感情も交じっていることは自覚している。だって、自分がこれから先も立つことができない舞台に、彼は立っているのだから。

それでも彼をごく自然に応援できるのは、彼がそれだけの努力をしていると知ったからだ。

何かにきちんと打ち込む人は好きだ。

彼は、全ての頂点に立つ者のプライドを持つだけでなく、それを維持するための努力も怠らない人だった。

ガルフレイは覇王だ。いくらこの国が戦の国と称されようとも、戦うこと以外の執務もある。執務室にこもって書類仕事をすることもそれなりにあるし、臣下たちの報告を聞き、最終的な判断をして責任を持つのも当然彼だ。

凶悪な魔物が暴れ出したと耳にすると、日夜関係なく城を飛び出し、討伐しに行ってしまう。

さらにそれらの仕事の合間を縫い、こうして嬉々として訓練場に赴いているのだ。ひっきりなしに挑んでくる戦士たち全員を相手取り、ひたすら戦い続けている。

アイリから見て、彼は働きすぎのように思えた。もはやストイックという域を超えている。

呼吸するのと同じように、戦いに身を投じる。そこまでどっぷりと、戦いに生きる人生を歩んでいる彼に憧れに似た感情を抱いている。

同時に、アイリのせいでその歩みを止めてほしくもなかった。

だから、けっして彼の訓練の邪魔になってはいけない。

アイリが現れたことで、彼が地位を失うようなことがあってはならない。

（武闘大会、絶対に優勝してほしい）

ガルフレイが誰よりも強いと、アイリだって信じている。

それでも、少しでも彼を支える力になりたいと感じていた。そうすることで、心の奥底に広がる不安を一時的に忘れることもできたのだ。

十五日目　リセット

アイリの朝は早い。

それは、ガルフレイの朝が非常に早く、それに合わせるようにしているからだ。

ガルフレイの日常は日が昇る前の朝の訓練からはじまる。しかし、アイリがともに生活するようになってしばらくはその生活が乱れてしまっていたらしい。

ガルフレイの邪魔はしたくない。もともと朝練をする生活には慣れているし、夜もぐっすり眠らせてもらっているので問題ない。それで彼が訓練時間を確保できるのなら、アイリだって嬉しい。

ちなみに、このところ夜も一緒に眠るようになっていた。

同じベッドに横になる。それでも彼はアイリを無理に抱くようなことはなかった。

ただ、愛を囁き、抱き寄せ、口づける。その口づけも頬や額ばかりで、かつてアイリが拒絶した唇へのキスはくれない。

そしてアイリ自身、それだけでは物足りなく感じてしまっていることに気付いていた。

同時に、彼もまた、相当我慢をしているのだということにも。

——ただ、ここでもまた、アイリはこの世界の常識に悩まされることとなる。

この世界では求愛するために、身体を重ねることからはじめるのが当たり前らしい。というのも、男性の精液こそが愛の証だと考えられているからだそうだ。

ガルフレイが無理矢理アイリを組み敷くことはなくなったものの、抑えきれぬ愛を伝えようとしてくれる。

結果として、朝起きるとたびたびアイリの太腿や、ネグリジェに白い液体がついている。身体をひらかれたわけではないけれども、まあ——つまり、そういうことなのだろう。

（寝つきがよすぎる自分が憎いっ！）

一度眠ったら朝まで起きないのも考えものである。

ガルフレイもガルフレイだ。彼は、その行為を悪びれたりはしなかった。なにせ、彼にとって精液は愛の象徴。あなたに欲情していますと伝える手段でもあるそうだから。いつも実に堂々としたものだ。

そして何より、アイリ自身が嫌じゃないと感じているのが厄介だった。

相手がガルフレイでなければ、このような行為、気持ち悪くて耐えられないだろう。

ガルフレイはアイリのことをよく見ている。だから、拒否も拒絶もしていないこともばれればれなのだろう。本気で嫌がったら、彼は絶対に止めてくれるだろうから。

——でも、少しくらいは抗議も許してほしい。

「——覇王さま」

「ああ、よき朝だな、アイリ」

「おはようございます。で、覇王さま？」

この日も、アイリはそっと彼に問いかけた。

目覚めると彼の腕の中にいる。それはいい。けれども、ネグリジェだけでなく、内腿までしっとりしている気がするのは気のせいではないだろう。――もちろん、大事な場所は避けてくれているのだけれども。

「私、今朝もお風呂に入ってこないといけない感じですね？」

額を押さえながら、アイリは彼に問いかける。が、彼に皮肉は通じないらしい。

むしろ誇らしいと言わんばかりに大きく頷いてみせる。

「ああ、余の愛を受けたそなたはいっそう美しい」

「――――もう」

この行為は、彼の純粋な愛情からくるものだとわかっているから文句を言いきれない。元の世界の常識で考えると、どこをどうとってもド変態な行為な気がする。――アイリは彼氏がいたことがないから、一般的なカップル事情は知らないのだけれど。

慣れとは本当に恐ろしい。すっかりこの世界の感覚、そして彼自身に感化されつつある。だからなのか、相変わらずのストレートな言葉がこそばゆい。

「お風呂、行ってきます」

怒るべきシーンで照れてしまって、短い髪をぐしゃぐしゃとかき混ぜながら、そっぽを向く。

　ある程度ならガルフレイに魔法で綺麗にしてもらうこともできるのだろうけれど、ちゃんと洗わなければ落ちた気がしない。お風呂好きなのはやっぱり日本人らしく、目覚ましにもちょうどいいから、すっかり習慣になっている。

　彼の腕の中から抜けだして、自分の状態を確認する。床を汚さないように気をつけながら万年湧きっぱなしの湯殿へ移動する。そして、アイリは汚れたネグリジェを脱いだ。

　今日も手早く身体を綺麗にして、彼の朝の訓練に付き合わなければ。大きく伸びをして、目を覚ます。

　気持ちを入れ替え、そのあとに下着を脱ぐ。

　表面に白いモノがこびりついて、毎度のことながらひどいことになっている。これだけ好き勝手されて目が覚めない自分も自分だよなあと、ため息をつきながら、おろした下着の中心を見たとき――アイリの心臓が大きく跳ねた。

「！」

　腰紐を結んで固定するこの世界のショーツ。

　その中心には、シミのように、鮮やかな赤色が落ちていたからだ。

　軽く身体を綺麗にして、バスローブを羽織ったまま、アイリはとぼとぼと寝室へと向かった。

いつもならこのまま着替えて、すぐに訓練場へと向かう。けれどもこの日は、すぐに動ける気がしなかった。

寝室に戻ったとき、ガルフレイの顔が一瞬でこわばった。呆然としたまま裸足で歩くアイリを見て、明らかにぎょっとした顔をしている。

「アイリ、そなた」

「…………っ、はおう、さま」

ぼとり。

大粒の涙がこぼれる。その雫の落ちる先まで凝視して、ガルフレイは言葉を絞り出した。

「……どうした」

「うっ……」

それでも、簡単に涙を止めることなんてできなかった。

ちゃんと、来た。

月のものが。

——たったそれだけのことだけれど、ずっとずっと、不安だったのだ。

はじめて出会ってからしばらく、記憶を飛ばすくらいずっと、彼に愛され続けた。何度も何度も、お腹が張るくらい、たくさん彼の精を受けた。知識があやふやなためにおそらくだけれど、アイリの身体の周期を考えてもあやしい時期だったように思う。

ここが夢ではなく現実の世界だと知って、彼との関係を改めて、彼はアイリを尊重してくれるようになった。

この世界の男性は、己の精を愛の証と言うけれど、ガルフレイは強引に行為に及ぶことはなく、ただ、アイリに寄り添ってくれて。ガルフレイという存在がまぶしく感じるようになり、憎からず想える気持ちが育ちつつあることにも気がついている。

それでも、このまま子供ができていたらどうしようと不安に思ったことは一度や二度ではなかった。

「ふう、ううう……」

涙でぐしゃぐしゃになり、前が見えなくなる。ただ、慌ててガルフレイが駆けつけてきて、アイリの頬に触れたのはわかった。

「どうした」

血の色の瞳が不安げに揺れる。それでもアイリは何も言葉を紡ぐことができず、わんわん泣いた。

心の底から安堵し、不安がどんどん押し流されていく。

こんな涙、はじめてだった。

かつて向こうの世界にいてバレーボールに打ち込んでいた頃、結果が出せず悔しくて、ひとり部屋に篭もって泣いた夜はあった。けれどもひとりの時以外は絶対に泣くもんかと、ずっと唇を噛み締めて生きてきたのだ。

ああそうだ。アイリは、弱い自分を誰にも見せないように生きてきたのだ。それくらいできなければ、強い選手にはなれないと、ずっと信じてきたからこそ。

「アイリ」

ちゅっと、眦（まなじり）にキスをされる。とめどなく溢れでる涙を唇で拭って、ガルフレイはそっとアイリの背中を撫でる。

彼が触れる場所に、そっと熱が集まるようだった。

こんなに不安だったのも全てガルフレイのせいだというのに、彼の唇が、手の温もりが、包み込むような大きな存在が、嫌いになれない。むしろ、安心して涙を見せられる相手なんて、今までどこにもいなかった。

身体を預けて、好きなだけ泣きじゃくる。

どれだけ泣いても、きっと彼は幻滅しない。

そう信頼しきっているからこそ、アイリは感情をせき止めることなくさらけ出す。

ああ、これが特別ということかと、アイリは知った。

＋＋＋＋＋

ぱたぱたと歩くアイリの姿を見るのが好きだった。

今も、ガルフレイの私室から移動中、前を行く彼女の姿を見つめている。

ガルフレイの歩調に合わせようとしてくれているのか、小走りに近くなってしまっている。でも、彼女の表情はいきいきとしていて、ただ歩くだけなのに楽しそうなのだ。

彼女を抱き上げ、宝として扱うことは誇らしくもある。けれど、くるくると動き回る彼女を目で追うことで生まれるこの感情が、とても好ましかった。

「覇王さま、はやく行きましょう！」

「うむ」

彼女はくるりと振り返っては、明るく呼びかけてくれる。

しかし、今の彼女が笑っているのは、ただの空元気であることも知っている。それでも、ガルフレイに心配をかけまいと振る舞う彼女の気持ちが嬉しい。

——ガルフレイの目の前でアイリが泣きじゃくったその日。

彼女が涙したのは、彼女に月のものが来て安堵したからだとガルフレイは知った。涙が落ち着いたあと、彼女は言いにくそうに、そっと教えてくれたのだ。わけもわからずに流されたまま、ガルフレイの子を孕むのが怖かったのだと。

正直、落胆する気持ちはあった。

確かに、出会って早々彼女とまぐわったのは、今考えれば彼女の意思を無視した強引な行為であったろう。

彼女との関係性はここ半月で大きく変わったように思う。

——それでもまだ、彼女はガルフレイとの子を望んでくれてはいないのかと。

この世界において、精液は愛情の証でもある。子を作る行為もそうだ。まぐわい、己の性技を示すことは求愛行為そのものだ。

だから、それを拒否されたような気がしてしまう。

けれども、彼女が抱える悩みが消えたのなら、それでいいと思える自分がいた。

彼女はガルフレイの愛を否定したわけではないのだ。だから、ガルフレイの前ですっきりした笑顔を見せてくれるのならそれでいい。

――とはいえ、愛する女神が傍にいるというのに、求愛行為自体を我慢せねばならないのは正直つらい。彼女が望まぬのなら無理強いするつもりはないが、隣で眠る彼女を見て、我慢し続けるのも限界がある。

アイリと出会ってから、ガルフレイは己の中で眠っていた多くの感情に向き合うことが増えた。

戦いに明け暮れ、強さだけを追い求めていた日々が遠い昔のようだ。ほんの半月前までどのように生きてきたのか、思い出せない。

さすが異世界人だけあって、彼女の持つ常識も、倫理も、根本からガルフレイとは異なっている。

だから戸惑いを見せることはよくあるものの、彼女は、ガルフレイたちの文化や生き方を受け止めようとしてくれる。そのうえで、自分の持つ倫理や常識も、大切にする。

華奢な彼女にとって、この世界の男たちは恐ろしかろう。そう思うのに、物怖じすることなく、己の望むように行動し、彼らと接する。

自由に歩きたがることもそう。

訓練のさなか、彼女が治療をしていることもだ。

望まずに転移した世界でも、彼女はただ流されるだけでなく、自分の意志を伝え、行動する。本来、覇王の宝としてはあり得ない行為であるはずなのに、彼女は背筋を伸ばし、やりたいことをしている。

強い意志で、彼女は己の生き方を突き通している。それがとても好ましかった。

華奢な身体に優しく強い心。一見ちぐはぐに見えるが、それが彼女の美しさだった。ただの愛玩でとどまることをよしとせず、ガルフレイの隣に凛(りん)と立つ。

そんな彼女の存在自体が誇らしい。

同時に、彼女にとっても、誇らしく感じてもらえるような存在になりたいと思うようになった。

「――覇王さま？」

ふと、アイリが心配そうに足を止め、こちらに近づいてくる。

あれだけ泣いたあとだから、まだ、彼女の目元はぽってりと腫れている。

けれども、何らかの気持ちの整理がついたのか、彼女の表情からは今までのように強ばった雰囲気がとれている。穏やかというか、柔らかというか――ガルフレイには形容しがたい、少し気の抜けた顔をしていた。

そんな彼女は、ガルフレイが考え事をしてぼーっとしてしまっていることに気がついてくれたようだった。

ああ、本当に彼女はガルフレイをよく見てくれている。自身が表情に乏しい自覚はあるのだが、アイリはそれを読み取る天才だ。

ガルフレイが彼女の一挙手一投足を見逃すまいとしているのと同じように、アイリもまた、ガルフレイのことを見てくれているのだ。

胸の奥がふわりと温かくなる。

激情のままに溺れる恋とはまたちがう、もっと穏やかで優しい心地。なかなか慣れぬ感情ではあるが、悪くない。

「ああ、そんなに腹が減っていたのか。――ならば、急ぐか」

ガルフレイはにやりと笑って、少し早足になる。当然、彼の早足となると、歩幅の違うアイリにとっては小走りになってしまうのも承知の上だ。

「ちょっ⁉　覇王さま、早いっ。早いです！」

「ふふ、ならば抱き上げて参ろうか？」

「いいですって！　これくらい、ちゃんとついて行けますよ？」

軽い挑発に、口をとがらせながらも乗ってくれる彼女は愛らしい。

これくらい余裕ですから、と小走りについてくるアイリがあまりに愛らしくて、ガルフレイはからからと笑った。

この城の者は皆、よく食べる。

だからこの城の食堂は、いついかなる時でも戦士たちに食事を提供できるように常時稼働していた。

いわゆるバイキング形式になっている城の食堂は、夜間も含めて一日中ずっと食事ができる。食事は肉体を作るため最も重要なことだからこそ、皆、自身の身体と相談しながら、食べたいものを己で選び、己でよそって食するのだ。

城の戦士たちは皆、城に寝泊まりし、寝食をともにする。共同生活の中で切磋琢磨し、互いを高め合うことを目的としているわけだ。

そして、彼らとともに戦う身として、ガルフレイも例外ではなかった。

その最たる場が、訓練所と食堂であった。食事を自室に運ばせることももちろんあるが、時間が許す限り彼らと食事をともにする。

ガルフレイはけっして人当たりのいい人間ではないが、こうして彼らとともに過ごす時間を増やすことで生まれる絆(きずな)もある。それに、覇王である前にいち戦士であることを、皆と過ごす中で再確認できるからだ。

とはいえ、このところ食堂で食事をする頻度が格段に増えた。――というのも、アイリがここでの食事を気に入っているからだ。

ガルフレイは己専用のテーブルにつきながら、遠くで朝食を選ぶアイリを待つ。

彼女はいつも、何を食べるか選ぶのに時間をかける。彼女の元の世界では、食にこだわるのは当たり前のことだそうだ。肉であればなんでもいいガルフレイたちとは異なり、様々な食材、調理法などが存在するのだとか。

というわけで、彼女がやってきてからというもの、食堂で出される料理も種類を増やした。

アイリの世界と比べるとたいしたこともないだろうが、アイリが食べる量が増えたことが純粋に喜ばしい。

以前は果物ばかり口にしていた彼女が、食事を楽しむ姿を見られるのは僥倖(ぎょうこう)だ。

ちなみに、アイリはずらりと並んだ数々の料理から、一口ずつの量を皿に盛り合わせるのがお気に入りらしい。

とはいえ、切り分けられていない大きな肉塊などを、ガルフレイとシェアをしたいと言ってくることもしばしば。食べられる分だけ食べ、後は残せばよいだけの話ではあるが、彼女は食べ物を粗末にしたくないらしい。そんなところも愛らしく、ガルフレイは彼女との食事が楽しみだった。

「――本日もよいのですか？　我が主」

「何がだ？」

ガルフレイの代わりに食事を見繕ってきたロウェンに話しかけられる。彼はごろごろとした肉塊が山盛り積み上がった皿を並べながら、眩しそうに目を細めた。

「女神さまを身につけずとも」

「――ああ」

戦士たちと会話しながら、楽しそうに料理をよそうアイリを見つめ、ガルフレイは鷹揚に頷いた。

「ここは別に公の場でもなし。好きにさせてやればよい」

そう言うガルフレイの表情もまた今までにない柔らかなものだったからこそ、ロウェンは目を丸くする。

それに気付いて、ガルフレイはふと口の端を上げた。

「アレも、ひとりだからこそ知ることもあろう。ずっと余の傍におっては、臣下たちとも話しにくい」

「さすが我が主、お心が広い」

「広いわけではない。これもまた、余のためよ」

まさか謙遜すると思わなかったのか、ロウェンがぱちぱちと瞬いている。

事実、目の届く範囲ではあるが、アイリを自由にさせていることは、まさしく自分のためだとガルフレイは理解している。

彼女がそれで、この世界のことを知ってくれたらと思う。

そして、一日も早くガルフレイの妃になると言ってくれたら、もう、言うことはない。

捕らえて、囲って、力ずくで自分のものにするのは容易い。けれどもガルフレイは、そうした強引な手段をとりたいとは思わなくなっていた。

彼女が心の中に、ガルフレイには理解し得ない罪悪感や郷愁の念を持っていることに気がついた。そしてそれが、彼女を悩ませている。

本来、悩みをいつまでも抱え続けることは、弱き証拠だ。この国では当然のことながらそう考えられている。

だが、彼女の抱える悩みは弱さとは異なるものなのではと、ガルフレイは思うようになった。

今朝、彼女が見せた涙のように、彼女の常識や倫理観はガルフレイのものとは大きく異なっていた。彼女は別の世界で、ガルフレイとはまったく別の生き方をしてきたのだ。頭ではわかったつもりでも、まだまだ理解が足りない。彼女に愛を乞う立場なのに、ガルフレイは本当に、なにもわかっていなかったのだ。

アイリが悩んでいるのは、彼女が故郷を捨てられないからだ。それをどうして弱さと言えよう。

彼女のなかにくすぶる罪悪感を取り払ってやりたい。その上で、自分を選んでほしい。あちらの世界に帰れないから仕方なく――なんて選び方をされるつもりは毛頭ないし、彼女の抱えるその心の重みを少しでも軽くしてやりたい。

そのためには、彼女がこの世界を知るための情報や、他者との交流を制限してはならぬという結論に至ったのだ。

目隠しをするのは簡単だ。けれど、それは彼女の足を引っ張ることになる。彼女の心根は強く、自分で結論を導き出せる娘だ。今はその後押しをしたいと考えている。その上でガルフレイの手を取ってくれたら最高だ。

あはははは、と、アイリが笑う声が聞こえる。

どうやら、臣下たちと何気ない雑談をしているらしい。

朗らかに笑う彼女は本当に可愛らしく、美しかった。今日のアイリは表情が柔らかくて、どこか吹っ切れたような明るさがある。それに気づいているのか、彼女を取り囲む男たちの鼻の下が伸びきっている。

この城の者は、すっかりアイリの虜だ。

そんな彼女の様子を目にしながら、ガルフレイはロウェンにひとつの命令を与える。

アイリが傍にいない間に、たった一言。アイリを元の世界へ戻す方法はないか、調べを進めよ、と。

それを聞いた瞬間、ロウェンは信じられないといった顔つきで、ガルフレイの顔を見つめた。

「それは、本当によろしいので？」

「別に、帰したいから命じているわけではない」

魔法の理論的にも考えて、まず無理だろうと確信している。だからといって、一方的に希望を潰すのはよくないと考えた。

「女神さまのかのご様子、あなたが帰そうとなさっていることを知ったら、悲しまれるのでは？」

「帰そうとしているわけではない。ただ、アレが望んでいるにもかかわらず、余の都合で調べもせずに帰れないと決めつけるようなことをしてはならぬと思ったまで」

彼女の抱く迷いを――できうる限り取り除いてやりたい。ならば、こうして彼女の望みのために動くのは当然のこと。

もちろんそれは、元の世界に帰るという選択肢を並べた上で、彼女に自分を選んでほしいからだ。

「優しい娘だ。その優しさを捨てきれず苦しむのなら、選ぶ機会を与えてやりたい」

「……？」

ロウェンにはガルフレイの言葉の意味が伝わらなかったらしい。主の言葉の意を汲もうと考えこむその横顔を見て、ふと笑う。

「知っていたか、ロウェン？　優しさと弱さは、似て非なるものらしい」

「は……？」

「余はアイリにそれを教えられた」

そう笑ったところで、ようやくアイリが戻ってきた。

トレーには色とりどりのサラダやフルーツが乗せられていて、それはガルフレイのためにと彼女がとってきてくれたことも知っている。

「はい、覇王さま。お肉だけじゃなくてこちらも食べてくださいね」

「ああ。そなたが選んだものなら喜んで」

「ふふっ、私も頂いていいですか？」

「もちろん。ほら」

必要以上に椅子を近くに寄せて、彼女を座らせる。

彼女が座るのは子供用の椅子で、最初は少し戸惑っていたようだが、ガルフレイと視線があうならいいかと言ってくれるようになった。

「もう、覇王さま。みんな見てますよ」

「構わぬ。いつものことだ」

「覇王さまの威厳、保たなくていいのですか？」

「宝を大切にしているだけだ。何を気にすることがある？」

即答すると、彼女は困ったように視線を周囲に走らせる。

彼女は、ガルフレイが国をまとめる長であることにことさら心を砕くのだ。

先ほどのように、アイリを集団のなかに放つとよくわかる。人となりをよく見ていて、集団としてのまとまりを組み立てようと自然に動く節がある。

アイリがまるで潤滑油のようになり、臣下とガルフレイの関係も円滑になる心地がする。それはほんのわずかな変化ではあったが、アイリがいることによって、この城のありようが少しずつ変わりつつあることに気がついていた。

「ほら――」

そう言って彼女の口もとに肉を運んだ。

彼女の口は小さいから、かなり細かく切って、食べやすいようにする配慮も忘れない。

「ん――もう」

「口には合うか？」

「……合いますけど。美味しいですけど」

もぐもぐと咀嚼（そしゃく）する小さな口を見ているだけで頬が緩む。かなり慣れたようではあるけれど、照れた顔も愛らしい。

「ほら、覇王さまも！　お肉は貴重なタンパク源ですけど、他もバランスよく食べてください」

「む」

「お野菜もお豆も美味しいですよ。ほら、ね？」

そういってアイリは、野菜の山盛りになった器を突きつけてくる。照れ屋な彼女はガルフレイのようにものを食べさせたりはしてくれないが、彼女の知識でもって、ガルフレイを支えようとしてくれていることは理解した。

「ああ、喜んで」

「うん。はい、どーぞ」

にこにこと微笑む彼女を見つめると、ふわりと温かい気持ちになるから、本当に不思議だ。

ガルフレイは、己が穏やかになっていくのを自覚していた。本来、あるべき覇王の姿とは明らかに異なっているけれども、彼女のくれた変化はけっして嫌な気はしなかった。

二十二日目　今なら、まっさらな気持ちで

次の王を決める大会が近づいてくると、城の様子もかなり変わってきた。ぱらぱらと見覚えのない顔が、訓練場に出入りするようになる。

大会へ参加できるのは、城の上位戦士たちの他に、地方から選出された優秀な戦士だけらしい。各地で予選大会が開催されていたらしく、そこで勝ち上がってきた男たちがこの城に集結しているのだとか。

よって、外から来た男たちが、城の戦士たちに手合わせを挑んでいる様子もあちこちで見られるようになった。

結果、アイリはガルフレイからあまり離れないようにと言われるようになる。もちろん、食事の時だって。

どうやら大会に出る資格を持つ戦士は、この城の施設をひととおり使用してもいいことになっているそうだ。ただし、皆が皆この城の戦士のような人格の優れた者ばかりではない。だからこそ、ガルフレイは全員を信用しきれないらしい。

そういうことなら仕方がない。彼に心配をかけるのは本意ではないので、大会が終わる

までは少し大人しくしておくことにした。

——もちろん、それはアイリだけが思っていても仕方がないことなのだけれど。

事件は、アイリが唯一ガルフレイと距離をとる第一訓練場で起こった。

いつも通りに皆の治療をしつつ、訓練場の奥でガルフレイが大勢の臣下たちを相手に奮闘しているのを見ていた。そのとき、ふと、声をかけられたのだ。

「アイリちゃん」

（アイリ、ちゃん？）

馴染みのない呼ばれ方に硬直する。

顔を上げると、そこに立っていたのはまったく見知らぬ青年だった。

短い赤褐色の髪にガッシリとした肉体。相当鍛えているらしく、首も太いし、腕や太腿の筋肉のボリュームがすごい。

ガルフレイと並んでも見劣りしないその巨体に素直に驚いた。

ただ、彼の服装を見るかぎり、この城の戦士とは思えない。というか、体格がここまで大きい人なら、一度見たら忘れないはずなのだ。

驚くほどに軽装で、鎧の類いはつけていないけれど、彼は背中に大きな剣を背負っていた。素朴というか、少し軽薄そうな印象もある。そして、アイリのことを「アイリちゃん」と呼んだ。

ガルフレイを頂点と崇める城の戦士たちは、彼の宝であるアイリのことを絶対に名前では呼ばない。だからこそ、慣れない響きにぱちぱちとアイリは瞬いた。

「ここで、この城の人たちがしてるような〈テーピング〉？　とかいうのをしてもらえるって聞いたんだけど、オレにもお願いできる？」

「おい待て貴様」

アイリが返事をするより先にストップをかけたのは、ガルフレイの代わりにアイリの周囲を護ってくれているこの城の戦士たちだった。外部からの人間が増えた今、ガルフレイと離れるときは、かならず二、三人は周囲に顔見知りの戦士がいる。

「女神さまをお名前で呼ぶことは、我らが王以外に認められていない」

「えっ！　そんな決まりごとある？　でも、お妃じゃないって聞いたんだけどな」

「だが、女神さまはすでに王の宝だ」

「宝。宝かあ……」

青年は考え、うーんと唸（うな）った後、まあいいかと破顔する。

「でも、あと一週間ほどの我慢だもんな！　じゃあ女神さま。オレ、あと少し、名前で呼ぶの我慢するよ」

「へ？」

彼の言っている意味がわからない。というよりも、名前もわからない青年に、無邪気に距離を詰められるのは単純に怖かった。

なにせ、彼は抜きん出て体格のいい大男だ。そのような青年に力任せに摑まれたら、簡単に骨が砕けてしまいそうな気がする。

ガルフレイだけなのだ。アイリに触れる際の力加減を知っているのは。

「おい、貴様、女神さまに近づくな！」

「女神さまが怖がっていらっしゃるだろう！」

アイリが身構えたのが伝わったのか、周囲で警護にあたってくれていた戦士たちが前へ出る。それが不本意だったらしく、青年は口を尖(とが)らせて不満げな表情をしてみせた。

「え？　いーじゃないか。これから告白しようってのに、どうして遠慮しないといけないのさ？」

ストレートすぎるもの言いに、アイリの思考は停止する。

確かに城の中でも、アイリが気に入ったからとガルフレイに挑む若者は何人もいる。けれども彼らは絶対にアイリには直接言い寄らない。なぜなら、アイリはガルフレイの宝だからだ。

アイリがこの国に来てから学んだ倫理と照らし合わせてみる。

——どう考えても、一足飛びにガルフレイの宝を手に入れようとするのは、倫理に反することなのではないだろうか。

だから彼の言葉の意味がすぐには飲み込めなかった。代わりに、周囲の戦士たちが怒ってくれたけれども。

「貴様！　王に挑まずして、直接女神さまに手を出そうとするとは！」

「この不埒者め！　恥を知れ!!」

「えー？　なんで？　どうしてアンタら、王さま本人でもないのにオレに怒るのさ？」

城の戦士たちの威圧にも全然動じることなく、青年はどんどんとアイリに近づいてくる。

「オレ、ザック。大会に出るために南から来たんだけどさ。——ね、女神さま。オレとデートしよ。一目惚れなんだ。オレ、こう見えても結構強いんだぜ？」

大会のために城に上がってきているのならばそうなのだろう。

にこにこと笑っているけれども、このザックという青年は話が全然通じなさそうで、純粋にアイリは恐怖した。

一方のザックはますます嬉しそうに目を細めている。どうも、怖がるアイリを見るのが楽しいらしい。

「んー、女神さま、超かわいい。アンタらよくこんな近くにいて平気でいられるよな」

「は？」

「うん、ほら。せっかくだから王さまのと比べてみてよ、女神さま！　オレの、結構立派だからさ？」

朗らかに笑う彼の姿に目を向けて、アイリはぎょっとした。

ザックの下半身に衣服越しでもわかるほどこんもりとテント——いや、あれはそんなに生易しいものではない。タワーだ！　タワーができている!!

しかも彼は恥じらうこともなく、堂々と笑っているのだ。

「わあああああ!!」

あまりの変態全開っぷりに、アイリは目を白黒させながら後退した。

（えええ⁉　まって！　まってまって!!）

言葉にならない。服を着ていてもはっきりとわかってしまうヤバさ。巨根とかそういうレベルの代物ではない。言葉の通り、あれは大砲だ！

（いやあああああ!!）

アイリに向かって手を伸ばしたザックに、護衛の戦士たちが一斉に立ち向かう。けれども、三方向からの攻撃をなぜか二本の腕で同時にしのいだ。ザックの力は相当らしく、彼らの武器を捻り潰してしまった。

「！」

「ま、いいか。女神さまにいいところを見せるチャンスってか？」

目の前の状況に頭がついていかず、アイリはあわあわと後退した。

（そういえば、精液が愛の証って言ってたっけ⁉）

それでも情緒ってものがあるだろう。

（覇王さまが告白してくれた時は――ん？　あれ⁇）

そういえば、それっぽいことを言われたのは寝室だった気がする。記憶はかなりあやふやだけれども、アソコは今の彼の状態と近かったかもしれない！

（そういうこと⁉　ちがうよねっ‼　たまたまだよね‼）

告白と勃起はセットだったりするのだろうか⁉

お願いだから、だれかこの世界の告白事情をこっそり教えてほしい。なにせ、他にアイリに言い寄ろうとする戦士たちは、告白する前にガルフレイに阻まれているのだ。

（いや、深く考えちゃいけない気がしてきた……！　今はとにかく逃げなきゃ！）

ぼーっと突っ立っている暇はない。はやく避難しようと、アイリはパタパタと走りはじめた。

「女神さま、そりゃないよ！」

「ごめんなさい！　無理！」

とはいえ、ザックも見逃してくれるつもりはないらしい。周囲の男たちを振り払い、アイリを追う。

アイリだってちょこまかと動くのは得意だが、真っ直ぐ走るなら歩幅が違いすぎてかなわない。

「いやあああ！　来ないで‼」

「⁉」

少しでも距離をとりたくて、アイリは無意識に右手を振りかぶる。手の中には慣れた球体の感触があり、全力でそれを投げつけた。

パァン！　と、大きな破裂音が聞こえてハッとする。

――今、自分は何をした？

「ってぇぇ！　んだこれ、遠距離魔法？」

そう言われてハッとする。

一方で身体は無意識に動いていて、気がつけば左手に黒い球体を持っている。このサイズ、この重さ、馴染みがありすぎて身体が勝手に動く。

「来ないでっ！」

バレーボールに近い大きさの球体をトスして、全力で打つ。思った通りの感触のそれは、狙った通りの方向へ飛ぶ。

普段はポジションの関係で、試合でこそアタックを打つことはなかったけれど、練習で何度も打っているのだ。外すはずがない。

アイリが放った黒い球体は、ザックに当たった瞬間、鋭く弾ける。

全力でボールを打ち付けながら、アイリは走った。魔力がアイリの攻撃を後押ししてくれる。殺傷力はたいしたことはなさそうだが、足止め程度にはなる。

そうして捕まらないように必死に逃げていると、ガルフレイも異変に気付いてくれたらしい。

「――アイリ!!」

叫ぶなり、彼は大きく跳躍する。

第一訓練場は相当に広い。ずっと遠くにいたはずなのに、さすがの身体能力だ。もう、すぐそこまで来てくれた。

両手を前に出して飛びつくと、彼は優しく受け止めてくれる。アイリを安心させるようにと、わざわざ両手を使って強く抱きしめてくれた。

その力強さに、胸がいっぱいになる。

これまでの彼ならば、戦いの場で両手を塞ぐことなどなかった。それはほんのわずかの間ではあったけれども、彼の両腕の感触がはっきりと残る。

それからぐいと左腕一本で抱き上げられ、いつもの形になった。

丸太のような太い腕に、厚い胸板。ガルフレイに身体をあずけると、それだけで心の底から安心できるから不思議だ。

――とはいっても、まだまだ油断はできない。

ザックはガルフレイ相手にも引く様子がない。背負っていた両手剣を引き抜き、容赦なく振り下ろした。

まるでアイリごと真っ二つにしかねない軌道ではあったが、ガンッ！　と大きな音が響いただけで痛みはない。ガルフレイも黒い剣を創造し、右腕一本でザックの攻撃を防いだからだ。

さらにアイリの恐怖を煽ったのは、こうして対峙している間も、ザックのあそこはおっ勃ったままだということだ。一瞬で背筋が凍り付き、ぎゅうとガルフレイに抱きついた。

「あれ？　真っ青になっちゃって。かわいーなー。ね？　オレ、そこそこやるでしょ？」

ザックは余裕の表情でそう言うと、再びガルフレイめがけて両手剣を振り下ろした。ガルフレイも真剣な様子でザックの剣を弾くと、すぐさま防戦から攻撃にでた。

ザックの言葉は虚勢でも誇張でもなんでもなかった。この城の精鋭たちの中でも、ガルフレイの一撃に耐えられる者など少数しかいないのだから。

ガンガンガン！　と、アイリが目で追うのが精一杯の速度で彼らは剣を打ち合う。ただ、ガルフレイは左腕にアイリを抱えたままというハンデをおっているからか、ふたりの腕は現状、ほぼ互角。

「くっ！」

「おっ。ラッキー！」

いや、もしかしてザックが優勢なのだろうか。彼の両手剣が鋼の肩当てごとガルフレイの右肩をざっくりと切り裂き、アイリは目を見開く。

「覇王さま！」

「これくらい大事ない。アイリはしっかり摑まっていろ」

「……！」

それ以上は声にならなかった。

知っている。ガルフレイの負った傷はアイリには重症に見えても、この国の戦士にとってはかすり傷だ。現に、もう血は止まっている。それでも、アイリは言葉を失った。

「すっごい、顔真っ青にしちゃって。アイリちゃんかわいー」

ザックがアイリの名を呼ぶ。絶対わざとだ。ガルフレイの気持ちを逆なでしようと、あえてその言葉を使っているのだろう。

「貴様！」

「王が両手を使えぬ時に！　この外道め!!」

周囲の者たちが声を荒らげる。

「えー、いいじゃん、勝てたらさ。そういう倫理が大事とかいう考え方、古いよ。そろそろやめない？」

ザックはからからと笑いながら、ガルフレイに追い打ちをかける。もちろん、ガルフレイも一方的にやられてばかりでいるはずもなく。

ガンッ！

右手に持っている武器が急に膨張し、大きな剣の刀身から、トゲトゲとした出っ張りが同時に何本も生えた。

「く！」

武器という既成概念から逸脱したそれは、ガルフレイの魔力だからこそ形成できる特殊な形。

それが容赦なく何本もザックの身体を貫き、彼の動きを止める。

「へえ。だめだな、こりゃ」

肩に、そして腹にみごと貫通する。そのままザックは膝をつき、ははは、と笑う。

「……あー、やられた。一撃かよ、はは。こういうこともできるのか。王さま、器用っすね」

「……」

「はぁ。……今日は諦めるよ。王さま、次は、例の大会でよろしく頼みますよ。その時までには、攻略法考えとくんで」

ぞっとするくらいの重傷を負いながらも、ザックはヘラヘラと笑って見せる。けれども、それも彼が次のセリフを吐くまでだった。

「あ、王さま。オレ、次の王、獲りにいくんで。そしたらアイリちゃんくださいね」

「！」

瞬間、ガルフレイの武器がさらに膨張する。ザックを貫く棘も太くなり、彼を内側から破壊した。

ふつりと、糸が切れたようにザックの身体が崩れ落ちる。

あまりの光景に、アイリの身体が強ばった。

ひゅっと息をのむのがわかったのか、ガルフレイは抱きしめる左手に力を込めて、アイリの顔を己の胸に押しつける。そうすることでアイリの視界を塞いでくれた。

「安心しろ、殺しはせぬ」

「でも……」

「わざわざ余の前でそなたを獲ると言うから、それなりの対応をしたまで。――ほら、余の女神よ。我らの傷の治りが早いことは、そなたもよく知っているだろう？」

「うん」

「ならばどうか、慣れてくれ。さすがに余も、そなたを直接狙うような輩に何もせぬわけにはいかぬ」

ふっと、彼の魔力が引っ込む気配がした。きっと、右手で持っていた武器を消したのだろう。

「——両手で抱きしめる……わけにはいかぬか。そなたを汚してしまうな」

おそらく返り血を浴びたのだろう。

アイリのドレスはいつも白だからこそ、こんなとき、彼はいつも躊躇する。

どういう理屈か、アイリには返り血が飛んできていない。きっと、ガルフレイが魔力か何かでアイリだけは護ってくれていたのだろう。

「ね、覇王さま」

「ん？」

「もっと、ぎゅってして、いいです？」

「だが」

「だめ？」

いつもアイリを彼の精液で汚すくせに、血では汚したくないらしい。けれど、そんなことは今のアイリには関係ない。

彼から抱きしめてくれないなら、アイリが抱きつけばいいのだ。

ぎゅう、と、小さな腕を彼の太い首に回す。すると、彼も恐る恐る、血に汚れた右腕をアイリの背中に回してくれた。

周囲を見るのが怖くて、目を開けることはできなかった。

ただ、ガルフレイの胸に顔を埋めていると、ゆっくりと心は凪いでいくのだ。


そうして夜は更ける。

月が綺麗な夜だった。

アイリは寝室の窓辺で、ぽっかりと浮かぶまん丸な月を見上げていた。

この世界の月は、元の世界のものよりもはるかに大きく、赤みを帯びている。手を伸ばしたら触れられそうなそれをぼんやり眺めていると、後ろから手が伸ばされた。

あっという間にガルフレイに抱き上げられ、視界が高くなる。

「覇王さま」

「……どうした」

ああ、少し声が暗い。

このところ、彼はアイリがかなり自由に過ごせるように取りはからってくれている。もちろん、彼の目の届く範囲であることがほとんどだけれども。

その行動と反するように、ガルフレイはアイリの挙動に非常に敏感になっていて、アイリがどこか遠くをぼんやり見ていたり、こうして窓の外の——手の届かない場所に思いを馳(は)せたりしているときに、妙に不安そうな表情をするのだ。

もちろん、彼は隠しているつもりだろうし、アイリ以外のだれも気がついていないだろうけれども。

「ううん、なんでも」

そう言って振り返ると、ガルフレイの瞳が揺れる。

今日は昼間からずっとこの調子だ。

彼は、覇王として当然の威厳を見せた。理解し得ないザックの行動、それに対し容赦ないガルフレイの攻撃に怖がってしまったアイリが悪いのだ。

結果的に、彼の手を止めた。ザックの行動はこの世界でどれほど非常識なものかはわからないけれど、本来ならばもっとガルフレイに痛めつけられていたかもしれない。

申し訳ない気持ちと、どこかほっとしている気持ちがある。

「——覇王さま、本当にすごいですね。傷、もうすっかり治っちゃった」

「そなたが治療してくれたのだ。当たり前だろう」

気持ちを切り替えて笑うと、ガルフレイもようやくその表情を緩めた。

アイリは彼の右肩にそっと手を伸ばす。ガルフレイも目を細め、アイリがしたいようにさせてくれた。

彼の羽織るガウンを少しはだけさせて、その肩に触れる。入浴前にアイリの創造した包帯は外してしまっていたのだけれど、抉れた肉はこんもりと盛り上がり、ピンク色だった新しい皮の部分もすっかり滑らかな肌色になっていた。きっと、明日になれば傷口がどこだったのかもわからなくなるだろう。

「ごめんなさい」

「?」

「私がいたから、覇王さま、思う存分戦えなかったでしょう? 邪魔をして、ごめんなさい」

「そなたが謝ることはなかろう。アレが外道だった。それに、宝を護るのは当然のこと。そなたは素直に護られていたらよい」

「でも」

それでは、アイリの気がすまない。

けれども、彼のために何ができるのかどんなに考えても、答えが出てこない。結局のところ自分はなんの役にもたたないのだ。

静かな、夜だった。

それ以上、会話が続かない。ただ、アイリはガルフレイの表情を見つめ、そして彼も静かに見つめ返す。

彼はいつだって目を逸らさない。ふたりきりの時は特にそう。穴が開くくらいにアイリのことばかり見ているのだ。

今日はその視線が特に熱っぽく、そして寂しそうに感じた。

(きっと、我慢してくれてるんだよね)

アイリだって、誰よりもガルフレイのことを見ているからわかる。

ガルフレイは、宝を身につけるという絶対強者としての倫理を破って、アイリのことを自由にしてくれているし、待っていてくれている。けれど、本当は不安なのだろうと。

力のある彼は、これまでの人生において己の要望が叶わなかったことはないはず。だからこそ、今、彼の人生の中で最大の我慢を強いられているのだろう。それをさせているのは、アイリだ。

欲望自体を消すことはできない。

後ろから抱きしめられたとき、太腿のあたりに熱いモノが当たっていることなんて、しょっちゅうだった。それでも彼は今日までそれを主張することなく、大人しくしていた。本当に、ずっとずっと我慢してきたのだろう。

今日、アイリをほしいと言う輩が現れた。城の戦士たちとは違って、彼は直接アイリを狙いに来た。

城の外の者は何をするか、わからない。

アイリがガルフレイの宝だからこそ、彼は不安なのかもしれない。なればこそ。

「……っ」

――少し、彼の体温が高い気がする。おそらくアイリ自身も。

アイリに月のものがやってきて、一週間が過ぎた。無事に周期を終えて、すでにその血も止まっている。

おそらく彼は、そのことにも気がついているのだろう。

身体を重ねるわけでもなく、それでも毎日ともにいて、アイリ自身、彼に笑いかけたり、素直に泣いたり、甘えられるようになった。何もわからないまま受けた精は流れ、今なら彼とはまっさらの気持ちで向き合える。

どくどくと、心臓の鼓動が心地よく聞こえる。彼の逞しい腕に抱かれ、逃げ場がない。そして逃げようとも思わない。

血の色の瞳が、じっとアイリを見つめている。

(キス、してくれないのかな)

きっと何かが変わった。彼と過ごした日々の中で、ゆっくりと気持ちが蓄積され、そして自覚した。

ふわりと胸の奥に灯った想いは、伝えていない。

生半可な気持ちで伝えてはいけないと、そう思ってきたから。

それでも欲だけは人一倍大きくて、自分は彼の愛をほしがるのだ。

ああ、なんて卑怯で浅ましいのだろうか。

視線が交差する。アイリが少し期待してしまっていることに、彼は気がついているのだろうか。

ごく真剣な表情で、彼はそっとアイリの頬に手を触れてくれる。

つつ、と、太い親指がアイリの唇をなぞった。アイリも逃げることはない。とく、とくと胸が高鳴る音を聞きながら、じっと彼を見つめる。はやく、キスがほしくて。

彼の顔が近づいてくるのがわかった。そしてアイリは、目を潤ませながらそれを受け入れる。

互いに、触れるだけのキスだった。それでも、ずっと待っていた唇が与えられて、アイリの心にじんわりと熱がともる。

満たされる、というのはこういうことを言うのだろう。

恋愛に無縁で、憧れだけを抱いて生きていた。けれど、この世界で見つけた恋は、そんなにふわふわするような楽しいだけのものとは違っていた。

熱くて、苦しくて、餓えと渇きと欲望だけが膨らんで、触れてほしいのに気持ちを抑えて、流されてしまえば楽なのにそれでも何かを手放せない。そんな卑怯で浅ましい自分の一面ばかりを見つけてしまう。

付き合う、なんていう甘っちょろい選択肢なんてない。

アイリが彼を受け入れると言うことは、つまり妃になることを了とすること。それがわかっているからこそ、押しとどめる。――押しとどめている、つもりだった。

「ん……ぅ」

「アイリ」

「はっ……ん、覇王さま」

「アイリ――」

でも、アイリはわかっている。

こうして口づけを受けているだけで、身体が火照り、彼がほしくなってたまらない。我慢しているのはガルフレイだけではない。アイリもだ。

もう、何日彼とセックスしていない？　――いや、しなくていい。してはいけない。そんなアイリの持つ倫理感に反することは、許されない。アイリはまだ、自分の気持ちも告げていないのに、告げられる立場ではないのに、まだ何も決意できていないのに、だめだと思うのに、止められない。

「……アイリ？」

「覇王、さま」

彼とのキスがあまりに気持ちよくて、瞳が潤んだ。ごくり、と彼の喉が上下するのがわかった。気がつけば、すがるようにして彼の胸にしなだれている。

彼の心臓の音が聞こえる。低くて、重くて、そして早い。それが心地よくてずっと耳をくっつけていると、彼が歩き出すのがわかった。

少し早足にベッドまで歩き、ゆっくりとアイリを座らせる。そしてネグリジェに手をかけたところで、彼の手が震えた。

いつもなら、アイリはここで拒否していたはずだった。

けれども、とろりととろける心の弱さがその行動を選べない。一方、彼の手にはまだ迷いがあり、そっとキスだけをアイリに贈る。

「ん……」

ねっとりと口づけられながら、身体をベッドの中央へと引きずられる。ガルフレイの巨体がのし掛かり、それでも、アイリに体重をかけぬようにと細心の注意を払って、彼はアイリに身を寄せる。

太腿あたりに、彼の熱がどんどんと集まっているのを感じながら、アイリは途方もない気持ち良さを感じていた。

すでにアイリの中心は疼いている。久しぶりだからか、よけいにとろけて、早くほしいと、愛液をたっぷりとこぼしているのがわかった。

「覇王、さま……」

「アイリ——」

同じように、彼もまた苦しそうだ。

(えっちしたい。覇王さまと、えっち……)

切なくて、苦しくて、どうしようもないこのもどかしさは、きっと彼にしか拭えない。けれども、驚くべきことにこの世界には避妊具が存在しないらしい。そのわりに出生率が高いわけではないそうだから、アイリの世界と比べて、単純に子供ができにくいみたいなのだけれども。

（でも、流されたら、ほんとうに子供ができちゃうかも）

月のものは終わったばかり。

でも、もし今日このまま流されてしまったら、これから先、また我慢することができるだろうか。

そして、きっとそれは彼も同じ。これまでもアイリの常識に付き合わせて、どれほど彼を我慢させてきたのかアイリはよく知っている。

一度箍が外れると、お互い確実に毎日貪りあうだろう。きっと危険日にあたることもあるはずで。

「ン――」

許しを乞うように、ガルフレイは何度もアイリの唇を吸う。唇をこじ開け、舌を忍び込ませ、かつては貪り、蹂躙するかのように暴れてきた彼の舌が、今はとても優しい。

舌と舌がねっとりと絡み合い、糸を引く。とろんとした眼差しのアイリに向かって、静かに、彼は問うた。

「まだ、駄目だろうか――余は、そなたを愛したい」

その真剣な眼差しに、アイリはぼんやりと考える。

「覇王、さま」

「ガルフレイだ。いつになればそう呼んでくれる」

「だって……」

名前を呼んでしまったら、何かが変わる。きっと戻れなくなる気がする。

「ん、あ、だめ、覇王さま」

「アイリ、アイリ――」

ちゅっちゅっ、とたっぷりキスをされ、そのままやわやわと胸を、お腹を、そして腿を撫でられる。

ネグリジェをたくし上げられて素肌があらわになると、ガルフレイはアイリの下着の隙間から大きな手を中にいれた。

「余は、自分がこんなにも卑怯な男だとは知らなかった」

「ん――あッ」

「そなたを待つ。余の妃になる決意をしてくれるまで、ずっと。――そう伝えたはずだったのだがな」

そう語りながら、彼は太い人差し指をアイリの中に挿入した。すでに彼を欲し、とろとろになっていたそこは、ガルフレイの太い指でも簡単に受け入れてしまう。

「こうして、そなたをとろかし、よがらせればあるいは――と、欲に流される」

「は……あっ、覇王、さま」

「ガルフレイだ」

「んっ、だめ。だめなのにっ。んんっ……」

いつの間にか、下着の紐を解かれ、指が二本に増えている。

ちゅくちゅく、と水音が響きはじめ、身を捩りながらその快楽から逃れようとした。

「あ、あああ。は、おう、さま……っ！」

「我慢がきかぬ男だと、そなたは軽蔑するか？」

「！　……っ」

それはちがう。

ふるふると、首を横に振ってアイリは答えた。

だって、我慢がきかないのはアイリもだ。彼がほしくて、どうしようもない。情けない、卑怯だと思うのに、もう我慢できない。

大きな身体に抱き込まれて、むちゃくちゃに抱いてほしくて、苦しくて、つらくて、息を吐く。

「それとも、矮小な己を隠す情けない男だと嗤ったか？」

「矮小……？」

「……」

それ以上はガルフレイの言葉が続かなかった。

言葉を呑み込み、縋るようにしてアイリを抱く。

「なんでもない。許せ」

「んっ――！」

「そなたに嘲笑されようと、余は、もう……」

彼の言葉の意味がわからない。ただ、めちゃくちゃにキスされて、全てがどうでもよくなる。

彼に直接触れられた下腹部は歓喜に震え、アイリの身体を熱で蕩かしていく。

「ひにん……」

「む」

「せめて、避妊を……」

ただ、これだけはとアイリは告げた。

ああ、なんて自分に甘いのだろうか。避妊さえしてくれたら、えっちしていいのか。そんなものなのかと、自分の甘さにがっかりする。

そもそも、避妊具のないこの世界の人にはまったくピンと来ないだろうに。

「──アイリの世界で、その、避妊とはどうしていたのだ」

「ゴム。コンドームってのが、あって」

「そのコンドームとやらはどういったものだ？」

彼は真剣だった。

流されながらも、アイリの常識を知って、アイリの不安を少しでも取り除こうとしてくれる。

もちろん、問いかけながらも、ガルフレイはその手を止めることはない。

きゅんきゅんと快感が押し寄せて、息も絶え絶えになる。

彼はアイリの膣内に入れた太い指で、緩急をつけるように奥のざらざらした部分を擦ったかと思うと、今度は花芽をつねって、捏ねる。

「んんんっ！」

「アイリ、ほら、どういったものだ？　教えてくれ」

余った方の手でアイリの胸を愛撫しながら、彼は問うた。

「コンドーム、は……男の人の、アソコにつけるもので……」

「ああ」

途切れ途切れになりながら、アイリは答える。

薄くて、よく伸びる、袋のような。形に添ってピッタリ覆う、膜のようなもの。ゴムなんて言っても通じないので、そのような説明をしたけれども、彼は正しく理解したらしい。

「なるほど。ならば、用意できそうではないか」

「んっ」

「そなたが作ればいい」

彼の熱が、直接アイリの腿にあたる。股の間に挟み込まれる形で鎮座し、その存在が強く主張する。

耳元で囁かれたガルフレイの言葉の意味を理解するのにも時間がかかった。

(作る？　つくる、何を？)

いや、わかっている。

ゴムを――つまり、コンドームを作れと言っているらしい。アイリ自身の魔力で。

(確かに、魔力の性質としては……)

できる。

ピッタリだ。

硬質で鋼のようなガルフレイの魔力とはまた違って、アイリの魔力は適度に弾力があり、薄く伸びる。液体を弾くものも簡単で、ゴムのような性質を作るのに適している。

「できるだろう?」

「んっ……あっ、はおう、さま……っ!」

(できるけれども!)

試したことはないとはいえ、きっと得意な部類だ。

それさえ作れたら、このままガルフレイと――と考えて、いや待てと己の心に制止をかける。

「その気がないなら、その気にさせるまで」

「あっ……ンン!」

手段があるのならばと、もう、ガルフレイは遠慮しない。そのままアイリの唇にキスを落とす。すでにとろんとしているのに、彼は容赦してくれない。

ガルフレイは、いよいよ我慢することをやめたらしい。

さっきから、お腹の奥が疼いてつらい。アイリはいやいやと首を横に振るけれど、一方でガルフレイの胸にそっと手を触れる。そしてやわやわと上下にさすった。

それは以前閨(ねや)を共にしたとき、アイリが甘えたいときに見せた仕草だった。ガルフレイも当然それを承知していたのか、口の端がくいっと上がる。

「なんと愛らしい」

「は、ぁ、王、さま……」

「アイリ。――アイリ」

「や、アア、ア……」

ちゅ、ちゅ、とたっぷりキスを受けながら、とろとろに解されてしまい、胸が苦しい。

ピリピリとした刺激がもどかしく、身をよじる。

彼の指はまるで甘やかすように、アイリのいいところを探り当てた。生来、器用で観察力もあるガルフレイは、すでにアイリのよく反応する場所を見つけてしまっているらしい。

「ア、アアアン！」

「アイリ、ああ、アイリ……！」

カリ、といいところを引っかかれ、アイリは仰け反った。そのままビクビクと強く身体が震え、その快楽に身を委ねる。

それでもガルフレイは動きを止めるつもりはないらしく、身体をずらしてアイリの腿に手を添えた。そして大きく脚を開脚させる。

イったばかりで、アイリの下の口からはたっぷりと愛液がこぼれ落ちる。ガルフレイはそれをぐりっと指で擦りとって、満足そうに喉の奥で笑った。

「そなたのここも、余を欲しておろう?」

「覇王さま、んんっ」

「ン――」

ギシ、とベッドが軋んだかと思うと、その大事な割れ目に何かが近づいたのがわかった。

「ひゃあん!」

べろりと、滑りを帯びたなにかがそこに触れ、嬌声をあげる。

そのまま、ちゅ、と蜜口に唇を落とされて、ますますアイリは混乱した。

「あ、覇王さま、だめ、だめです、汚い――」

「余の女神のものだ。汚いものか。――ン」

「ひゃうっ……あ、ン、やばっ」

ガルフレイの舌は厚くて長い。ねっとりと舌で舐めとられ、強すぎる刺激に身体が跳ねる。

彼は容赦がなかった。奥へ、奥へと舌が入り込んでくる。

腰が砕けそうになって、ふるふる震え、無意識に逃げそうになったけれど、がっちり脚の付け根を掴まれてしまってはそれもままならない。

「――フフ、そなたの中も可愛く震えておるな」

「だって……んん、ん」

「ほら、もっと溺れろ」

ぴちゃ、ぴちゃとわざと大きな音をたてられ、羞恥に震える。自分の身体を抱きしめながら、その快楽を強く感じていた。

じゅじゅじゅ、と、音を立てながら吸い上げられ、執拗に舐めまわされる。

(奥……おくに、もっと、奥に)

ほしい。

そう願うのはアイリだけではない。

「アイリ」

いよいよガルフレイも我慢できなくなってきたらしい。身体を起こし、己の衣服を脱ぎ捨てる。それからアイリの腰に手を添えて、腿をくっつけるように擦り寄せた。

余裕のない表情で、己の猛りをアイリの割れ目に沿うように前後させる。

ボコボコとした厳つい形の彼のモノが、アイリの蜜口を刺激した。ぷっくりと主張している花芽を擦られて、アイリは身体を反らせて、たまらず呻く。

「ああああっ！」

(だめ。ほしい。——中に。奥に。大きいの。もっと……)

思考回路が麻痺(まひ)して、腕を伸ばした。腿の間に挟まれた熱に吸い寄せられるように触れた瞬間、アイリの魔力が放出される。

——黒い色彩を帯びた薄い膜。それが確かに、ガルフレイの猛りを包み込むように存在していた。

「ああ、アイリ。そうか、ほしいか」

「はっ……はぁ、覇王さま、覇王さま」

「ああ。余も限界だ」

そう言ってガルフレイは髪をかきあげる。

夜の間はおろしてある前髪が後ろに流れ、口の端を上げる彼は確かに覇王だった。

爆発しそうな猛りを蜜口に押し当て、一気に突き立てる。みちみちみち、と隘路を押し開きながら、ガルフレイはアイリを穿（うが）った。

彼の猛りはアイリにとっては凶悪なものだったが、たっぷり解されていた膣内は、なんとか彼のモノを収めきる。がつりと突き当たりにその鋒が突き当たるのを感じ、アイリは一瞬呼吸を忘れた。

「覇王さま、覇王さまぁ……！」

中も表情もとろけきったまま、アイリは縋るように手を伸ばす。ガルフレイもそれに応え、指を絡めてにぎり合う。

「くっ……ああ、アイリ」

「あ、すご、ぃ……」

「――そうか」

無意識にこぼれ落ちたアイリの言葉に、ガルフレイは満足そうに息を吐く。

ガルフレイの額から大粒の汗がこぼれ落ち、アイリの肌を濡らしていった。

ぐちゅ、ぐちゅ、と内臓を押し上げるほどの大きな存在が、アイリの中をかき回す。そのたびにアイリは嬌声をあげ、苦みと甘さを感じながらうっとりとするのだ。

どくどくと、心臓が暴れている。

ガルフレイのモノは大きく、苦しいけれど、アイリをよくしようという彼の気持ちはたくさん伝わってきた。

「気持ち、いい。はぁ……気持ち、いっ」

そう何度も繰り返しながら、アイリは乱れに乱れた。

ネグリジェはくしゃくしゃにまくしあげられ、ツンと勃った乳首をしゃぶられる。強く吸われるたびに身体は快楽でしなり、ガルフレイもまた、激しくアイリを求めた。

「優しく。優しくだな、クッ」

まるで自分に言い聞かせるように呟きながらも、ガルフレイが動きを止めることはない。むしろ、ますます激しくアイリに突き立てる。

かくいうアイリも激しく追いたてられることに、どっぷりと溺れ、目を細める。

「んっ、んんっ、はぁ、あああ」

「ああ。アイリ。余の、余の宝、余の女神」

「ん、覇王、さま……」

それは一見、獣のようなまぐわいだった。ただただ互いのいいところを求めて、貪りあう。

アイリの小さな身体はガルフレイにすっぽりと抱き込まれ、ひたすらに穿たれる。そうする中で、アイリはどこか満たされたような感覚を覚えていた。

本当に宝物のように扱われ、求められ、必要とされる。誰かに大切にされるということを、彼は強く態度で示してくれて——そしてそのことが、嬉しくないはずがなかった。

「覇王さま、覇王さま……」

「くっ……出るっ……！」

「ン、んん、ん……っ！」

彼の猛りが大きく脈打つのがわかり、アイリも手に力が籠もった。

アイリの中で、彼のモノが脈打っている。

その力強い脈動に反応するようにして、アイリの膣も締まった。

「ン……ああ……」

ガルフレイからも甘い吐息が漏れいでた。

瞳を閉じて、ただ、その快楽に身を委ねていた彼の睫がふるると揺れている。ぱらり、と黒い前髪が落ちた彼の放つ壮絶な色気に見とれていると、ようやく、彼の目が開かれた。

ぞくりとするような血の色の瞳。それにアイリが映るなり、彼は頬を綻ばせる。

アイリにのし掛かっている彼は、こうして果てても、けっしてアイリに体重をかけない。その体格差、そして力の差を知っているからこそ、大事に、大事に扱ってくれる。

行為の最中だってそう。本気で力を入れたら、アイリなんてたちまち壊れてしまう。優しく、優しくと言葉を繰り返す通り、ギリギリの部分を理性で押しとどめ、決壊しそうになるたびに、アイリの名を呼ぶのだ。

「まだ——そなたの中に、いたいが」

「ン……」

「そういうわけにも、いかぬか……」

ほう、とひとつ息をついて、彼はずるりとモノを抜く。アイリの魔法の膜は破れるようなことがなく、しかしその先は大量の精で膨らんでいる。

無言でそれを取り外すガルフレイを、アイリはくったりしながら見守っていた。

彼は精を含むその膜を指でつまんだまま、魔力を放出する。あっという間に跡形もなく消し去られ、何もないその空気の先を、ガルフレイもただただ見つめたままだった。

「愛した証がなくなるのは、少し虚しいな」

「……そういう、ものですか？」

「そなたの国では、こうして愛した証を消すのか？」

「愛を、消すわけじゃ、ないです。……愛した人のために、ちゃんと責任を持つために避妊するんです」

ぽつりと呟くと、大きな腕に優しく抱き込まれる。すぐ近くにガルフレイの顔があって、ふふふ、と笑みがこぼれる。

続けろ、と、彼の真剣な瞳が告げているようだった。

アイリはまだくったりしていて、言葉もとぎれとぎれになってしまう。それでも彼はじっと聞いてくれていた。

おそらく、この世界の人より、アイリが元いた世界の人々の方が妊娠しやすい体質なのだろうということ。

お互い好きになってセックスしたいと考えるのは同じであっても、ただ、好きなだけでは全ては背負えない。結婚するのは、相手の人生を支えるために、精神的にも、肉体的にも、社会的・金銭的にも責任を持つと誓うこと。

子供をつくることだってそう。慈しみ、育てるためには、愛情だけでは成り立たない。

「……余は、そなたの全てに、責任をとれるだけの覚悟も、地位もある」

「私が、あなたを背負う覚悟ができていないんですよ」

このままではあまりに無責任なのではないかと、何度も考えた。

彼が与えてくれるのと同じだけのものを、アイリは返せない。なぜなら、まだ、どうしても考えてしまうからだ。

元の世界のこと。

家族のこと、友人のこと。

本当は辿るはずだった、当たり前の未来のこと。

どうしようもないはずなのに、捨てられないのだ。

一方で、ガルフレイのことも考える。

明日、ふと目が醒めて身体を起こしたら、寮の自分の部屋にいるんじゃないかって——普通の大学生として、部活に明け暮れて生きているんじゃないかという相反する不安もある。

さよならもなにもできないまま、この世界から消えて、居なくなっている可能性に勝手に怯え、震える。

中途半端でやるせない。

きっと何を選んでも、アイリの心が晴れることはない。

そして、ガルフレイはそれを理解した上で、卑怯なアイリを求めてくれているのだ。

「だとしたら愛情は？　愛だけでは責任をとれぬとそなたは言った。それでも、その愛だけでも持ってはおらぬのか？」

「……」

「どうなのだ？」

「あ……はは」

（ああ、だめだなあ……）

彼の真剣な瞳に、流される。

嘘をつくことが憚られる。

その先に進むことが怖くて、責任を持つことも怖くて、逃げるばかりで卑怯な己が、応えていいはずがないのに。

「好きですよ」

「…………そうか」

「好きに、決まってるじゃないですか」

「そうか」

「ごめんなさい」

「なぜ謝る？」

「だって、こんな。無責任な」

身体が急に冷えていくような感覚を覚え、アイリは身を震わせる。

けれども彼は目を逸らさず、真剣な眼差しでアイリの全てを支えるのだ。

「それのどこが悪い」

（ほら、そういうところ）

アイリの悩みなんて、彼にかかったらほんの些細なことなのだと思い知らされる。

そしてそれは、けっしてアイリを否定するわけじゃない。彼はただ、その大きな腕でアイリを抱き上げ、支えてくれるのだ。

ちっぽけな自分が何をしても、ビクともしないほど彼は強く、大きかった。そしてそんな彼のことをアイリはとても尊敬していた。

だから彼に真っ直ぐな愛情を向けられ、好きにならない方が難しい。

「そなたにかかる責任など、余に押し付ければよいではないか。そもそも、そなたを一方的に呼び寄せたのは余だ。元の世界への郷愁も、辿るべき未来を断ち切られた痛みも、余が背負うべきものだろう？　真面目なそなたゆえ手放せぬのは理解する。だからといって、余に謝る必要など万にひとつもない」

「覇王さま」

「すぐに妃になれとは言わぬ。だが、そなたが今抱える悩みは、もともと全て余が背負って然るべきものだと知れ。過去も未来も、そなたの全て、余は責任をとる覚悟がある。その代わりに余は、そなたの愛がほしい」

「…………」

いつのまにか、アイリは身体を起こしていた。彼もまた、アイリに縋るように頬に手を添える。

こうして触れられていると、彼はきっと気がつくだろう。アイリの頬が、真っ赤に、熱くなっていることに。

「覇王さま、大きすぎます……」

眩しいくらいに。

あまりに熱烈だった。

普段は寡黙で、臣下にはきっちり行動で示す。アイリの前では特別饒舌になるといっても、こんなにもはっきりと彼の考えを、そして想いをぶつけられたことなどない。

「だから愛情だけは、もらってもよいだろうか」

「覇王さま」

「名を。応えてくれるなら、名を」

彼は、甘えていいのだと、大きな手を差し出す。

悩みを抱えたままでも、卑怯なアイリのままでもよいのだと。

「……ガルフレイ、さま？」

「ああ」

くしゃくしゃの笑顔を返されて、アイリの胸の奥から、痛みが消えてゆく。

「──そうだな。どうかガルフと」

「ガルフ？」

「父も母も、兄も、余をそう呼んだ」

ぱちぱちと瞬くと、彼は気恥ずかしそうに髪を掻きあげる。そこには覇王でない素の彼がいて、後からゆるゆると頭に情報が入ってくる。

ああそうだ。この国は、強き者が頂点に立つ。出自による身分はそこにはなくて、アイリのイメージする王族とはまったく形が違っている。

「ご家族が？」

「もっと南の街で好きにやっている。あちらの国境沿いも魔物が多く出るからな。家族総出で国境の守護だ」

「……」

そう言って家族のことを話す彼は、どこか砕けた様子だった。

「どうした？」

「ガルフが、本当に普通の人みたいで」

「人以外のものになったつもりはない」

そう言いながら、ガルフレイはアイリの唇にキスを落とす。いつものような貪るようなものではなくて、触れるだけの優しいキスだった。

唇に、頬に、額に——慈しむようなキスをもらって、アイリは泣きそうになった。

遠くて、自分とは住む世界が違うと言い聞かせてきた人が、こんなに近くにいた。それはアイリが見ようとしなかっただけで、一歩踏み込めばきっと触れられる現実だったのに。

怖がってばかりで、アイリは知ろうとしなかった。

恥ずかしい。何がちゃんと考える、だ。

何も動けていなかった。何も知ろうとしなかった。彼がアイリを知るための努力の半分もできていなかった。

ちゅ、と、今度はアイリからキスをする。

突然の行為に、ガルフレイはビクリと身体を震わせ、目を見開いた。

「え？　あ？　アイ、リ？」

「はい」

「──今」

「うん」

「──そなた」

ガルフレイは完全に脳がフリーズしてしまったらしく、ギギギと錆びた機械みたいに動いては、何度も瞬いている。普段キリッとしているからこそ、呆けた彼が新鮮で、アイリは笑いたいような、泣きたいような気持ちになる。

彼がしてくれたのと同じように、額に、そして頬にとキスをすると、ますます彼は固まった。

「嫌でしたか？」

「そんなわけ！　あるはず、ないだろうっ」

「よかった」

「アイリ、そなた……っ」

今日の彼は表情が豊かだ。血の色の瞳を震わせて、ぎゅっと眉間にしわを寄せる。そのくせ頬はゆるゆるで、少しだらしがない顔つきで。

強く抱きしめられ、アイリは笑う。

（なんだか可愛い）

自分よりもはるかに身体が大きくて、全てを統べる人だけれど、やっぱり彼も人間だった。

「何回だ？」

「へ？」

「何回までなら、そなたは許してくれる？」

そして唐突に尋ねられ、アイリは瞬く。

けれど、言葉の意味はすぐに理解した。一度大人しくなっていたはずの彼の股間が、しっかりとその存在をアピールしていたからだ。

「も、もう！　ガルフ、ったら」

慣れない呼び方に少し戸惑いながら、アイリは目を逸らす。

彼は逃してくれないだろう。

アイリだって、まだまだ彼と愛し合いたい。――問題はアイリの体力なのだけれども。

「あと、一回だけなら」

「一回、だと……！」

「また明日動けなくなったら、嫌ですし」

「一回……いっかい、いっかい……」

呻くように言い聞かせながら、彼はアイリを抱き寄せる。厳しい回数制限に絶望しつつも、彼の目は歓びに満ちていた。

そしてアイリは、その後、あと一回と言ったことを後悔することになる。

ガルフレイはその一回を堪能するためか、ただひたすら粘るように、アイリを長時間愛し続けたからだ。

一概に回数に制限をかけるのも悪手。アイリはこの夜、そのことを学んだ。

二十七日目　卑怯なねがいごと

アイリの本音を聞いてから数日、ガルフレイは明らかに浮かれていた。

以前は戸惑いを前に、少し距離をとろうとしていた彼女だったけれど、今は自分からそっと寄ってきて、幸せそうな笑みを浮かべることも増えた。

物怖じしないのは彼女の美点だが、ふたりでいるときはもっと素を見せてくれるようになり、この世界のことにも、ガルフレイ自身のことにも興味を示すようになってくれた。

生来、自分のことをあまり話さないガルフレイも、彼女の前だとなぜか饒舌になる。

家族のこと、故郷のこと、得意な武器に魔法のこと。過去の討伐の話に、これから身につけたい技術の話。

「ガルフってば戦いのことばっかり！」とアイリは笑ったけれど、何が彼女のツボに入ったのかはいまいちわからない。曰く、何かに打ち込む人といると楽しい、のだそうで、笑顔を見せてくれるのは素直にうれしい。

あれから毎日、夜は身体を重ねている。

本当は、最初は不安だった。

——先日のザックとか言う不届き者がアイリの前で欲情した日、正直、心臓が止まるかと思った。

奴のモノはおそらく一般的な男よりも比較的大きなものであったが、アレが一般的なサイズだと思われたのではないだろうかと、気が気ではなかったのだ。いや、実際、自分のモノとザックのモノ、どちらが一般的かというと、自分ではないことは確かだが。

だからガルフレイは己のモノのサイズが十分ではないことに幻滅されるかと思った。アイリに限ってそんなことはないと、信じてはいたけれど。

それでも、いまだ真実を口にすることは憚られて、情けないことこの上ない。

だが彼女は変わらずガルフレイを受け入れてくれる。恥ずかしそうに頬を染めながら、いつもガルフレイに付き合ってくれるのだ。

とは言っても、一日一回、ないしは二回。それが彼女の限界らしく、ガルフレイは必ず夜ごとにお伺いを立てている。

今日は何回よいだろうか、と。

アイリの言葉はまちまちだけれど、このところよく言われるのは、様子を見て、だった。無理そうなら自己申告するから、先に回数を決めないでほしいと言われることが増えた。一回だの二回だの言うと、ガルフレイが放つのを我慢して、長丁場になることを学んだらしい。

本当は何度だって、一晩中、いや、何日でも彼女を貪りたい気持ちはある。だが、無理をさせるのは本意ではない。ここはガルフレイが彼女にあわせるのが筋だろう。それに彼女は、まもなく開催される王を決める武闘大会のことも気にしてくれているらしい。だから、朝にはしっかりと起きて訓練しなければと背中を押される。

生真面目すぎる娘であるが、そういうところも好ましい。

目が覚めているときに、くるくる元気に動く彼女を見るのもよいものだし――。

そう思ってガルフレイは、向こうで明るい笑顔をみせる娘を見る。

短い黒髪に、きらきら輝く同じ色の瞳。身長はガルフレイの胸にも届かぬくらいに小さく、折れてしまいそうに華奢だが、朗らかで真っ直ぐな心を持った娘だ。

今日も彼女は、第一訓練場の片隅で〈マネージャー〉に徹するつもりらしい。ちなみに〈マネージャー〉というのは、彼女が自分で言い出した彼女の役職のことだ。

傷ついた者の救護をしたり、より効率よく訓練ができるように器具を用意したり、なにかと取りはからってくれている。アイリ自身は、自分はガサツなのだとよく笑っているけれど、ただの謙遜だと思う。よく気が利き、細やかな性格はこの訓練場に通う精鋭たちの間でも評判だった。

本人も体力や筋力の低下を気にしているのか、たまに訓練場の隅でぱたぱた走っているのも微笑ましい。

そんな彼女を身につけず、訓練時はこうして距離をとっているのはもどかしいが、彼女がよく笑っているからそれでいい。

——ただ、時期が時期だからか、人の出入りが増える分不安ではあるけれども。

この第一訓練場は、普段は出入りする者が限られている。だが、大会前はその限りではない。出場者同士がより高みを目指すためにと解放されているのだ。

ただ、肝心のザックの姿が見えないのは気になっているが。

どうも奴はすでに復活し、城の中をふらふらしながら適当な戦士に戦いを挑んでいるのだという。

当面、奴がここに来ないつもりなのはいいが、油断は禁物だ。ザック以外にも同じようなことをする外道が出てくるかもしれない。

件の大会が迫っているからか、城にも随分と人が増えた。大会の出場者のみならず、運営のためにも相当な数の人員を雇い入れている。

城の中は活気であふれていた。

誰もが皆、自分のライバルたちと大会直前まで己を高めあう。——結果、大会前にリタイアするものも続出するが、そういうものだ。

一日では治しきれないような怪我をするまで戦い続けることも珍しくない。なにせ国中のあらゆる地方から強者が集まってくるのだ。大会前であったとしても、戦わないという選択肢はないだろう。

つまり、すでに勝負ははじまっているようなものだった。

互いに高め合う参加者たちを目にしながら、ガルフレイは懐かしい気持ちになった。

二十一の時、都に上がってきた右も左もわからぬ若造は、今、目の前の彼らのようにがむしゃらに戦っていた。

（あのとき、大会当日には、すでにかなり疲れていたな）

今思い出すと少々気恥ずかしい。青臭い、どこにでもいる若造だった。

若いからといって舐められてはいけぬ、全ての頂点に立つのだと意気込み、実際に腕一本で王となり、そのままここまで走ってきた。環境が人となりを作ると言うが、ガルフレイもまた王という立場が彼を研磨した。

全ての頂点に立ち、己の隣に並び立つ者などいるまいと思ってきたが――。

「……」

――アイリが、己の前に現れた。この奇跡に、いまだにガルフレイは感謝し続けている。

小さな身体にまっすぐな心を持ち合わせた、ガルフレイの女神。彼女の存在が、ガルフレイを変えた。最初は彼女を得たことで、己の弱さを垣間見た気がしていたけれども、違う。

弱さと優しさは、似て非なるもの。それを彼女は教えてくれた。

そして、新しい感情を知った自分は、毎日どこか心地いい。闘いに明け暮れた日々がアイリの存在によって彩られ、特別なものになった。大切になったからこそ、手放したくない。彼女も、彼女のいる日々も、彼女が安心して寄りかかることができるようになった場所も、だ。

（さてと）

となると、目下行うべきことはたったひとつ。

彼女が今、ことさら気にかけているのは、間もなくはじまる件の大会の結果だ。彼女に勝利を約束しているけれども、簡単にいくものでもない。

いくらガルフレイが体格的にも、魔力的にも恵まれているとは言え、皆も日々の研鑽を積み重ねている。かつてのガルフレイのように野心に満ちた若者もいるだろうし――と思うと、油断しているわけにもいかない。

手を宙にかざし、魔力を集中させる。

空気中からあまたの属性が固形化し、それはガルフレイの背丈ほどもある大きな戦斧となった。

王自ら、この研鑽の場に参加しようとしていることに気がついた者たちの目が、一気に光るのがわかった。

ダン！

その戦斧で地面を打ち付け、宣言する。

「さて、余に挑まんとするものはかかってくるがいい！」

＋＋＋＋＋

ぶん、と、重い武器を振り回す覇王の姿がここまで見えた。

アイリが陣取るマネージャーエリアは、第一訓練場の端っこだ。入り口からは遠く、城壁を背にした場所に、最近は臨時のテントを張ってもらっている。

「覇王さま、張り切ってるね」

「大会も近いですからね」

覇王さま。アイリは、人前では彼のことをそう呼ぶようにしている。気安く名前を呼んで、彼が侮られでもしたら嫌だからだ。

アイリのところまで戦士たちが吹き飛ばないようにと配慮してくれているからか、ガルフレイはアイリと離れた場所に陣取っている。それでも、彼がどれだけ圧倒的なのかは眩しいくらいによくわかった。

彼と対峙している顔見知りの戦士たちは、えぐれたような傷口ができたり、完全に脇腹の骨が折れていたりなど相当な重傷を負ってここにやってくる。

最初はいちいち怖がっていたけれど、さすがに慣れた。

傷口を魔法の包帯でくるくる巻いたり、骨折部分等はテーピングで固定したりするようにすると、少しは治りも早くなる。だからこの日もせっせと手当にあたった。

「みんな、がんばってるね」

「当然です！　ってて……！」

調子に乗った戦士が怪我した腕で力こぶをつくっては、へたり込む。練習とはいえ激しい戦闘が繰り広げられる中、アイリの周囲だけは空気が和気あいあいとしている。それがとても珍しい光景のようで、大会のために地方から出てきた戦士たちが少し不思議そうにこちらを見ていた。

アイリの噂はすっかり地方までも届いているらしく、わざわざアイリの顔を見に来る男も多い。

ザックのように倫理に反することをする者も何人かいたけれど、顔見知りの戦士たちがしっかりと護ってくれた。

さらに、宝であるのにガルフレイに身につけてさえもらえないのかと、アイリ自身を侮るものもいたけれど、そちらも見事に皆から制裁をくらっていた。

仲のよくなった戦士たちが休憩がてら、代わる代わるアイリを護ってくれて、至れり尽くせりだ。少々申し訳なくなる。

――もちろん、皆がみな、アイリを護ってくれる戦士ばかりではないのだけれど。

「フン、大会も近いのに、またこんなところで医者の真似事か。己の立場も弁えられぬ娘が」

（あー………）

突然絡んできた戦士を見て、また来たのかとアイリは思う。こうやって悪態をつかれるのもすっかりと慣れてしまうくらいには。

「ズィーロ、弁えるべきは貴様だ」

「ハッ、金魚の糞がえらそうに」

そして、この日アイリの護衛を務めてくれていたロウェンと言い争いになるのも毎度のこと。

普段は温厚なロウェンもやっぱりこっちの国の人らしく、最後は大体戦いという名のケンカになってしまうのだ。

今、目の前にいるズィーロという戦士は、はじめて会ったときからアイリに敵意を剝き出しにしてきた男だ。

以前、玉座の間での戦闘時、決着がついてもなお憤りをガルフレイやアイリにぶつけてきた。どうやら、アイリがガルフレイの妃になることが本気で許せないらしい。

話しているとどうも、彼はガルフレイに信仰に近い感情を抱いていることがわかる。

そして同時に、いつか追い抜くのだという敵愾心も剝き出しにしている。気性が激しく、とにかく上昇志向が強いのだ。

ロウェンとズィーロはおおよそ同じくらいの実力で、この城でも十指に入る戦士だった。

己のまとう属性によってそれぞれ優劣はあるものの、ガルフレイを除く十指の戦士たちは皆、甲乙つけがたい実力をもっているらしい。

「貴様、このような出入りの激しい時期にぼんやりと突っ立って――先日も、田舎者に絡まれたのだろう？　そのまま攫われても知らんぞ」

「そりゃあ、私ひとりじゃ危ないのはわかるけれど」

でも、ガルフレイの邪魔はしたくない。

彼はアイリを目の届かないところにひとりで置くことなど、絶対にしない。そのため、アイリが外に出ないということは彼の訓練時間が減るということだ。それを知っているからこそ――。

わかっている。アイリはガルフレイのアキレス腱だ。

おそらくそれは、これから先もずっと変わることはない。だからこそ、ズィーロの言葉に反論しきれなかった。

「王の弱点であり、強い子も望めない。多少の救護はできても、それは本来我々にとって不必要なものだ。そんな貴様がなぜいつまでも王の隣にいる？」

「……」

「やめろ、ズィーロ！」

この世界は、強さが全てだ。裏を返せば弱者に厳しいということでもある。

ガルフレイの傍で護られているからこそ実感する機会は少ない。けれど、強者を優遇するというのはそういうことだ。

反論すらまともにできないアイリに、ズィーロはさらに追い打ちをかけた。

「フン。そんなことだから、王も貴様を元の世界に帰そうとしているのだろう？」

「え――」

弾かれたようにズィーロの方を見た。彼は、意地悪く口の端を上げている。

「ズィーロ!!」

いよいよロウェンが食ってかかる。ズィーロの胸を強く押し、テントの外へと突きだした。そして互いがそれぞれ武器を抜き、あっという間に戦いという名のケンカがはじまった。

それをアイリは呆然と見ていた。

そんなまさか、と、アイリは思う。

ガルフレイの想いは本物だ。それを疑うことなどありえない。

だったらなぜと思うと同時に、納得もする。アイリでも、彼の立場なら同じ選択肢を選ぶかもしれない。

——どうやら、アイリを元の世界へと帰すことが、彼なりの思いやりなのだろう。

「女神さま」

「違います。王はきっと、そんなつもりは」

周囲の者たちがフォローを入れてくれるけれども、頭に入ってこない。

それよりも、聞きたいことはただひとつだ。

「——ほんと、に?」

「女神さま!」

「みんな、知って、た……?」

ここに居るのは、ガルフレイと懇意にしている精鋭ばかりだ。

訊ねてみると、全員が全員、そっとアイリから視線を逸らした。

アイリは知っている。この国の人たちは、けっして嘘をつかない。だからこそ答えられないのだろう。

「……」

今すぐにでもガルフレイに問いただしたい。

けれども今、ガルフレイは目の前に迫る大会に集中するべき時。彼の心を乱していいはずがない。

アイリがこの事実を知ってしまったことはガルフレイには言わないようにと皆に告げ、口を閉ざす。

訓練を終えたガルフレイと合流したときも、結局何も聞くことはできなかった。

ただ、彼の方が、アイリの表情が妙に暗いことに気づいたようだけれども。

さらに不幸なことに、この日の夜からアイリは体調を崩すことになる。

原因は、食事に混ぜられたほんの少量の毒だった。

＋＋＋＋＋

ぼたぼたと、アイリの額から汗がこぼれている。

吐き出せるものは全て吐き出させた。それでも、もともとの身体のつくりが違うからか、彼女の具合はいっこうによくならない。

ガルフレイはベッドにアイリを寝かせ、荒い息を吐く彼女の顔をじっと見つめていた。

すると入り口の扉がノックされる音が聞こえてくる。

「入れ」

ガルフレイの言葉に反応し、ロウェンが寝室へと入ってきた。彼は神妙な顔つきで足を二度地面に打ち付け、淡々と報告をはじめる。

「我が主、判明致しました。本日食堂で出されたスープに、ケイネオの葉が混ぜられていたようです」

「ケイネオ……」

「おそらく我々も口にしているはずなのですが、あまりに少量で」

「……」

ケイネオの葉と言えば、一般的には薬としてよく知られている葉である。

いくらこの国の者とはいえ、怪我とちがって病気はすぐには治らない。だから慣れ親しんだ薬草ではあるが、一度に多量摂取すると刺激が強すぎるのは周知の事実。

「少量ならば、我らにとっては薬――ですが、女神さまにとっては」

「………………毒、となるのか」

「おそらく」

「……」

血が沸騰しそうだった。怒りで、目が真っ赤になり、破壊衝動に襲われる。

それでも、ガルフレイはただ耐えた。ここで騒いではアイリの邪魔になる。せめて彼女は、ゆっくりと休ませてやりたい。

「毒――」

途方もない気持ちになって、まともな言葉が紡げない。

ただ、毒、と、自分に言い聞かせるようにして呟くだけだ。

「アイリ」

震える手で、彼女の頰に触れる。

ガルフレイの手ですっぽりと覆えてしまう、小さな頰。震える睫に、小さな唇。

朗らかに笑う彼女はいない。

真剣な眼差しで悩む彼女もいない。

このまま、いなくなってしまうかもしれない。

ガルフレイたち――この世界の人間では理解しえない肉体の弱さ。

いつも彼女は気丈で、物怖じしなかった。だからこそ、知っていたはずなのに真に理解できていなかった。

――恐怖で全身が震えた。

「アイリ……」

ああ、今すぐにでも彼女を抱きしめたい。彼女の呼吸を、心臓の音を、貴重な存在を確かめたい。けれども、彼女の回復を妨げるようなことはしてはならぬと、なんとか思いとどまる。

こんな恐怖、今まで生きてきた中で味わったことなどただの一度もなかった。

胸がひどく痛む。これは何だ？　己が怪我をしたわけでもないのに。

「――犯人は」

「まだ。ですが、必ずつきとめます」

「ああ」

「それから我が主。女神さまには口止めをされていたのですが、実は――」

さらにロウェンは続けた。

昼間、ズィーロがアイリに告げた言葉そのままを。

ガルフレイが、アイリを元の世界に帰そうとしているだなんてありえないのに。

ガルフレイの意図はまったく異なるところにある。彼女に誤解されるのは心外ではあるが――まあいい。賢い彼女のことだ。言葉さえ尽くせば、きっと理解をしてくれるだろう。

それよりも、アイリを貶め、ひどく侮辱する言葉を投げかけたことの方がずっと許せない。

そしてそれらの言葉は、アイリにとっての真実でもあるだろう。彼女が非力で、ガルフレイの役には立てないと。おそらくアイリは自分自身のことをそう思っている節がある。

肝心なところで、彼女は自己評価が低いのだ。

それでも、それはガルフレイにとってはほんの些末なことだ。アイリは自分を卑下する必要なんて一切ない。

アイリがガルフレイの役には立てない？　そんなまさか。

アイリしかない。アイリしかありえない。

ガルフレイにとっての唯一無二の女神は、彼女で間違いないと確信している。

ガルフレイは彼女からたくさんのものをもらった。それを理解できないズィーロが阿呆なだけなのに。

「我が主」

「む」

——握りこんだ拳から、血が流れている。

怒りのあまり力を入れすぎていたらしい。もちろん、この程度の傷ならすぐに治ってしまうけれども。

「ズィーロはどういたしますか？」

「捨て置け。どうせ叩きのめす機会はすぐにある。——それに、今夜はここから動くつもりはない」

「承知致しました」

足を二度打ち付けた後、ロウェンは寝室から立ち去っていく。

ただふたり残されて、ガルフレイは改めてアイリの顔を見た。

熱に浮かされて呼吸が浅い。汗のしずくがこぼれ落ち、シーツを湿らせる。

額にあてた冷やした手ぬぐいもすでにぬるくなっていて、ガルフレイは大きな手でそれをつかむ。用意してあった桶の水に浸し、そこに魔力を注ぎ込んでわずかに冷やす。これもやりすぎては毒だろうからと、加減しながらだが。

そうして冷やした手ぬぐいで、額を、そして頬を冷やしてやると、彼女の瞼がふるると震えた。

彼女を帰すつもりなんてなかった。

彼女の全てを抱えたい。だから振り向いて、ずっと隣にいてほしい。そう願っただけなのだ。

だけど今、ガルフレイははじめて実感した。

——彼女の存在は小さすぎて、こんなにも簡単に手のひらからこぼれ落ちてしまう。

「ん……」

ふるり、再び瞼が震え、深い黒がこちらをのぞく。

アイリ、そう呼びたかったのに、声にはならなかった。ただ、彼女の方がガルフレイの名前を呼ぶのだ。

「ガル……フ……」

「…………」

「ガ……ルフ」

それだけ声に出すのも精一杯らしく、何度もつっかえながらも、彼女は呼んだ。

ああ、その表情。どうして彼女は笑えるのだろうか、この状況で。

細くて、小さな手が伸びてくる。それが今にも崩れ落ちてしまいそうで、怖くてガルフレイも片手を伸ばした。

すっぽりと手を包み込もうとしたけれど、彼女は少し力を入れて、ガルフレイの指を絡め取る。線の細い指が愛おしくて、目を細める。

前が見えない。

ずっと彼女を見つめているはずなのに、なぜかはっきりとは映らない。まるでどこかに彼女が消えてしまいそうで、恐怖で胸が締めつけられる。

「泣いてる、の……？」

「…………？」

彼女の言葉の意味がわからなくて、瞬く。

瞬間、ぽろり、ぽろりと頬をつたうものの存在を感じ、視界が鮮明になった。

「泣いて、くれて、るんですね……？」

そう言って彼女はガルフレイの手を引いた。彼女に流されるようにして、ガルフレイは身体を倒し、上半身を彼女に近づける。すると彼女は、余った方の手をそっとガルフレイの頬に伸ばした。

「大丈夫、ですよ……少し寝たら」

「……」

「私、わりと、丈夫に……できて。へへへ」

弱々しくも、へらっと笑う彼女を見るのが苦しい。

いつだって彼女から目を逸らさずにきたけれど、このまま目の前で消えてしまったらと思うと、たまらなく不安になってしまうのだ。

「ね？　ガルフに、涙は似合わない、ですから――」

「アイリ」

「へへ。愛されてますよね、私」

気丈に振る舞うのも彼女らしい。彼女はガルフレイの指を掴んだ手に、にぎにぎと力を入れて、大丈夫だと笑うのだ。

「駄目ですよ。ガルフは、……覇王さまなんですから、泣いたら」

「これが、涙？」

「そう、ですよ」

「涙を流すのは、はじめてだ」

流れ落ちる涙をぬぐうことすら知らず、ガルフレイはただ、アイリを見つめる。

彼女が目を覚まし、しゃべっている。それだけで、こんなにも嬉しい。

「………そうですか。私がいなくなったときも……泣いちゃいますかね」

「！」

心臓が嫌な音をたてた。

まだ、彼女を帰す方法は見つかってはいない。けれども彼女に知られてしまった。その手段を探そうとしていることを。

本当は、彼女に選び取ってもらうためだった。かつての故郷を捨てて、こちらに残ると、言ってほしかった。彼女の気持ちを勝ち取りたかった。それは、この国に生きる者の性だ。

けれど、今になって迷いが出てきている。

万が一、彼女が命を落とすことになったなら。そうなる前に、この国から逃がしてやるべきなのではないのか、とも。

ほろ、と、再び涙がこぼれ落ちる。

だらだらとこぼれる液体を見て、彼女もまた、笑いながら泣いた。

彼女の涙ならぬぐってやらねば。余った方の手で彼女の頬に触れ、親指に少しだけ力を入れて拭うと、彼女も同じようにガルフレイの涙を手で拭う。

「泣いちゃうんですね？　ふふ、……そっかあ……へへ」

方法が見つかれば帰ることを望むか？　——その一言が口に出せない。

怖い思いをし、苦しみ、倒れ、息も絶え絶えに語る彼女は、きっと帰りたいと言うはずだ。

帰してやりたい。帰ってほしくない。

どちらの気持ちも同じように渦巻いて答えが出せない。

ああそうか、と思った。

アイリもきっと、ふたつの思いを抱えて、苦しんでいたのだ。

残るか、帰るか。どちらをとっても、きっと苦しい。その責任をとると言ったのはガルフレイだったはずなのに。

「ね……ガルフ」

彼女が、静かに呼びかけてくる。

ぽろ、とこぼれる涙が、とても綺麗で、寂しく感じた。

「泣かせたく、ないです」

だから、反応が遅れた。

「帰さないで、ください」

何を言われているのかわからなかった。

「卑怯で、いいです。理由を、ください……わがまま……いって、いいなら」

途切れ途切れになっている彼女の声は、真剣で。

「帰れなく、して……こんなずるい、私で、いいなら……」

ふと、頬に添えられていた彼女の手が崩れ落ちる。

どうやらもう限界だったみたいで、はあはあと息を荒くして、目を閉じてしまう。

彼女が震えているのは、熱のせいか、それとも？

今の言葉が彼女の本心なのかどうかもわからず、でも、不安に震える彼女を今、手放す気にはなれなかった。

「――――もういい、休め」

「どこにも、いきません？」

「ああ」

「眠っている間に、勝手に帰したりとか……？」

「それもない。方法など、見つかっていない」

それに。

「そなたが望まぬのなら探しもしない。わかったら、安心して眠れ」

「…………は、い……」

それきり、彼女の口から言葉は紡がれない。少しだけ呼吸が穏やかになり、そんな彼女の頭をゆっくりと撫でる。

あっという間に彼女は眠ってしまったらしく、ようやく寝息が聞こえてきた。

「余は、そなたが言うような、大きな存在ではないらしい」

もう返事はない。

それでも、懺悔（ざんげ）せずにはいられなかった。

「そなたが己を卑怯だと言うように、余もまた卑怯だ」

こんなにも迷い、それでも手放せない。

彼女の命がこぼれ落ちる不安で胸が痛むのに、彼女のために帰してやることもできない。

「――――眠れ、アイリ」

そして、目が覚めたら、どうか、もういちど笑ってほしい。

二十九日目　襲撃

倒れた夜から丸一日眠って、さらに次の日。目がさめると、その日は朝から雨で、ゴロゴロと遠くで雷が鳴っていた。

受けた毒の影響でまだ熱はあるものの、アイリはどうにか普通に起き上がれるようになった。

「おはよう、ございます」

「ああ、よき朝だ」

「ん、んん……？」

ずっと眠っていたからか、時間の感覚が曖昧だ。けれども、普段装着しているものとはまた違った形の鎧をまとったガルフレイを見た瞬間、今日が何の日かを理解する。

「――起き、ます」

「いや、いい」

「でも」

「そなたはまだ眠っていろ」

　そう言ってガルフレイはアイリの頭を撫でた後、背を向ける。

「料理に毒を入れた者はまだわかっていない。今日はロウェンも、馴染みの戦士たちも傍にはつけてやれない。ならば、ここに残していった方が幾分か安心できる」

「でも」

「護衛はつける。だから大人しく眠っているがいい。――なに、すぐに勝負をつけてくる」

　彼はそう言うけれども「すぐ」の感覚の違いをアイリは知っている。

　聞くところによると、この大会は最後の勝者が決まるまで終わることがない。――昼も夜もなく、ただひたすら戦闘が続けられるのだという。

「ん……ガルフ」

　彼の名を呼びながら身体を起こすと、ガルフレイが驚いた様に振り向いた。そして今度はアイリの方から彼に手を差し出す。

　彼の大きな手を引っ張ると、彼は心配そうにかがんでくれる。そうして顔を寄せてくれた彼の頬にそっとキスをした。

「勝ってきてください」

「ああ」

　彼は驚きで目を見開きながらも、しっかりと頷いた。その目に力が宿り、アイリもようやく安心できる。

「ガルフが戻ってくるまでには、元気になっていますね」

「わかった」

鷹揚に頷き、彼もまたアイリの頬にキスをして、今度こそ寝室から出ていった。護衛をつけるとは言ってくれたけれど、どうもこの部屋の扉の向こうにいるらしい。

いくら慣れてきたとはいえ、ガルフレイ以外の男の人と長時間一緒にいるのは緊張する。今はネグリジェだし、見られることにも抵抗がある。だから少しほっとして、アイリは横になった。

いくばくかよくなったけれど、まだ身体は重い。だから、自分の役割は身体を早く治すことだ。彼もそう言ってくれた。

ガルフレイは大丈夫。きっと彼は、己の力で再び頂点に立つ。

そう信じているからこそ、アイリは瞼を閉じることができる。


——そのまま、どれほどの時間が経ったのだろうか。

何度か寝て、起きてを繰り返したのは覚えている。ただ、いつかのような大きな雷鳴が耳に届いて、アイリは飛び起きた。

咄嗟に窓の外を見る。外は以前よりもずっと激しい雨が降っているようだった。

雷鳴だけではなく、パラパラと花火のような音も聞こえる。おそらく、戦いの中で放たれた魔法の音なのだろうけれど。

（なんだか、嫌な感じ……）

この激しい雷鳴――呼び起こされる記憶の中で、ガルフレイはアイリを見下ろしていた。

血の色の瞳がじっとアイリを見下ろしている。一瞬にして濡れ鼠になった、召喚されたあの日。

全てのはじまりは、とても不思議な夜だった。

夢だと思い、流され。現実だと知り、恐れた。

けれどもこの世界でガルフレイとともに過ごしていくうちに、彼と生きたいと願うようになった。

ベッドから降り、何とか両足で自分の身体を支える。ずっと眠っていたからか、身体の筋肉が強ばっている。少し伸びと屈伸をして解した後、アイリはガウンを羽織り、続きの部屋への扉をそっと開いた。

「女神さま！」

「おはようございます。あの、覇王さまは……？」

大会はどうなっているだろうか。

どうやらガルフレイが言ったとおり、何名かの護衛が続きの部屋にいてくれた。彼らは皆、見たことはあるけれども話したことはない程度の、少し距離感のある戦士たちだった。

それもそのはず。普段アイリが一緒にいる戦士たちは、もれなく第一訓練場にたむろしている者たち。つまり、今回の大会に全員参加しているはずだ。

「眠っていらっしゃるとき、何度かご様子を見にいらっしゃいましたよ」

「そう、なの？」

「はい。試合の合間時間でしたから、そう長くはいらっしゃいませんでしたけれど。顔色がよくなって安心した、と」

「うん。もう大丈夫。ちょっとお腹すいたかも」

「でしたら、何か軽く食べられるものを持ってきます」

愛想のよい表情をしている男は、かなり気配りのできる人間のようだった。おそらく、ガルフレイかロウェンが手配してくれたのだろう。

護衛のうちの一名が部屋を出ていく。早速食事を取りに行ってくれるらしい。

身体を冷やさぬようにとガウンをしっかりと羽織って、ソファーに腰をかける。

周りにいるのがあまり慣れていない人ばかりでやや緊張するけれど、もう少し話を聞いておきたい。

寝すぎたせいか、すっかりと目がさめてしまっている。こうなると、次はもうしばらく眠ることができないだろう。だからこそ、ガルフレイの様子がわからずにやきもきするのは嫌だ。

ガラガラ、ピシャ――――!!

「！」

大きな雷音に身体が震える。きっと城の近くに落ちたのだろう。

ああ、ほんとうに心臓に悪い。

「怖いですか？」

「え？」

「きっとすぐに慣れますよ。地上に神が降りる夜、と言われています。多少前後はしますが、おおよそ三十日に一日、こう言った日があるのです。女神さまも前回のこの夜に降臨なさったのですよ」

なんと、この雷に周期があるとは知らなかった。

不思議な気持ちで窓の外を見ると、ピカピカと強い光に目を細める。

「大会の一日目は、必ずこの日を待って行われます。王もいわば神ですから、ふさわしい者が降臨すると」

「そう、なんですね」

「心配なさらないでも大丈夫ですよ。かの方も順調に勝ち残っておいでですから。丁度予選が終わったみたいなので、これからトーナメントがはじまる頃です。王が出るのは一回戦の第一試合ですし、終わったらきっと様子を見にいらっしゃるでしょう」

それを聞いてほっとする。

ガルフレイの顔が見られるだけでいい。きっと、この胸の不安は取り除かれるはず。

「でも、一回戦ってアレだろ？　例の」

「ああ、アレか」

「アレだな」

「きっと王が叩きのめしてくれますよ」

その会話だけで相手が誰なのかわかってしまう。

約一名、大会前にがっつりガルフレイに目をつけられた男が確かにいた。しかも、アイリがこれまで見てきた限り、ガルフレイに傷を負わせたのはザックというあの青年ただひとりなのだ。

でも、今日はアイリを抱えているわけでもないし、きっと大丈夫。そう思うのに、やっぱり不安が消えない。

皆が和気あいあいとした雰囲気で話しかけてくれて、気を紛らわせてくれるのがわかる。だからアイリも少しだけほっとして、頬を緩めた。

『だめです――といえど、ここから先は――』

『――さい！　通せ』

しかしその時だ。

廊下とつながる大きな扉の向こうから、争うような声が聞こえた。

瞬間、全身が凍りそうな心地がする。なぜなら、聞こえた声の片方が、非常に聞き覚えのある声だからだ。

（どうしてここに――！）

城の精鋭たちは皆、試合に出ているはず。

けれどもすぐに理解する。会場が分かれ、一回戦は同時進行してはいるものの、一度に全てが執り行われるわけではない。確か、第二、第三試合と続くはず。その合間時間に、彼が来られる可能性は捨てきれない。

バン！　と、勢いよく扉が開かれた。

野心が滲むギラギラとした目で睨まれ、身体が震える。

「ズィーロ……」

「なんだ、もう起き上がれるようになったのか」

外にいた護衛の戦士はふたりとも倒れてしまっている。そして、さらにその向こうを見て絶句した。

やってきたのはズィーロひとりではないらしい。

見覚えのある男たちが立ち並び、アイリを見下ろしている。どの男も、アイリのことをあまりいい目で見てこなかった男たちばかりだ。

「……！」

「顔色が真っ青だな？　クク、どうした」

ズィーロを含む集団が部屋の中に踏み込んでくる。その場にいた護衛たちも、すぐにアイリの前で構え、うちひとりはアイリを匿うように身体の後ろに隠した。

「フン、我々とやりあうか」

「ズィーロ！　王がいられない状況を狙って！　卑怯だぞ!!」

「そうだ！　このような倫理に反する行動！　王を目指す者にふさわしくはない!!」

語り合う前に戦闘がはじまる。この国の人はみんなそうだ。

そして、彼らが言うとおり、アイリも意外に思っていた。先日の毒だってそう。とられる手段が城の戦士とは思えぬほどに卑劣なのだ。

アイリがこの国を好きになった理由として、人々のまっすぐさが挙げられる。誰かを貶めるようなことをするのは外道中の外道。倫理に反することは、強き者のなすべきことではないと信じられている。

それでも、この男は実行しようとしている。

何のためかなど、考えなくてもわかる。

彼と、彼の率いる仲間たちの顔を見てもそう。皆、アイリがガルフレイの妃にふさわしくないと主張していた人たちだ。

（殺される――！）

ざっと血の気が引いて、身構えた。ズィーロたちと距離を取りたいのに、狭い室内では思うようにいかない。

ガルフレイの私室はすでに混戦状態になっていて、その上ズィーロたちが優勢だった。

それもそのはず。いくら大会の予選である程度消耗しているとはいえ、ズィーロはこの国の精鋭の中でも十指に入る実力者なのだ。

「だめだ、女神さま！　逃げてください‼」

「逃げろって言っても」

どこへ、どうやって？　と思う。

慌てて皆の立ち位置を確認した。狭い部屋の中でもさすがの実力者たち、素早い動きであちこち動き回る。

ズィーロがまっすぐこちらへ向かってくる。目の前の護衛の男が進み出て、彼の腕を掴む。ズィーロの動きが封じられた瞬間、アイリは腰を低くして、彼の足元をすり抜けた。

「チィ！　離せ！」

「させるか！」

護衛の動きは的確で、ズィーロはまともに動けない。けれど拘束が解かれるのも時間の問題だった。早く逃げなければとアイリは駆ける。

（大丈夫、きっと、ここを抜けられたら！）

城内にもある程度は人が残っているはず。

ズィーロと同じ思想の人間はそう多くはない。それを知っているからこそ。

（抜く！）

誰かに掴まれそうになったところを、ごろりと回転して回避する。

膝を使って細かく動くのは得意だ。相手は巨大。足下ならすり抜けられる。いくらでも！

強く床を蹴ってダッシュした。ガルフレイの部屋を飛び出し、下へと降りる階段へと向かう。

「だれか!!」

喉が潰れそうなほどの大声で叫んだ。

「だれか、助けてっ!!」

げほっげほっ、と空気が足りなくなって咳き込む。なにせアイリは病み上がりだ。脚も、喉も、満足には働かない。それでも。

「待て!」

ズィーロが護衛たちを振り切り、容赦なく追ってくる。ちょこまかと動くのは得意でも、単純に足の速さではかなわない。

「くっ!」

アイリは魔法で生み出した球体を投げつける。

アイリができるのは、あくまで魔法の球体を生み出すことだけ。それを放出できるほど器用なことはできない。

ズィーロが黒い球体を弾こうと腕を払う。瞬間、その球体は破裂し、わずかにズィーロの足をとめた。いくらか痛みも与えられるだろうが、逆に言うとそれ以上の効果はない。

「フン!　生意気な!」

「っ!」

たちまちアイリは追いつかれ、首根っこを摑まれる。後ろから護衛の皆も追おうとしてくれているけれど、ズィーロの仲間に阻まれてそれも間に合わない。

殺される！　そう思って身体を強張らせる。

けれども、身体に痛みを与えられることはなかった。ズィーロはアイリを摑んだまま、アイリが向かっていたのとは反対方向の階段に足をかけたのだ。

向かうのは、上。

アイリとて、この階段の先に何があるかは知っている。

かつてこの国に落ちてきた。ああ、そうだ――。

ゴロゴロ、ピシャ――――ッ‼

けたたましい雷の音と、激しい雨。あのとき――召喚されたときと、同じ場所だ。

ズィーロが躊躇なく扉を開け放ち、広い屋上に足を踏み出した瞬間、あっという間に濡れ鼠になる。

そして、その中央。嵐の中にぼんやりと浮かび上がるのは、ひとつの魔法陣だった。

「！」

「俺に、女を殺す趣味はないものでな」

「あ、あ……」

あの魔法陣を忘れるはずがない。だってあれは、アイリをこの世界に呼び出したものと同じものだったのだから。

「帰れないって、聞いた！」

「ああ、元の場所に帰す方法などない――が、いいだろう？　どこに、たどり着こうと」

「っ……！」

「安心しろ。これは縁の可能性をつなぐもの。王とは別の、貴様に似合いの誰かに拾ってもらえ」

「いやだ！　やめてっ」

必死で足をばたつかせた。けれども抵抗むなしく、アイリはそのまま魔法陣の中心に乱暴に降ろされた。

抵抗できぬようにと、地面に這いつくばるような形で押し付けられた。うつ伏せのまま、ぐりぐりと石の床に頭を押し付けられ、頬が痛む。

地面に跳ねる雨が目に、鼻に入り、ごぶごぶと強く咳き込んだ。

「魔力、魔力は……っ」

召喚の魔法は、そのほとんどが失敗するのだという。そもそも、これを使うに値する魔力を持っている人自体がほとんどいない。ガルフレイもそのように言っていたはずだ。

ならばきっと儀式は成功しない。そう訴えかけるのが精一杯の抵抗だった。

「魔力？　そんなもの、ここに転がっているではないか」

けれども、彼の言葉は自信に満ちていた。

かちり、と頭になにかがはめられる。それは鋼の輪っかのようなもので、額にぐるりと巻かれたかと思うと、一気に身体が熱くなる。

「ん、あああっ！」

「さすが、王とも縁があっただけある。たいした魔法も使えぬくせに、貴様の魔力は本物だ」

「ややあ、やめっ！　んんんっ‼」

一気に身体の熱が爆発したかのようだった。まともに抵抗することもできなくて、崩れ落ちる。

「ん、んん……ああっ……！」

「ああ、そういう顔は結構そそるな。貴様、見た目だけは女神の名に相応しいからな」

「あ、あああっ」

「その顔で王を誑(たぶら)かしてきたのだろうが、それもここまでだ。達者でな」

ズィーロは早々に退散するつもりらしく、身体を押さえる重みがなくなった。だからといってまともに起き上がることはできないけれども。

ただ、何かに縋りつきたくて手を伸ばす。それがたまたま彼の足だった。

「ふん、脆弱なうえに俺に縋るか？　情けない」

ガン、と振り払うように蹴られたけれど、手は離さなかった。

左手首。痛んで、使いものにならなかったそこも今は動く。

けれども相手はアイリとは身体の作りがまったく違う。苛立って力任せに振り回される。結果、何度も地面に叩きつけられた。

「離せ。飛ばされる前に、殺されたくなければな」

「いやだ！　飛ばされるくらいなら、殺される方がいいっ!!」

「！」

「いやなの！　ガルフと離れたくないっ!!」

パンっ！　と、周囲に光があふれた。魔法陣が強く輝き、はっきりとした模様が浮かび上がる。

「チィ！」

焦ったズィーロはいよいよアイリをより強い力で蹴り飛ばす。あまりの痛みに、彼の足首を手放してしまい、アイリはそのまま地面を跳ねた。

このまま魔法陣の外に――そう思うけれども、身体がまともに動かない。呼吸すら苦しくて、はあはあと仰向けになって息をする。全身を打つ雨がますます強くなり、冷たくて、寒くて、震える。

「くっ！　なんだ、これは!!」

早々に逃げたはずのズィーロの焦った声が聞こえる。

いつのまにか、魔法陣の周りには光の結界のようなものができていたらしく、彼はそれをただひたすらに殴っていた。けれども、一度作動をはじめた魔法陣は中の人間を逃がさないらしい。

「チクショウ！　出せ!!　出さないかっ!!」

彼の声はむなしく、雨の音にかき消される。

いよいよこの世界から飛ばされるときが来たらしい。

雷が、眩く世界を照らした。

「――アイリ!!」

そのとき、声が聞こえた。ずっとずっと聞きたかった、力強い声が。

ああ、来てくれた。

激しい嵐の向こう。雨粒の白にかき消された、視界の向こう側。でも、確かに彼がいる!

「ガルフッ!!」

声の限り叫んだ。

バシャバシャと地面を蹴る音がきこえる。

「アイリ！　行くな！　行かないでくれ!!」

「ごほっ、ガル、……ガルフっ!!」

息をするのも苦しくて、でも、アイリは身体を起こす。

ああ、雨が邪魔で彼の顔が見えない。

結界が邪魔で彼の手が握れない。

ずっと一緒にいたかったのに。

彼に泣いてほしくなんてないのに。

（私は、ガルフをひとり残して、行きたくなんかないのに!!）

しかし、アイリの魔力で満たされた魔法陣は、天高く光を立ち上らせる。それはまるで雷光のように。

「アイリッ！」

彼の悲痛な叫びも虚しく、アイリの世界は遮断される。

遮断された――。

そのはずだった。

三十日目　縁の者

ざあああああ――。

叩きつけるような雨が降り続けている、白い世界。

地面から浮かび上がる魔法陣は光を失い、目の前には何もない。何も、残されてはいない。

「……」

嫌な予感がした。

自分の試合を早く終わらせて、アイリの顔を少しでも早く見たかった。

眠っていてもいい。彼女が無事で、そこにいてくれれば、それだけで安心できる。

あのザックとかいう不埒者は片付けた。

ガルフレイにとって嫌な攻撃ばかり仕掛けてくる鬱陶しい相手ではあった。だが、アイリを怖がらせた罰を受けてもらわねばならない。

まだまだ若造。伸びしろはあるし、素質もある。だが、今のガルフレイにかなうはずもない。

本当ならば適当に躾けて終わるところだが、コイツだけはと徹底的に打ちのめした。

――少し身が入りすぎてしまったかもしれない。

そうしたら、奴が呟いたのだ。全てを知っていた上で、諦めるように嘲笑った。

『こんなところで、オレと遊んでいていいんですかね』

あーあ、と地面に転がりながら、奴は続けた。

『オレがとっとと終わらせて、行くつもりだったんですけどね。アイツ、オレたちのこのカード狙ってましたよ？』

ザックの言葉にガルフレイは片眉を上げた。

（アイツ、だと？）

いちいち嫌な攻撃を仕掛けてくると思った。どうやらザックは、誰かからガルフレイの能力について情報をもらっていたらしい。――では、それは誰からだろう。

『長引いたら、手遅れになるのはわかってたんですけどね。――あーあ、オレもムキになっちゃったから』

簡単には退けなかった。そうザックは言った。

（手遅れになる？　何の話だ？）

嫌な予感がした。

周囲の観客席を見る。ズィーロを含めた何名かが会場から姿を消していて、その者たちは皆、アイリのことをよく思っていなかった人間だ。

嫌な予感がした。——そう、嫌な予感がしたのだ。

問い詰める余裕もなく、ガルフレイは走った。

(ザックはズィーロとつながっていたのか！　それとも利害が一致したからか？)

奴はアイリを気に入っていたはず。だが、それ以上に玉座がほしかったのか。

(——いや、そんなことはどうでもいい)

そうだ、どうでもよかった。間にあいさえすれば、どうとでも。

やはりアイリを会場まで連れてくればよかったかと、走りながら何度も後悔した。

しかし今夜は嵐になる。

王を決める大会は、地上に神が降りる夜を迎える日から開始されるのが通例だ。いくら彼女の体調が回復の兆しを見せても、長時間嵐に打たれ、身体を冷やすような場所に連れていくのはどうしても気が引けた。

公の席において、宝の姿が見えないと揶揄されようとも、彼女の身体の方がよっぽど大事だ。

大切にすると言うこと。優しくすると言うことがどういうことなのか、彼女が教えてくれた。

——ぜんぶ、彼女が教えてくれたのだ。

そして、今。

雨だけが降りそそぐ。

「アイリ」

もう、そこには誰もいない。

倫理を破った自分の臣下の姿すら見当たらないが、それはもはやどうでもいい。

「アイリ――？」

もう、あの可愛らしい声も返ってこない。

朗らかな微笑みも。小さな身体も。重ねた温もりも。何もかも。

うあああああああああ！

あああ、ああああ！

ああああああああ!!

悲鳴に似た何かが己の喉から吐き出される。雨の音をかき消すような、切なる声。

己の頭を掻きむしり、わめき、うな垂れる。

王たる者が、膝をついてしまいそうだった。アイリの前以外ではけっして折らぬと決めた、その膝を。

雨はただただ降り続ける。

雷はもう、鳴ってはいなかった。つまり、もうなにも、天からは落ちてこない。それくらいわかっているのに。

それでも諦めきれなかった。

光を失った魔法陣に手をかざし、魔力を放出する。何度も、何度も、大量の魔力を消費しても、もうその魔法陣に光は灯らない。

ガルフレイの女神を呼び出すことはできない。

「アイリ……アイリ！　アイリッ!!」

どうしても、どうあがいても、彼女をこの腕の中から逃がすことなんてできなかったのだ。そのはずなのに、もう、抱きしめるはずの彼女はいない。

彼女はいない。

「王――」

後ろから何名かの戦士が追ってくる。ズィーロの仲間たちは捕らえさせたけれども、肝心のズィーロ本人に話を聞くことは叶わないだろう。

奴もどこか遠くへ飛んだ。どこか、別の――。

少しずつ、雨は小ぶりになりつつあった。

ガルフレイがずぶ濡れになったまま動こうともしないことを、奇妙に思う者もいただろう。そして、ガルフレイの腕の中に、いるべき者がいなかったことにも。

「女神さまは……？」

「………」

この場所が、どういった場所なのかを知らぬ者はいない。

召喚の地、あるいは旅立ちの場所でもある神聖な地。誰かと誰かが縁で繋がると言われる、特別な場所だ。

ゆらりと、ガルフレイの身体が揺れた。

彼らに何も伝えることなどできない。

アイリがいなくなっただなんて、口にできるはずがない。

それでも皆、何かを悟ったらしい。愕然とした顔でガルフレイの姿を見守り、彼の為に道をあける。

ガルフレイはのしのしと、ただ歩いた。

求めるのはただ、彼女の姿だけだった。アイリがどこかにいるのではないか。アイリが、どこかで泣いているのではないか。アイリが、どこかで——とさまよい歩くガルフレイの脳裏に、彼女の声が蘇る。

『勝ってきて、ください』

大会の前、彼女は言った。

ガルフレイの大きな手を引っ張って、彼女が自分から頬にキスをしてくれた。彼女は正しくガルフレイの女神で、ガルフレイの特訓の邪魔をせぬように、役に立てるようにといつも応援し、支えてくれた。

『勝ってきて、ください』

彼女が何度も脳内で語りかける。

それは願いだ。

彼女がガルフレイに託した、ひとつの想い。

わかっている。彼女はどこにもいない。どんなに時間を費やそうとも、もう、この腕の中には戻ってこない。

「頂点に立って、何になる?」

答えてくれる者などいなかった。

どんなに強くなり、全ての頂点に立とうとも、ただひとつ、欲しいものが手に入らない。その座につけば、大切な宝を探しに旅することも許されないだろう。アイリを探し求めてどこまでも行きたいのに、立場がそうさせてくれない。そのような地位に何の意味が?

でも、同時に理解しているのだ。

彼女には夢があった。それはきっと、ガルフレイが強さを求めるのに近い夢だ。そしておそらく、それが叶わなかったのだろう。

だからいつも、彼女はガルフレイを眩しそうに見ていた。その思いを託されたのだと、ガルフレイは感じていた。

「アイリ――」

雨が上がり、天が晴れる。

時も、日をまたいだのだろう。

夜の深い闇の中で、煌々(こうこう)と光を放つ場所がある。

あの光の中心に、ガルフレイはいなければいけない。

深夜に及ぶ試合を行い、観客は大いに盛り上がり、叫び、興奮するあの渦の中心。

ガルフレイは駆けた。大会はすでにトーナメントの二回戦。目の前の試合が終われば、ガルフレイの出番――けれども、いちいち出番を待ってなどいられない。

闘技場の中心で戦う男たちがいる。どちらも、地方出身者で独特の戦い方をする。だが、そんなことはどうでもいい。

もう、なんでもいい。

自分は覇王だ。全ての頂点に立つ男。

試合など関係ない。いつだって証明できる。絶対強者で絶対王者。アイリが強くあれと言うのなら、どこまでも強くなってみせる。

「ああああああああ!!」

殴りかかる。

突然の乱入者に会場は騒然とするけれど、ここは戦の国。強い者がルールだ。

ひとりの男を吹っ飛ばし、もうひとりの男から振りかざされた戦斧を、黒の大盾で防ぎきる。そのまま相手の体勢を崩し、盾で相手の身体を殴りつけた。

(ほんとうに、たいしたことがない)

これでもこの国有数の実力者だというのか。

「余は覇王ぞ。余に挑もうという者どもが、この程度とは笑わせる」

雨は、すっかり上がっていた。

でも、頬にはまだ、雨のしずくがつたっている。

全身もひどく濡れている。けれども、魔法で吹き飛ばそうとはなぜか思えない。

『駄目ですよ。ガルフは、……覇王さまなんですから、泣いたら』

涙を流していたら、彼女は怒りに来てくれるだろうか。

『私がいなくなったときも……泣いちゃいますかね』

ああ、そうか。雨ではない。

涙だ。ガルフレイはそう理解した。

この空虚な心に反応して、ガルフレイは、涙を流してしまうらしい。

「王よ！　次は俺だ！　俺が相手だ！」

「大会はこうでなくっちゃな。オレもいくぜ！」

「王よ、覚悟しろ！」

一度乱入を許してしまうと、次から次へと血の気の多い者たちが参加してくる。形式上は一対一だが、結局は最後まで立っていた者の勝ちなのだ。

絶対王者ならば、全員を同時に相手にしたところで、全て打ちのめしてしかるべき。

「………っ!!」

身構える。

戦え。

強くなれ、誰よりも！

全ての頂点に立つことをアイリが望むなら、彼女の望みを叶えてやる！

そこに、彼女がおらずとも。

「おおおおおお!!」

大会の参加者も、そうでない者も、向かってくる者は全てたたき伏せた。強き者も、弱き者もいたと思う。だが、その差をいちいち気にすることもなく、容赦なくガルフレイは穿つ。

気力も、体力も、魔力も、全てを出し惜しみすることなく、倒れた者で山を築く。

ルールも何も、必要ない。

ガルフレイは確かに、絶対強者で、絶対王者だった。

「王！」

「我らが王よッ!!」

夜空に大歓声が響き渡る。

疑いようもなく頂点に立つ男は、わずか一日で勝利を決めた。

その存在を、讃え、誇り、敬う者たちの声——きっと、昔の自分ならば誇らしく感じただろう。けれども、今はただただ虚しい。

だって、一番喜んでほしい存在が、傍にいない。

どこにもいないのだ。

「うおおおおおお!!」

ガルフレイのあげる雄叫びに、周囲はますます沸きたった。

虚しい。虚しい。虚しい。

この場には誰ひとり、ガルフレイの嘆きを理解する者など存在しない。

「あああああああ!!」

魔力を放出する。

まだだ。まだ、まだ、いくらでも出せる。

アイリと出会って、まぐわい、充ち満ちていたそれが空を明るく照らす。夜はまだ明ける時間ではないけれども、眩い光が満ちあふれ、世界を染めていく。

あ!　と、誰かが天を指さした。

光に包まれた、何か。

天からゆっくりとおちてくるその小さな存在を見つけ、ガルフレイは目を見開く。

そんなまさかと瞬くけれども、何度見てもその姿は変わらない。

手をかざした。

天に向かって、大きく。

そして誰かが呟いた。

王に相応しき女神が、地上に舞い降りたのだと。

+++++

世界が真っ白く染まった。

かと思うと、次の瞬間、真っ黒に染まる。

この感覚、覚えがある。エレベーターを落下したあの日と同じ浮遊感だ。

これまでの記憶が走馬燈のように巡って、アイリはぎゅっと身体を強ばらせる。

また、ガルフレイを悲しませてしまう。

こんなにも大事なときに、アイリは彼の邪魔しかできない。

それでも、どうしても縋ってしまうのだ。彼に、この手を摑んでほしくて甘えてしまう。そのような相手、後にも先にもきっとガルフレイひとりだ。

そして、アイリは知っている。

一方通行のこの道は、はるか遠くへと辿り着くのに時間を要さない。

次に辿り着く世界はどこなのか、ガルフレイとはるか離れた別の世界へ、問答無用に辿り着いてしまう。


――眩い光につつまれた。

強い魔力が放出されているのがわかった。

やがて魔力が途切れたとき、空が深い闇色へと変化していく。

夜だ。アイリはどこかの夜空に、浮いている。

雲ひとつない美しい空は、なぜか明るく感じて、ああ——地上が明るいからかと理解した。

彼の国の夜空はいつも暗かった。だからこそ、ここはきっとどこか別の世界なのだろうと、ぼんやり考える。

いつかのように、人々の騒ぐ声が聞こえた。

それは歓声のようでも、祈りのようでもあった。

アイリの身体は、ふわり、ふわりとゆっくりと落下していき、まるで重力を感じない。

ただ心は空虚で、これから辿り着いた先でまともに生きていけるとも思えなかった。

だって、そこにはガルフレイがいない。どこへ行っても、どこを探しても、きっとガルフレイには出会えない。

ゆっくりと浮遊していたアイリを、地上から高く跳躍してきた誰かが捕まえた。

その丸太のような腕。がっしりとした逞しい体つき。——アイリに縁のある者は皆こうなのかと、ぼんやりと思う。考えることを拒否した頭で、影になったその顔を———、見た。

「…………」

「アイリ」

「アイリ……っ」

彼は静かに着地した。

同時にぽたりと、頰に何かのしずくが落ちる。

アイリを抱きしめたまま立ち尽くすその男は、ただただただひたすらに慟哭(どうこく)した。

大歓声が聞こえる。

——女神さまが降臨された！

——我らが王、我らが女神、万歳、万歳！

割れるような声にもかかわらず、アイリの耳はそれらを拾わない。

ただ、目の前の彼の——ガルフレイの声だけが、鮮明に聞こえる。

「アイリ……！」

「な、んで……」

「……っ」

「ガル、フ」

「………ああ」

「ほんとに、ガルフ……？」

「ああ」

ぽた、ぽたと大粒の涙がこぼれ落ちてくる。

俯(うつむ)いている彼の表情は、きっとアイリにしか見えない。ただこの大歓声。あるべき時、あるべき場所に、アイリは時間を越えて辿り着いたらしい。

縁の者へ繋がると、ズィーロは言った。

魔法陣を起動し、どこか時空のねじれに流され——それでもやっぱり、彼の元へと辿り着く。彼にとってアイリが必要なように、アイリにとってもガルフレイが必要だった。ただ、それだけのこと。

「ガルフ……ガルフ……！」

「もっとだ。もっと、名を呼べ」

「ガルフ……!!」

「アイリ」

大きな影が落ちてくる。かと思うと、彼の唇がアイリのものへと重なった。

それだけで、アイリの心は満たされていく。

これまでの不安も、痛みも、苦しみも、悲しみも——全部全部、彼が一緒に抱きしめてくれる。

わあああああ！

歓声はますます大きくなる。

その声を遠くに聞きながら、アイリはじっと、彼と目をあわせた。

「もう、離すつもりなどない。アイリ、余の妃になってくれるな？」

「——ええ。よろこんで」

「————そうか」

瞬いて、涙を払ってから、彼は破顔する。

いつもの強ばった覇王さまではなく、そこにはガルフレイ・ルーベガルドという、ただひとりの男がいる。

ふたりは再びキスをして、大歓声の中、ずっと抱き合っていた。

くっつきっぱなしの肌が熱い。

薄暗い部屋の中。互いの舌が絡み合い、ぴちゃぴちゃと水音が響く。

ふたりは唇の端から唾液がこぼれ落ちるのも厭わず、ただただ互いに貪りあっていた。

大会の決着は早々についてしまっていたらしい。

アイリが戻ってきたときには、もう全ては終わっていたのだとか。

だからガルフレイは、アイリを抱き上げるなり、その場をロウェンたちに任せて帰ってきてしまった。ロウェンたちも満足そうに頷いたから、それでいいのだろう。納得できる決着さえつけば、皆、満足らしい。

――それからずっと、ふたりはくっついて離れないでいる。

ガルフレイの私室はひどい有様だったが、寝室は無事だ。冷えた身体を風呂で温めあったものの、はやくまぐわいたくて、ふたりはいつものベッドへと戻ってきていた。

何度も口づけを交わしながら、互いの服を剝ぎ取っていく。あっという間に全裸になり、互いの肌を擦りあった。

アイリの頰や腕、そしてお腹にも、擦り傷や打撲痕が残っている。

ガルフレイが悲しそうな目をしながら、慈しむようにそこにも唇を落としていく。悲痛な表情を浮かべた彼に、大丈夫だよと伝えたくて、アイリは彼の頭を抱えこんだ。

何度も彼の頭を撫でるアイリに、今度はガルフレイが縋り付く。首に、肩に、胸に——たまに強く吸われ、彼の所有としての印が刻まれていくのがたまらなく嬉しかった。

「ガルフ、ね？　こっちも」

でも、すぐに唇が寂しくなる。

もっとキスが欲しくなって強請ると、彼はくしゃくしゃと目を細め、そして再びキスをくれた。

ふふふ、とアイリが笑うと、ガルフレイもまた頬をゆるめる。じゃれ合うようにそのまま何度もキスをしあって、脚を絡ませ、抱きしめあう。

「アイリ」

「ん。ガルフ」

「ずいぶんと積極的だな」

「だって」

「ああ、わかっている。——余も、もはや我慢などできぬ」

ガルフレイは破顔した。真実、彼の剛直はすでに熱くはち切れんばかりになっていて、その先からてらてらと透明の液体がこぼれ落ちている。

この大きな猛りがほしかった。

薄々気がついていたけれど――彼は、彼自身のモノのことになると、少し不安そうに瞳が揺らぐことに。

けれど、そんなことは関係ない。ガルフレイのモノを見るだけで、アイリの中はますますきゅんと切なくなるのだ。

「はぁ……ん、ガルフ……」

「体調はもういいのか？」

「今さら。大丈夫じゃなかったら、こんなこと」

「わかっている。頬が熱いのは、別の理由だろう？」

「……っ」

まるでからかうように笑いかけてくる彼に、たまらなく胸が高鳴る。柔らかい、彼の新しい一面を見つけて、じわりと胸が熱くなった。

一方でアイリは気がついていなかった。彼女自身の雰囲気も、そして言葉遣いもまた、以前よりもずっと柔らかくなっていたことに。

ガルフレイは片方の胸を捏ねながら、もう片方の胸の頂きを舌で嬲る。硬くなった乳首を強く吸われると、そこはぷっくりと腫れ、赤い果実が実ったようだった。

「アイリのここは、甘い」

「まだ何もでないですよ」

「いつかは？」

「――――うん、いつかは、だけど」

その問いかけは、ある種の確認のようなものだった。

期待や、願望を含んだ未来の話。それをアイリは、ようやく受け入れられるようになった。

そうか、と満足そうに呟く彼は、アイリの大事な部分にも手を伸ばす。ガルフレイに触れられるだけで蕩けてしまうようになってしまった蜜壷は、この日もぬるりとガルフレイの指を受け入れる。

「はぁ……ん……」

アイリの声に甘さが混じり、ガルフレイが口の端をあげた。ちゅくちゅくと部屋に淫靡な音が響きはじめ、アイリは身をよじる。勝手に腰を押しつけるように動いてしまっていたらしく、ガルフレイが満足そうに目を細めた。

「ん、んん」

なんだか、切なく感じた。

もどかしくて、もっともっととねだりたくなる。

彼の猛りだってもう、すごく熱くなっている。早くほしくて、アイリはガルフレイの胸に手を添える。つつつ、とそれを上下させるのが、いつものおねだりだった。

「もうほしいのか、アイリ」

「ん。ガルフ……」

彼の顔を見上げると、返事の代わりにキスが落ちてくる。ちゅ、ちゅっと喰むようなキスは、どんどんと深いものへと変化していく。

アイリ自身、彼の存在を確かめたくて必死に舌を動かす。すると彼は優しく微笑み、アイリの好きなようにさせてくれた。

ちろちろと先端を舐めると、ぎゅっと押しつけるように舐められる。どちらのものともつかない涎が口の端からあふれ、それすらも構わずにふたりは口づけをし続けた。

（はやく、ほしい）

ひとつ欲が満たされても、もっと、もっととわがままになる。

でも、それは彼も同じらしい。ゆるゆると腰が動かされ、彼の熱がアイリの腿に押しつけられている。互いに考えることは同じなようで、もどかしくてたまらない。

「ガルフ、あのね？」

「ああ」

「いれて……？」

「だが」

いいのかと、彼の目が問う。

いつもならアイリは魔法で避妊をする。けれども、今日、この日は、どうしてもそんな気が起こらなかった。だってそれがアイリの答えでもあるから。

この世界で、精は愛の証なのだという。

ならば、彼の愛し方で愛してほしい。

それに――、

「だからね？　ガルフの、なら、嬉しいなって……」

「…………っ」

「……えっと。その。あまり、恥ずかしいこと言わせないで」

まさか自分の口からそんな言葉が紡げるとも思わず、アイリ自身も困惑した。

それでもけっして嫌じゃなくて。頬が火照って、じっと見つめられるのが恥ずかしくて、そっぽを向く。けれどもそう簡単に彼が逃がしてくれるはずもなく、顎を摑まれ、深いキスをされる。

「ん――んんっ、あっ」

「ク……ッ」

がつ、と、アイリの蜜口に、叩きつけるように彼の硬い棒が当たった。我慢しきれなくてつい力が入ってしまったらしい。

「ん、ンンっ――ンンン！」

「……くっ………っ」

はち切れんばかりに大きくなった彼のモノは、軽く解された程度ではまだ受け入れるのが難しいらしい。ぎちぎちと隘路を押し開き、熱杭が埋め込まれていく。

「ぷはっ……あああ、ああ！」

「はっ……ああ、アイリ、アイリ……っ！」

唇を離し、酸素がほしくて口を開ける。あまりに太い彼の剛直を、かなり受け入れられるようにはなったものの、それでも最初はキツくて、苦しい。

「ああ、アイリ――そなたの、なかに」

「ん。ガルフ……いいよ、ちょうだい」

「ンンっ」

中ほどまで埋め込まれ、すぐに彼は精を放った。どくどくと強い脈を打ちながら、大量の精がアイリの中を満たしていく。それでも彼は硬いままで、滑りがよくなったアイリの膣に今度は一気に押し入った。

「ん、あっ！　ガル……んんんっ」

ごつん、と最奥に当たってアイリの身体が跳ねる。それを彼はぎゅうと支え、アイリの背中に腕を回した。

繋がったまま身体を起こされて、あぐらをかく彼の膝の上に跨がる形になっている。

「奥……あたって……」

下から突かれ、彼の鋒が子宮口にあたっているのがわかった。そのままぐりぐりと円を描くように腰を回されると、強い刺激がアイリを支配する。

「ああ、ガルフ……んんっ、そこ」

「そなたは、好きだったな」

「ん、ああっ……すご、んんんっ！」

緩急をつけて突き上げ、擦られると、その刺激にますますアイリの中が蕩けていく。

じゅぷじゅぷとふたりの結合部からは愛液とも精液ともつかない液体が混ざり合い、粟立つ。火照った体は汗ばんで、まともに身体を支えることすら難しく、アイリはガルフレイに縋った。

「ああっ、アイリ――お前の中は、ほんとうに……っ」

「んんっ、きもち、い？　……ね？　ガルフ」

「ああ、とても。余には、アイリだけ……だ！　くっ……」

ガルフレイが苦しそうに息を吐く。こうやってお互いに刺激の強い部分を擦り合わせると、どんどんと理性が剝がれ落ちていく。

「あ……ガルフ……ガルフ……！」

「アイリ――くっ」

一度精を吐き出したはずなのに、彼のモノは衰える様子はない。

そのままじゅぶじゅぶと激しく動かれると、アイリの中も強く反応して、ぎゅっと締まる。

「くっ……アイリ、もう……っ」

苦しそうに息を吐く彼の胸に縋りつきながら、アイリもうんうんと首を縦にふる。

（ほしい……はやく、ほしい。なかに。彼のものが）

もう、我慢なんてできない。

イキたい。そしてイくなら、彼と一緒に――。

「ん……ガルフっ、いいよ。来てっ」

「アイリ……くっ、出るッ」

「ん、あああ……っ」

アイリの頭が真っ白になるのと同時に、最奥に熱いモノが満ちていく。

それに反応するように、アイリもビクビクと身体が震えていた。

「あ……ああ――」

身体の隅々まで満たされるような心地がした。

うっとりとしながらアイリはガルフレイに微笑みかける。

「くっ、ああ、アイリ――」

「きもち、よかった?」

返事の代わりに、彼は満足そうな笑みを浮かべ、アイリを抱きしめる。アイリもまた、
彼に擦りよりながら、ちゅうと彼の胸にキスを落とした。

「ん、私も。――ね?　ガルフ」

「む?」

「もっと。だめかな?」

びくりと彼の身体が震えた。同時に、中で彼のモノも大きくなる。アイリが自分から積

極的におねだりすることなど今の今までなかったからこそ、余計に衝撃が大きかったらしい。

アイリはくすくす笑いながら、彼の胸にすがりつく。そうして上を向くと、血の色の瞳と目があった。

「しよ？」

「っ……」

ぶるりと、彼の瞳が震えた。

アイリはよく知っている。いつもいつも、彼にはずっと我慢ばかりさせている。だから、たまにはいいじゃないか――きっと、しばらくはまともに立てなくなるだろうけれども。

「私、ガルフと、もっと繋がってたい」

「ああ」

「好きだよ。あいしてる」

言葉にしてみて、すとんと心に落ちた。

愛してる。

ああ、こんな感情だったのか。

「アイリ」

「ん、ガルフ。来て？」

「ああ、愛してるとも」

「うん」

そうしてふたりは、夜の闇のなかで融けあっていく――。

三十一日目、そして——

ガルフレイが目をさますのはいつも、まだ空が暗い時間だった。

それはアイリ自身にも染み付いた習慣であったし、そう苦ではなかったのだけれども。

「ん——」

この日、目覚めたとき、空はすっかりと明るくなっていた。やってしまったと思い、一気に目が覚める。

「ん、あ……ん⁉　あれ⁉　おはよ、おはよう、ガルフ！」

「ああ、よき昼だ」

「昼⁉　えっ、ごめ。すぐ訓練……ん、った！」

立ち上がろうとして崩れ落ちる。

なんだろう、これは。身体に力が入らない。

そういえば昨日は——と思い出して真っ青になる。

（またやっちゃった？　私……！）

ガルフレイと再会したあの夜から、調子に乗って丸一日——いや、もっと。ずっと繋がり、貪りあい続けていた気がする。

気がする、というのは、途中でアイリが気を失ったり、意識が朦朧としたままま ぐわい続けたりしたからであって、時間感覚がすっかりわからなくなってしまっているからだ。

なるほど、箍が外れるとこうなっちゃうのかと反省した。しかも今回は、ガルフレイだけが悪いわけではない。自分の限界を無視して、アイリ自身も求めてしまったのが原因だ。

結果として、股がヒリヒリと痛いし、足腰にまったく力が入らない。

「慌てるな、大丈夫だ」

「やだ。私、ガルフの邪魔はしたくない」

「邪魔なものか。余もあの日は相当魔力を消費した。回復するまでしばし休養だ」

「ほんと？　嘘ついてない？」

「余が嘘をついたことは？」

「ない」

「そうだ――」

破顔する彼の顔面の攻撃力はすごい。いや、もちろん笑っても厳つさはそのままだし、凶悪な面構えではあるのだけれども。

でも、アイリはそんな彼の顔もとても好きだった。

「今日はまだ、このままおやすみできる？」

「ああ」

「そっか。じゃ、このまま一緒にごろごろしてていいの？」

「もちろん」

「えへへ、やったあ」

彼の返事ににやにやが止まらない。遠慮なく身体を預け、逞しい彼の胸に頬をすり寄せる。

正直、身体はだるいし、まだ眠い。でも、今日がオフだと言うのなら、遠慮なく惰眠を貪りたい。

頭を優しく撫でられて、アイリは目を細めた。

こんなにも、自分が甘えん坊だったなんて全然知らなくて、そしてそれはけっして悪い気分ではなかった。

はるか遠い地、そこに家族も友人も置いてきた。

それを想うと、まだ胸がヒリヒリと痛む。でも、その痛みも、悩みも、苦しみも、全部全部、彼が一緒に背負ってくれる。

眩しいくらいに、大きな人。

アイリは彼と生きていく、そう決めた。

「──アイリ？」

「ううん」

ひとしずくだけ、涙がこぼれる。でもそれすらも、彼は静かに受け止めてくれる。

「好きだよ。ずっと一緒にいようね」

「ああ」

大きな存在がアイリを包み込み、この身体を支えてくれる。

願わくば、アイリもまた、彼にとって同じような存在でありたい。

あたたかな日差しが差し込む部屋で、アイリはそっと目を閉じる。

あと少し、もう少し。

このまま、彼の腕の中で眠っていたい。

＋＋＋＋＋

今日も空は青く、乾いた空気が心地いい。

地上に神が降りた夜の後はカラリと晴れわたるのが通例で、昨夜の雷雨が嘘のように雲ひとつない空が広がっている。

毎日のように通い続けている第一訓練場。そこの片隅にかつてのテントはなく、しっかりとあずまやを用意してもらっていた。日差しを遮断してくれる一方で、柱のみで壁はなく、皆が訓練している様子もよく見える。

逆にアイリの様子だって、向こうからしっかり確認できるようにしてあるわけだ。

――もちろん、今、彼が見守りたいと思う存在はアイリだけではないけれども。

「ね！　おかーしゃ。おとーしゃ、つよいっ」

「うんうん、強いね」

「おにーしゃ、も、がんばえ、がんばえっ」

アイリの膝の上でぴょんぴょん跳びまわるのは、さらさらの髪を頭のてっぺんでひとまとめにした女の子だ。すこし茶色みがかった黒くて細い髪をしっぽみたいにぶんぶん振り回しながら、ご機嫌な様子で大暴れである。

髪が細いからあんまり暴れるとするりと解けてしまうのだけれども、彼女がどうしても母とお揃いにしたいらしいので仕方がない。


この世界にやってきてから八年と少し。アイリは髪をのばした。一度はのばしてみたいと思っていたのだ。競技に打ち込むには気になるから短くしていただけで。

ガルフレイは長い髪も気に入ってくれた。

彼に愛され、満たされ、蕩かされた日々はあっという間に過ぎ──、

「こら、ルエリー。お母さまの上で暴れちゃダメだろ」

「あぜるにーしゃ」

──家族も増えすっかり賑やかになった。

「そこには、お前のだいじな弟か妹がいるんだ。たのしみにしているのだろう？」

七歳とは思えないくらいにしっかりとした様子で妹を諭しているのは、ガルフレイとア

イリの間に生まれた長男アゼル。

心配していた体格も文句のつけようもなくしっかりと大きくなり、七歳にして身長はアイリよりも少し低いくらい。これで成長期前なのだというのだから驚きだ。

すっかり大きくなって、アイリにはもう抱き上げてあげることはできないけれど、しっかり逞しく育った彼は、それでもたまに、皆に隠れてアイリに甘えてくる。

ガルフレイの他にも、アイリの周囲には常に人があふれていた。

アゼルの下には男児の双子マーカスとメレディスがいて、彼らは今、容赦なく父にしごかれている。彼らはアゼルと比べると少しだけ小柄のようだけれども、魔力は十二分に持ち合わせているし、筋力も申し分なく育ちそうだとガルフレイは楽しみにしているようだ。

そして、末の娘のルエリー。彼女はアイリと同じで、今のところおおよそアイリの幼少期に似た成長をしている。ただ、その力はどうも、アイリの比ではないみたいなのだけれど。

みんな黒に近い色の髪で、瞳だけはそれぞれ独自の色を持っていた。たとえば、目の前のルエリーはキラキラとしたすみれ色のお目々だ。

「るえりー、おねーしゃになるの！」

キラキラお目々でふわふわ笑うと、周囲の皆もつられて笑い、和やかな雰囲気になった。

すっかり鼻の下を伸ばした戦士たちを訓練場へ送り出すと、かわりに一段落したらしい我が家の皆がこちらに歩いてくる。

「おかえりなさい！　お疲れ様です、覇王さま」

「ああ」

アイリは相変わらず、皆の前では、ガルフレイに対する呼び方も言葉遣いも変えている。アイリと出会ってから、ガルフレイは柔らかくなったと人々は喜んだ。それでも彼は絶対的な存在でなくてはいけない。それが、強き者を望むこの世界の頂点のあるべき姿だ。

だからこそアイリも、よき妻であり、よき妃になろうと決めた。

子供は――まあ、十分以上に役目を果たせたと思っている。まもなくさらに新しい命が生まれてくるし――医師いわく、どうもまた双子らしいと聞いているから、今からハラハラしている。何せ、マーカスとメレディスのときの出産は、二回目とはいえ本当に大変だったのだ。

――けれども。

目の前で笑いあう家族がいる。

マーカスとメレディスはすっかりばてて、へたり込んでいるけれど、アイリの特製ドリンクを渡すとすっかりご機嫌になるくらいには元気がいい。

「幸せだな」

ガルフレイがつぶやく。

少しだけ休憩をとって、すぐに息子たちは立ち上がる。城の戦士たちが次々と彼らの相手をしてくれるから、アゼルも、マーカスもメレディスも、みんなそろって戦闘バカだ。

もちろん、それでいい。この国で生きていくためには、きっと最高の才能を授かった。それは単に身体能力だけではなく、戦いが好きだという才能だ。

好きなものに打ち込めて、切磋琢磨して強くなっていく彼らを眩しく感じながら、アイリはこれでよかったのだと思う。

「うん、幸せだね」

「ルエリーも！」

ガルフレイに抱き上げられご機嫌なルエリーは、ガルフレイの頬にちゅっとキスをする。

ガルフレイの眦がわずかに下がった。

デレデレのくせに、王の威厳を保とうと必死なのだろう。

賑やかな家族に囲まれて、アイリは朗らかに笑った。ああ、向こうでアゼルが手を振っている。ガルフレイと戦いたいとおねだりしているのだろう。

「ご指名ですよ、覇王さま」

「ふむ、我が息子の指名ならば、行かねばなるまいな」

「かっこいいとこ、見せてください」

「む。――フフ、目を離すなよ」

「もちろん」

ガルフレイはルエリーの頬にキスをして、彼女を地面へと下ろす。そして次は、アイリの頬に触れ、そっと唇にキスをした。いくら家族が増えたとしても、ここにキスをできる

のはガルフレイだけ。

いつも、離れるときは名残惜しい。

それは彼も同じらしく、ちょっとだけ長くなってしまっていると、向こうから息子やこの城の戦士たちの騒ぐ声が聞こえてきた。

「ほら、行って来てください」

「ああ」

互いに笑いあい、今日も彼を見送る。

この国一番の戦士が戦う姿を、一番近くで見守り続けることができる。

思っていた人生とは違っていたけれど、アイリはこの場所にとても満足していた。

「頑張って！」

「がんばえー！」

大小そろった家族の声援は、間違いなく彼に届いた。今日も怪我人が増えるのだろう。

左の拳を天にかざし、勝利を約束した男の背中を見つめながら、アイリはふわりと微笑んだ。

番外編　二〇ＸＸ年十二月二十四日

目の前が白く染まったあのとき――、
気にくわないあのアイリとかいう娘を飛ばそうとしたとき――、
そして、その魔法に己が巻き込まれたあのとき――、
全てが終わり、そしてはじまったあのとき――、
ズィーロは諦めと同時に納得もしていた。
あの娘を王から引き離すためならば、倫理に反してもかまわない。
王の手から娘を引き剥がすために事前に毒も盛り、ザックと王の試合を長引かせるため、情報ももらした。その上でか弱いアイリを乱暴にさらって――ああ、なんと戦士にあるまじき行為だろう。
だから、これは罰なのだ。
人としての倫理を犯した獣のような存在は、戦の国には相応しくない。そう天が判断したのだろう。
（ならば、この身は委ねよう）

最も尊敬し、目標とする者がいない場所で生きながらえる。それが罰と言うのなら。

絶望と失意を抱きながら、ズィーロは暗い穴の中に落下していく。

どうやら終着点はすぐそこで、ぱあああ、と白い光に包まれて――。


「いやだ！　誰かっ！」

声が聞こえた。

「誰か、助けて!!」

足が地面へつく。身体は重く、同時にひどい冷気を感じた。

雨に打たれてびしょ濡れになった身体に――ふと、白い粉が空から降ってきて、目を見開く。いや、粉だけではない。地面にも、まるで灰のような白い粉が降り積もっている！

(な、なんだ!!　この、とてつもない寒さは!!)

世界の最果てにでも辿り着いてしまったのではないだろうか。

魔法でもこのような冷気は生み出せない、身体が凍りつくような寒さに、一瞬にして覚醒し、ズィーロは目を見張る。

「あっ……誰か！　お願い！　助けて！」

眩い光が晴れ、ズィーロの姿が見えたのか、その高い声は真っ直ぐにズィーロへ投げかけられた。

若い女だった。

着ぶくれするほどに着込んだ分厚い服からは、肌は顔くらいしか見えていない。その顔すらも、白い粉のせいではっきりと見えない。

あんなに厚着した人間、ズィーロは見たことがなかったが、それよりも彼女の向こうに見える男たちの姿に驚く。

女も男も、一様に同じくらいの身長しかなく、男もまるで女のように細くてひょろい。身長も、ズィーロの胸のあたりくらいまでしかないのではないだろうか。

しかも、全員が全員、女と同じようにぶくぶく着ぶくれしているのだ！　男でありながら、動きにくい格好をしているなど信じられない!!

そんな人間が五人も六人もいるものだから、脳みそがまともに働かなくなる。

どう考えても、同じ人間とは思えない。

瞬間、王が召喚したあの娘と同じように、もしかしてこれは異なる世界に飛ばされてしまったのでは――という疑惑がよぎる。

というよりも、薄々確信していた。

あの娘が異世界に渡った以上、自分も似たような状況になることは予想の範疇だ。認めることは難しいけれども。

「!?」

「で……っか！」

ズィーロの姿をみとめるなり、男たちは慌てふためいた。

中にはズィーロの体格だけでなく、着ている鎧などにも戸惑いを隠せない者もいるようだが、そんなことはどうでもいい。

「………おい、貴様ら」

ここはどこだ。そう聞こうとした。だが、男たちはさっと顔色を悪くする。

「いや、これ、まずいよ！」

「そんなデカ女、置いとけ！」

いくぞ！　と、まだ何もしていないにもかかわらず、男たちはあっという間にその場を立ち去ってしまった。

白い粉が天から舞い落ちる中、ただひとり残された娘がじっとこちらを見つめている。

「！」

ようやくその姿がはっきり見えて、その可憐さに思わず両目を見開いた。

ズィーロの国の女たちに比べるとかなり小柄な娘。

肌は白く、濃いベージュのコートは相当厚手で着ぶくれしているのはいただけない。だが、艶々とした長い黒髪も、同じ色の黒曜石の様な瞳もあまりに美しくて——天から降ってくる白色と溶けあうような彼女の姿が、とても美しく、儚く思えた。

「ちょっと狭い——というか、天井低いかもしれませんけど、どーぞ。あ、入り口も気をつけてくださいね」

なぜ、このようなことになっているのだろうか。

「その服、すごいですね。寒くないですか？　あー……私のジャージじゃ入らないよね。うーん。お部屋、暖かくしておくんで、先にお風呂どーぞ」

いや待て、娘よ。もう少し警戒しろ。——そう思うのに。

「丁度食材も買い込みすぎてたので助かります。うん、無駄にならないでよかった。ご飯、仕上げするので、ほら、お風呂、お風呂！」

めちゃくちゃ狭苦しい浴室に突っ込まれたが、シャワーという機材は素晴らしかった。だがそれでもこの状況はおかしくないか。

「あはは、ひきますよね。クリスマスイブにひとり、こんなに料理つくって……あはは。昨日から準備してたんですけど、彼氏に振られちゃったというか、とっくに彼氏じゃなかったらしくって」

料理は娘が言うほどの量はなかったが、どれもこれも驚くほど手が込んでいる。しかも、色鮮やかで、見た目も綺麗だ。

「ちょっと、自暴自棄でフラフラしてたら絡まれちゃって。——こんなデカい女でも、ナンパってされるんだなって。なんかぼんやりしてたら、逃げ損ねちゃって」

彼女の言葉にズィーロは首を捻る。彼女は己をデカいと言うものの、むしろかなり小さいのではないだろうか。確かに、ここにたどり着くまで見た人間は全て小柄だったが、彼女だって似たようなものだ。

「あはは、バスタオルだけとか、恥ずかしい格好させてごめんなさい。下着だけは今コンビニで買ってきましたから、どーぞ。……はいるかな」

風呂に入っている間に、外に買い出しまで行ってきたらしい。ズィーロはぼんやり流されているだけなのだが、娘はテキパキとズィーロの世話を焼き、料理をし、気配りを見せ、しかもズィーロを怖がるどころか受け入れてくれた。

ちょっと寂しそうに、そして悲しそうに語る彼女を見ていると、普段あまり人をなだめたりすることのなかったズィーロですら、なにか言ってあげたくなる気持ちが芽生える。

同時にいまだに状況を飲み込めないのもあって、上手く話を切り出せなかった。

結果、娘だけがペラペラと話し続けるような形になってしまっている。

――そこは不思議な、空間だった。

ズィーロがまっすぐ立つと、それだけで頭が天井に届いてしまいそうなほどに狭い部屋。どうやらマンションと呼ばれる集合住宅らしく、娘はこの世界で言う大学院生という身分なのだそうだ。

その娘に手渡された下着は〈3L〉と書かれていた。

不思議なことに、文字は読めるし、彼女の言葉もちゃんと理解できる。この下着はこの世界ですぐに手に入る中で一番大きなサイズらしく、ある程度伸び縮みもするようだ。

ちなみに、パンツはギリギリ入ったが、シャツは首も腕も通らなかった。しかし、娘の前で下着一枚でいられるほど不作法ではないつもりなので、上からバスタオルをかけて、肌を隠す。

　そもそもこの世界では、無闇に肌を出すものではないらしい。――まあ、この寒さだ。当然のことだろう。

　風呂からあがると、娘が言っていた通り部屋はとても暖かくなっていた。どうやら魔法の器具が熱を吐きだしているようだった。

　そういえば、この世界に来てから魔力が感じられなくなっている。

　その器具の原理を学べば、自分でも熱を生み出せるのだろうか。できれば戦闘能力が落ちるのは避けたいが――と、少し悩みながら娘の顔を見る。

「あっ。お料理、もうちょっと作り足しますから！　湯冷めしないように、こたつにでも入っておいてください！」

　こたつ。

「ほら、ちょっと小さいかもだけど、あったかいですから」

　勧められたので、その小さな箱のようなテーブルに、足の先をちょこんと入れてみる。

「!!」

（な!?　なんだっ、この温もりは……!!）

　身体の芯からポカポカと熱がともるような、暑すぎず、かといってけっして物足りないこともない。そう、これは理想の温かさだ！

（これが、この娘の――魔法!?）

それはズィーロの概念を根底から覆すものだった。

いや、あのアイリとかいう娘も似たような傾向はあったのかもしれないが、他人のために自分の魔力を消費し、尽くす心というものに触れ、戸惑いを覚える。

しかし不思議なことに、ちっともいやな気持ちにはならなかった。普段ならば、子供扱いするなと怒っていたかもしれないのに。

(しかもこの料理の数々——素人とは思えん)

ズィーロにとっての最上の料理といえば、城で出されるあの食堂での食事だ。

あれだけの量を、あれだけの味でいつでも楽しめるというのは、城勤めをする戦士たちにとっても最上の特権のひとつだと思っていた。

しかし、量こそ足りないものの、この料理は城の料理人の腕すら凌ぐのではないだろうか。

「はい。これで全部です。——よかった、食べてくれる人がいて」

そう言いながらズィーロの向かいに座った女の眦には涙がたまっている。けれども女はにっこり笑って、その涙を拭った。

「シャンパンもあるんですけど、ビールの方がいいですかね？　はい、グラス、どーぞ」

「……ああ」

「あ、声。はじめて。日本語、わかるんですよね？　しゃべれます？」

「日本語……」

ぽつりと呟くと、その女はホッとしたように笑った。ズィーロにグラスを持たせて、トポトポと黄金色の液体を注ぐ。どうやらビールとは、エールのようなものらしい。

「メリークリスマス！」

「めりー……くりすます？」

「一方的に連れてきちゃってごめんなさい。ほら、飲んで飲んで！」

「ああ――」

娘に勧められてビールを口にする。瞬間、ズィーロは開眼した。

（っっっなんだ!!　コレは――ッ!!）

感じたことのないスッキリした口あたり。

暖かな部屋の中で、こんなにも冷えた飲み物を口にしたのもはじめてだが、その冷たい液体が自分の胃の中に流れていくのがわかるこの感覚。

エールの比ではない。キリリと際立つ酸味と苦味。シュワシュワと口の中で弾けるほどの泡立ち、喉ごしの飲み物をズィーロは知らない。

（うっっっま!!）

「ほら、お料理も。ローストビーフも、こっちのチキンも、いい感じにでき――」

娘の言葉を最後まで待てずに、手を伸ばす。まずはこのとてつもなくいい匂いを放つ骨つき肉だ。表面にテラテラ輝くソースを纏って、実に美味そうだ。

持ち手に銀色の紙をつけることで、手が汚れないようになっているらしい。なるほど、素晴らしい心配りである。

　感心しながらパクリとひとくちかじりつくと――、

「‼」

　なんだこれ。

　なんだこれは！　――とズィーロは震えた。

「おい」

「は、はい」

「きさ、――失礼。君は、王宮料理人か何かか？」

「は？」

「美味すぎる。なんだこれは」

　食べるのをやめることなど、できそうもなかった。

　甘塩っぱい骨つきのチキンは、皮はパリパリで身はプルプルと肉汁たっぷりで食べ応えがある。

　ローストビーフと呼ばれる牛の肉は、まるで生のような食感なのに、しっかりと火を通してあるという謎の調理法だが、肉の旨味が感じられて最高に美味かったし、ポタージュとかいうスープも、わざわざイモを粉砕して煮詰めているらしい。

　パンもカリカリで香ばしく、それにつけるためのディップと呼ばれるソースも、気が遠くなるほどたくさんの味を用意してあった。

「すごい食べっぷり。たくさんありますけれど、全部食べられそうですか？」

「余裕だ」

「さすが。スポーツしてるんですか？　すごい筋肉」

「人並みに戦っているだけだ」

「格闘技なさってるんですね！　だからあの格好！　すごい！　似合う」

「――君の方が、よほどすごいだろう」

そう言って、ズィーロはようやくフォークを置く。

ふと目が合うと、やはり彼女の眦には光るものがあった。

見ず知らずの男にこんなにも心を砕き、悲しそうに笑う彼女のことを放っておくことなどできはしなかった。

（俺は、罪を犯したはずなのに）

天は本当に意地悪だ。

（縁の者、なのだろうか。この娘が。俺の）

失意のまま世界を無理やり渡らされてたどり着いた先には、きっと絶望しかないと思っていた。それなのに、はじめて出会ったこの娘は、あっという間にズィーロの心を絡めとる。

（天は、この娘を俺に護れと言うのか）

それが使命で、天命。罪を償うために、全力でこの娘を護れと言うのだ。

(大勢の男たちに狙われていた。類まれな調理技術を持ちながら、普段はこんな狭い場所に閉じ込められているとは)

確かに、天は残酷だ。

少しでも気を抜いたら、彼女はあっという間に攫われてしまうのではないだろうか。すなわち、縁の者を失いたくなければ、己の全てをかけて護れと言うのだろう。

「名は？」

「え？」

「そういえば。聞いていなかったと思って。失礼した。オレはズィーロだ。…………君は」

「ずぅ……ゼロ、さん？」

「ズィーロだ」

「ゼロ、さん」

——どうやら、言語は変換されるとしても、向こうの世界の固有名詞などはそのままらしい。結果として、ズィーロの名前の正しい発音を、彼女は発することができないようだった。もしかしたらこの世界にはない音なのかもしれない。

「ふふふ、偶然ですね」

「？」

「一二三晴香（ひふみはるか）です。数字仲間ですね、ゼロさん」

「ヒフミ……？」

「名前はハルカの方です」

そうやってにっこりと笑う彼女の顔を見て、ズィーロは硬直する。

心臓が痛い。なんだこれは。こたつという素晴らしい魔法を浴びているからか、体中がぽかぽかしてたまらない。

手を握ると、じんわりとそこには汗が滲んでいて、すっかり体温が上昇していることを悟った。

（どこでもいい……思いっきり走り回りたい気分だ……）

外に出れば、あの冷たい粉の舞い散る極寒の世界なのだ。すぐにでも身体は冷えるだろう。

だが、ズィーロは現在パンツ一丁にバスタオルという状態だ。

この国では肌を隠すのが普通らしいので、このまま外に出るのはいろいろと不味い気がする。ただでさえ、か弱い彼女が男たちに絡まれるような治安もよくない場所なのだ――と思い至ったところでハッとする。

「ハルカ」

「！」

「――ん？　どうした？」

名前を呼ぶと、彼女はパタパタと自分の顔を手で仰いで、落ち着かない様子だった。

「や。えーと。呼び捨てされるの、慣れてなくて」

可愛い。

照れる彼女がとんでもなく愛らしい。

「……そうか。ところで、君は先ほど、ひとりで外に出ていなかったか？　その――俺の下着を買うために」

「ああ。はい。マンションの下にコンビニがあるので」

「どうしてひとりで出ていった。危ないだろう？　先ほども、男たちに捕らえられていたではないか」

「え？　あ、でも、敷地内ですし。そんな」

「危ないに決まっているだろう！　君のようなか弱そうな娘が、ひとりで！」

出会ったときの状況を思い出してぞっとする。

これほどの素晴らしい料理の技術を持った、美しい娘だ。あっという間に男たちが群がってくるに決まっている。

「えっえっ……今日はたまたまで。そんな、か弱くなんか」

「しかし、君ほど美しい人が」

「うつく……えっ⁉　いやいや。もう。ゼロさんってばイタリア人？」

「イタリ？　――よくわからないが」

ズィーロの言葉に目を白黒させた後、ハルカはそっと目を伏せた。

優しいですね。そう呟きながら、彼女はビールに口をつける。

――そういえば、あまりの美味さに彼女の分までズィーロは料理を平らげてしまっていた。

彼女を護ろうと思った矢先に、すでにやらかしてしまっていた事実に気がつき、非常に気まずい。その上、目の前で彼女の眦に光るものが見えたから、余計にズィーロは狼狽えた。

「!?　――すまない。俺は、いつも一言多いんだ」

「え？」

「君を咎めるつもりはなかった。ただ、ひとりで外出させるのが心配だっただけで」

「え……えと……」

「すまない。……料理も、あまりの美味さにほとんど俺が平らげた。君の食べる分なんて全然考えが及ばなくて」

「あの」

「この通りだ！　――俺は、卑怯で、倫理も伴っていない最低な人間だが！　君を傷つけたくはないんだ!!」

そう言いながら、ズィーロはがばりと頭を下げる。

「――――ふ」

細くて白い指で、彼女は自分の眦を拭う。

そして、ふふふふ、と可憐に笑った。ああ、なんていじらしいのだろう。

「あはは……ちがうんです。ただ、ちょっと、おかしくて」

「おかしい？」

「私。この通り、すっごく身長が高いのに。ゼロさんからみると、ちゃんと普通の女の子に見えているのが、嬉しくて」

「は？」

「ほら……そういうとこ。何言ってんだって顔してるじゃないですか。なんだか、とっても新鮮で」

「いや……君は、とても愛らしいと……」

「だめですよ、ゼロさん。私、全然褒められ慣れてないから——そんなこと言われたら」

ポロリと涙の雫がこぼれる。胸が痛くて、ズィーロは手を伸ばした。けれども彼女に届かない。

「あはは、チョロすぎですよね！　何言ってるんだか。私ってば！」

「……」

「ふふ。ゼロさんてば、へんてこな格好してるし、明らかに変な人なのに」

「………悪かったな」

「ううん。助けてもらったし、放っておけないし、優しいし……いきなりお家にあげちゃうとか、私も、ダメですよね、本当は」

「俺は、正直、助かった」

「うん。どうしても悪い人に見えなくて。よかった。今日、ひとりだったら、多分もっと泣いてた」

そう言って悲しそうに笑う彼女を放っておくことなどできなかった。

こたつを回り込み、彼女の横に座り込んでそっと彼女の眦に触れる。

いつのまにか綺麗な涙がとめどなく溢れ、やがて彼女も耐えられなくなったのか、ズィーロの胸にすがりつくように抱きついてきた。

「！」

そのあまりの軽さ、そしてか弱さにゾッとする。そして同時に理解した。――ああ、王もまた、このような気持ちだったのかと。

力を入れたらきっと折れてしまう。

大事に大事に真綿に包んで護りたい己の宝――それが手のひらからこぼれ落ちる恐怖を知り、絶望する。

(俺は、なんということをしてしまったのか)

敬愛する王から取り上げてしまったものの大きさをはじめて知る。

彼女は己の縁だ。間違いがない。出会ったばかりなのに、すでにこんなにも惹かれている。

この想いが積み重なったらどうなってしまうのか。

そして、それが失われたとしたら――。

大罪だ。

倫理に反した、ただの獣。そんな自分が縁の者を手に入れられるなんて許されるはずがないのに——。

(俺は、獣なのだろうな)

そっと彼女の背中に腕を回す。

(——だめだ、手放せるはずがない)

そっと彼女の背中を撫でると、涙に濡れた目で彼女はズィーロを見上げてきた。

観念して、彼女の顎に手を添える。顔を近づけると、彼女も抵抗しなかった。

せめて彼女は——涙に暮れるハルカのことは幸せにしてやりたい。途方もない気持ちになりながら、ズィーロはそっと、彼女にキスをした。

それからズィーロは、彼女の家に住み着くことになった。

最初は不法入国を疑われたが、調べてみるとなぜか日本国籍があった。ただ賃貸マンションの天井に頭を打ち付けすぎてへこませてしまい、二人用の住まいに引っ越しする前に元の大家にすごく嫌な顔をされたり、スポーツ栄養学を学ぶハルカや、彼女と同じゼミ生の実験台にされたり——はじめて彼女の身体を抱こうとした時も、まともに挿れられるように彼女を慣らすのに一カ月近くかかったり、そのときに自信をなくした彼女に逃げられそうになったり追いかけたり、避妊具のサイズが合うものがなかったためか——もちろんこれはズィーロのいいわけでしかない――まだ在学中の彼女を孕ませてしまい、彼女の父親にしこたま殴られたり――とにかく――とにかく、苦労は絶えない。

ちなみに、ズィーロの肉体があまりに逞しすぎたせいで、逆にハルカの父親の拳に怪我をさせてしまったことは大変申し訳なく思っている。だが、彼女を大切にすることと、どんなに邪険にされようとも彼女の親に孝行することは、ズィーロの中での決定事項だ。

けれどもまあ、持ち前の身体能力を生かして格闘技界では一気にのし上がれたし、食べていくには困らない程度の金もすぐに手に入った。

格闘技はすぐに頂点を極めてしまい、早々に戦う相手が居なくなったから、能力を生かす舞台を変えたけれども。

バレーボールやバスケットボールのような団体種目はまったく向いていなかったので、最終的にたどり着いたのは個人種目だ。

陸上競技のやり投げやハンマー投げのような、単純に己の出した記録と戦う競技は、わかりやすくていい。目立ちすぎたせいですっかりマスコミに追いかけ回される生活になったが、かまわない。

ハルカに贅沢させてやりたいし、いくらでも自分は見世物になろうと思う。

いや、彼女は彼女の知識と愛情でズィーロを支えてくれるから、ズィーロもそれに応えなければならぬのだ。

たまに王とアイリのことを思い出しては、胸がひどく痛むこともある。

けれど、ハルカに己の事情を説明したとき、彼女は荒唐無稽だと笑うこともなく、一緒にズィーロの痛みを背負ってくれると言ってくれた。

かつてのように闘争に身を投じることはなくなった。

それでも、ズィーロはこの穏やかとも言える生活に満足していた。彼女が隣にいて、彼女を護るために生きることの全てを費やすことを決めた。

ただひとつ不満なのは、彼女の籍に入ったことで、自分の名前が一二三零(ひふみぜろ)という冗談みたいな名前になったことくらいだろうか。

世界大会に出るときはいつも「ワン・トゥー・スリー・ゼロ！」のかけ声で観客に迎えられる。見た目の巨人感も相まって完全にコミカルヒーローになったわけだが、それくらいは我慢しなくてはならない。

どう考えても、自分の性格にはあわないというか、気恥ずかしくてたまらないのだが、ままならないものである。

番外編　永久栄誉覇王の妃

この世界に召喚されてから、三ヶ月と少し。

アイリは正式にガルフレイの妃となった。

結婚式のことは、思い出すたびに何とも言えない気持ちになるけれども。

都の北側に位置する魔の山。噂に聞いていたとおり、そこは魔物の巣窟だった。この山で大物を仕留め、その肉を国民に振る舞うのが王の婚姻の儀式には必要らしく——つまり、とうとうアイリも連れていかれた。ガルフレイの何倍もの大きさを誇る魔物退治に。

ずっと魔の山への同行は遠慮させてもらっていたけれど、大事な儀式だというのならば致し方ない。

ガルフレイと一緒だから身の安全は保障されていると言っていい。だから、覚悟を決めて、同行を決めたまではいい。

当然一日で終わるはずもなく、最高の獲物を仕留めるためにガルフレイを筆頭に腕のある騎士たちと共に山にこもるという謎の強制合宿になってしまった。

もちろん、付き添いの戦士たちにも気を遣われ、至れり尽くせりではあったけれども。

結果的にそれらは、血なまぐさく強烈な思い出としてアイリの記憶に刻まれた。――何事にも動じないよう気をつけてきたけれど、盛大な悲鳴を何度も上げてしまった。ガルフレイに愛想を尽かされなくて本当によかった。

そんな強烈な体験ののち下山し、盛大な宴に巻き込まれ――さらにその後、くたくたの身体で寝所に連れ込まれて――色々ノンストップでほんっとうに大変だった。

元々体力自慢だったはずなのに、こちらの世界では完全にか弱い存在になってしまったのだと実感する。

それでもガルフレイや、彼の臣下たちは皆アイリを気遣ってくれて、とても住みやすい環境で過ごさせてもらっている。

（ガルフはとっても優しいし）

大変だったけれど、嬉しいこともたくさんあった。

アイリは自分の左手に光る白金色の指輪に目を向け、へらりと笑う。

結婚式自体はこちらの慣習通りに執りおこなうからと、ガルフレイが事前に用意してくれていたのだ。せめて指輪くらいは、アイリの世界の文化に合わせてやりたいと。

その真心がとても嬉しくて、左手の薬指を眺めては、ふわふわした気持ちになる毎日だ。

（結婚式から後は、すっごく穏やかな毎日だし）

この身の幸せを実感する。

結婚してからというもの、ガルフレイに護られ、以前にも増してどろどろに甘やかされ、のんびりした日々を過ごしていた。

もちろん、こうも安心して暮らせるようになったのは、アイリをよく思わない者たちが揃いも揃って飛ばされたからでもあるのだろう。

あの事件の首謀者であるズィーロは、アイリと同時に魔法陣の光にのまれたのち、行方がわからなくなったのだとか。

皆、彼は縁の場所に飛ばされたのだろうと言うから、どうか酷い目にだけはあわないでいてくれたらとアイリは思う。

アイリを排除しようとした彼の気持ちはわからなくもなかったし、実際彼は、アイリを殺めるようなことは避けてくれたのだ。

結果的にアイリもガルフレイの元へと帰ってこられたし、いろいろ考えるきっかけにもなった。――だから、あまり彼のことは悪く思っていない。

そして、ズィーロの仲間たち。

彼らは皆、そろって国の中央部に飛ばされた。

いわゆる左遷のようなものらしいのだけれど、国の中央部は、自然豊かで肥沃な大地が広がる穏やかな地なのだそうだ。とてものどかで暮らしやすい場所らしく、なぜそれが左遷になるのだと疑問に思う。

ガルフレイいわく、凶暴な魔物が現れることもなく、住人も穏やかな人が多いのだとか。そのうえ、主な仕事が農業や酪農になるので、血に飢えた戦士たちにとってはまさに地獄ともいえる場所らしい。

（なるほどね。理解できない）

平和な場所で穏やかに暮らすのいいじゃん、とアイリは思うわけだが、戦いを好むこの国では倫理に反した彼らに相応しい罰なのだとか。皆、納得しているようなので、それでいいのだろう。多分。おそらく。

そんなわけで、結婚後、アイリは毎日ガルフレイの傍でのんびり過ごしていた。不穏分子も消え、城内の統制もしっかりとれるようになったため、再びアイリにはある程度の自由が与えられている。

城勤めの位を勝ち取ったザックがたまに絡んでくるけれど、いつもガルフレイにボコボコにされているし、彼の行動には皆、目を光らせているようだから安心だ。

ザックはやっぱり戦いの才能があるらしく、心根さえたたき直せばいい戦士になりそうだと、先輩たちにあれこれ指導されているようだった。

丁度先日も雷の夜を迎えて、新しい月になったばかり。

この国は冬がないようで、逆に夏はかなり暑くなるみたいだけれど、日陰にさえ入ってしまえば涼しいカラッとした気候が続くのだとか。

特にここ、戦の国ラインフィーグの都は、もっとも戦うことに適した気候ということ。常に春や秋くらいの過ごしやすい気候が長く続き、なかなかに快適だ。

この日も朝から心地いい陽気で、アイリは自分のお腹を撫でながら、ぼんやりと外の景色を見ていた。

常にガルフレイとともに過ごすようになって、彼の執務室にはアイリのくつろぐスペースが設けられるようになった。

アイリにとってはベッドほどのサイズとも言える大きなソファーが置かれたそこで、とろとろと微睡んでいる。

今日はガルフレイも書類仕事を頑張るつもりらしく、朝からずっと机に向かっていたり、各署の報告を聞いたりと忙しい。

――いや、今日だけではない。このところ彼が、戦い以外の王さま業にあてる時間を増やしていることに、アイリは気付いていた。

眠い。

とにかく、毎日だるくて、眠い。

身体が全力で不調を訴えてくるけれど、それも気持ちで乗り切ることができているから本当に不思議だ。

眠れるだけ眠って、散歩したいと言えばガルフレイ自ら付き合ってくれ、アイリの楽なようにさせてくれる。食堂だって、アイリの食べやすいものをと、わざわざ特別な献立まで用意してくれている。

アイリはずっと甘やかされていた。それもこれも全部、お腹の中の――、

(ふふ、しあわせ、だなあ……)

ほんとうに、まだ夢のような気持ちだ。

お腹の中に、彼との子供がいるだなんて。

結婚してすぐに判明したこの事実に、すでに城中大盛り上がりだ。

やはりこの世界の人々はちょっと子供ができにくいらしくて、あまりに早いこの佳き報せに、アイリを歓迎する声もますます大きくなる。結果として、皆、アイリのことを全力で甘やかしてくれているわけだ。

ソファーに寝っ転がってとろとろと微睡みながら、この日もゆっくり目を閉じる。

ただ、ここはガルフレイの執務室だ。

あまりだらしない姿を彼の臣下に見られるのも憚られて、このソファーという名のものはやアイリ専用ベッドの周囲には、ぐるりと天蓋のような幕を下ろしてもらっていた。

人目もある程度避けられるし、かなり過ごしやすい。

入れ替わり立ち替わり話し合いが行われているのをウトウト聞きながら、アイリは夢と現実の境目を行ったり来たりしている。

——けれども、この日はちょっと様子が違う。

「アイリ」

「ん——？　なんです、覇王さま」

微睡んでいるところを遠慮がちに揺すられて、アイリは身体を起こす。

目を開けると、ガルフレイが少し申し訳なさそうな目で見ていた。さらに天蓋の向こうに、ロウェンだけでなく、知らない女の人たちが三人もいるから驚いた。

そう、女の人なのだ！　まったく見かけないことはないけれど、ガルフレイの執務室にまでやってくることは非常に珍しい。

「眠っていてもいいから、少し付き合ってくれ」

「え？　はい。あの、何を、です？」

「今から我々の絵を描かせる」

「はい？」

あまりに突拍子もなさすぎて、寝起きの頭では理解できない。

絵。

絵、ですって？

咄嗟にアイリは手櫛で自分の髪を整える。少しずつのばそうと思っているものの、まだまだ短い髪はすぐに寝癖がついてしまうのだ。

「絵、ですか……」

もしかして王様と王妃様が仲良く並ぶ家族写真的なものの代わりに描かれた——歴史とか美術の教科書で見たあれだろうか。

それならば、先に言っておいてほしかったのだけれども。おまけに、眠っていていいだなんて、大雑把すぎはしないだろうか！

衝撃が大きすぎてアイリが混乱していると、目の前に控える女性たちがさらに衝撃的なことを言いはじめる。

「気楽になさって大丈夫ですよ。あくまでも、彫刻にするためのスケッチですので」

「お胸から上の形をとらせてください。どの山が適切か検討する資料となります」

「丁寧に設計させていただきますので、ご安心ください」

（彫刻。山。設計……ん？　山⁉）

なんの話だと目を白黒させていると、隣でガルフレイがニヤリと笑った。その堂々とした王者の笑みは大変かっこよくはあるけれど、まだ困惑する気持ちの方が大きい。

「どういう、ことです？　覇王さま」

「ああ。余もようやく四期目だろう？」

「はい」

アイリは頷いた。

確かこの国で王を決める大会は四年に一度。そして今年彼は、四度目、その大会の頂点に立った。

「四期も王に立つ器を持つお方を、この国では永久栄誉覇王と定めているのですよ」

「永久栄誉覇王⁉」

なんだそのどこぞのプロ野球の名誉監督みたいな名称は！

「ですので、これより建築の準備をしないと」

「ええと、……何の？」

非常に嫌な予感しかしないのだが、聞かねばなるまい。

恐る恐る顔を上げたアイリに対して、目の前の女性たちはにっこりと笑った。

「決まっているではありませんか」

「我らが王、そしてその王妃の魂をいつか納めるために」

「ええ。お墓の建築をはじめませんと」

はか。

墓。

（…………墓⁉）

「はっ、墓？　えっ⁉　まって、え！　その絵と、何の関係が……⁉」

そんなの当然ではないですかと女たちは、またもやにっこりと微笑む。

「もちろん、彫るのですよ。遠くからでも見えるように、大きく」

彫る！

「ああ、お妃さまはガズディガ山脈をご覧になったことはないのですね」

もしかしなくても規模がピラミッド級⁉

「あのあたりの山々に、歴代の永久栄誉覇王さまご夫妻のお顔が彫られていますから。我らが王と王妃もその並びに」

アメリカを代表する大統領の巨大彫刻みたいなやつか‼

――覇王の妃とはいっても、アイリはどちらかというとガルフレイ個人の妻である意識の方が強い。

確かに彼は覇王なのだけれども、アイリにとってはひとりの男の人。だから、王の墓、と言われると、キャパオーバーになってくらりとしてしまう。

「え、ええ……？」

と言うよりも単純に――、

「それってつまり、岩山とかに、彫るってこと……？　私と、覇王さまの顔を」

「そうなりますね」

（――いやだ。恥ずかしすぎる！）

自分の顔が彫刻されるだけでも恥ずかしいのに、それがどでかい山に彫られるだなんてただの悪夢だ！　どこから見ても自分の顔がはっきり見えるとか、そんなの何の罰ゲームなのだろうか!!

「覇王さま」

嫌です。そう瞳で訴えようとする。

けれどもアイリの気持ちは全然汲み取ってくれないどころか、彼はさらなる爆弾を落とした。

「なに。戦いに身を置く日々だ。覇王とはいっても、いつ死ぬかもわからぬしな」

ははははは。

そう言って笑う彼の言葉に愕然とした。

いつ死ぬかもわからない――それは、この世界の男の人皆が言う、冗談のような本当の言葉。響きこそ冗談っぽくて笑いあうものの、事実いつ死んでもおかしくないのは本当らしい。

「……」

なりゆきとはいえ、突然の言葉に気持ちが凍りついた。

彫刻のことなど、一瞬で脳内から吹き飛んでしまう。

痛い。

胸が、ひどく、痛む。

アイリは両手をぎゅっと握りしめ、唇を噛む。ああ、だめだ。最近、体調のせいか感情のコントロールが難しいのに、彼は何を言うのだろうか。

「――アイリ？」

アイリの様子がおかしいことに気がついたのか、ガルフレイの声が少しトーンダウンした。でも、もう遅い。いくら冗談でも、そんな言葉は、聞きたくない。

「いつでも入れるようにって、そんな風に急がなきゃいけないお墓なんて……私、いりませんっ」

ひとりソファーを立ち上がる。

（ああもう、なんだ、私。急にこんな……だめなのに……！）

立場的にも、毅然としていなきゃいけないのに。ちゃんと、覚悟したはずなのに。

でも、ガルフレイが死んだときのことをもう考えないといけないだなんて、思わなかった。

アイリは成人したとはいっても、やっぱりまだまだ子供だ。この世界の常識だけでなく、本来ならば立場上覚悟しなければいけないことも、ちゃんと理解しきれていない。感情ばかりが先に動いて、我慢できなくなる。

うっかり涙が出てきそうになって、あわててひとり部屋から出ようとする。

「待て！　アイリ！」

ああ、最低だ。彼に追いかけさせてしまった。

わかっている。こうして逃げたら、きっとガルフレイは追いかけてくれる。

自分がこんなにもかまってちゃんだったとは知らなかったからこそ、自分自身にがっかりする。なんて甘えたがりなのだろうか。

そして、ガルフレイから逃げられるはずもなく、あっという間に腕を掴まれた。

「離してください」

「だめだ」

「迷惑、かけたくないです。ちょっと、気持ちが荒れて——とても、絵なんか」

「わかっている。今日は下がらせる」

ガルフレイにひょいと抱き上げられ、視界が高くなる。でもなんだか彼と目を合わせづらくて、アイリはそっと彼の逞しい肩に顔を埋めた。

ぽんぽんと、彼が優しく背中をさすってくれる。

そこからの彼の行動は早い。そのまま執務室に戻り、彼は皆を下がらせる。やがて、部屋の扉が閉められ、アイリはガルフレイとふたりきりになった。

アイリがもといたソファーにガルフレイはそっと腰掛ける。アイリを膝の上に乗せたまま、アイリの気持ちが落ち着くまでそっとしてくれていた。

「それは、どうしても必要なもの……？」

「アイリ」

「――私は毎日、ガルフがいなくなる覚悟をしなきゃいけない？」

「そのようなわけ、なかろう」

「だって、ガルフも、みんなも、すごく簡単に死ぬって言うんだもん」

彼の腕が震える。

この世界では当たり前だけれど、アイリにとってそうじゃないことはいくらでもある。

それをわかってほしくて、アイリは訴えた。

何気ない当たり前の感覚。慣れるべきはアイリの方だけれど、どうしても受け入れられないこともある。

「死なぬよ」

ガルフレイはそう言って、アイリの頭を撫でる。

顔を上げると、静かに揺れる血の色の瞳と目があった。

「すまなかった。そなたは好まぬ冗談か。悪かった。この通りだ」

そう告げながら、ガルフレイは深く頭を下げた。

許せ――かつて、彼が謝らなければいけなかったとき、彼は必ずそう言った。それは、彼が簡単に頭を下げられない立場だったからこそ。

しかし、彼と結婚してからは、彼の使う言葉が変わった。

ふたりきりのときのみだけれど、彼は心からの謝罪をくれる。

「――そなたを残して死ぬことなどない」

「……ほんとう?」

「ああ。大事なそなたの心を乱して、悪かった」

そう言いながら、彼はアイリの顎に触れる。そのまま背中を丸め、ゆっくりと顔を近づけた。

「ん――」

優しいキスに、アイリの心も凪いでゆく。彼の背中に腕を回し、もっと、もっととキスをねだった。

「アイリ」

「冗談でも、簡単に死ぬなんて言わないで」

「ああ」

「私も耐えられないし。その……お腹の」

「ああ。そうだな。その子のためにもな」

「うん」

たまらなくなって、ぎゅうと彼にしがみつくと、また彼はキスをくれた。なんども、何度も、アイリの心が落ち着くまで。


それから先、ガルフレイはけっしてその手の冗談は言わなくなる。彼の臣下が笑っているときも、そっとたしなめ、少しずつ皆の価値観を変えていくようになった。

アイリという新しい風が、新しい価値観を浸透させていく。迷いも多く、それがいいことなのかそうでないのか、アイリは最後まで結論を出せなかった。それでも、彼女は懸命に生きた。

血の気の多い臣下たちをたしなめ、時には彼らを強く励まし、支えるように、皆のサポートをし続けた。結果、華奢ではあるけれども、皆に信頼され、それなりにいい王妃だと言ってもらえるようになったらしい。

――ちなみに、件の山には、結果的にガルフレイとアイリの顔が彫られた墓は建築されることになる。

王の威厳を示すためでもあり、また大事な公共事業であるということを理解すると、アイリもさすがにわがままを通して反対するわけにもいかなかったのだ。結果として、それはもう立派な墓という名の観光地が建設されたのだとか。

だが、できればその墓が見える地方には極力赴きたくないなと思うアイリだった。

だって仕方がないだろう。

やっぱりアイリはしがない一般人の出だ。恥ずかしいものは恥ずかしいのだ。

番外編　真夜中の好奇心

小さなお手手がぺとりと張り付いてくる。

紅葉のようなちっちゃな手。けれども、しっかりと父親の遺伝を引き継いだらしい彼の力は強い。

そんな彼に、んきゅんきゅと力強くおっぱいを吸われると結構痛い――のだけれど、元気いっぱいに育ってくれているのならそれでいいと思えるから不思議だ。

ただ、長男として生まれたアゼルが食いしん坊なのか、単にアイリの身体がこの世界の子供に見合ったものではないのか、アイリの母乳では全然足りないらしい。だから乳母を雇わざるをえなかった。

アゼルが生まれたばかりの頃は、自分の不甲斐なさに落ち込んだりもしたけれど、ちゃんと周囲のみんなはアイリを助けてくれた。いくら王妃という立場とはいえ、育児はみんなでするもの――この国ならではの文化に支えられ、毎日なんとか頑張れている。

とはいえ、アゼルはちゃんとアイリのことを母だと認識してくれているのか、アイリのお乳がいいのだとめちゃくちゃに主張する。

大泣きからの吸引力の強さは半端ない。——どうしても出なくなってしまったら乳母のもので我慢してくれるけれども、基本的には全力でアイリを求めるものだから大変だ。

それでもこの日はアイリのお乳で満足してくれたのか、上手にげっぷをしたあとは、ふにゃふにゃと笑って、そのまま眠りに落ちる。その天使のような寝顔に、乳母のヘレーナと笑いあって、彼をベッドに寝かせた。

本当にアイリの子育て環境は恵まれている。

王妃でありながら、アイリ自身育児に専念できるようにさせてもらっているし、乳母や城の男たち、そしてガルフレイ本人も全力でアゼルのことを見てくれている。

もちろん、それだけ周囲に助けられても、アイリは毎日くたくたになるのだけれども。

「アイリ」

アゼルがお休みモードになったところで、ガルフレイがひょっこり顔を出した。

「覇王さま、お仕事終わったのですか？」

「うむ。今日はこれで終わりだ。——ああ、眠ったのか」

くうくうと眠る我が子を見て、ガルフレイはほっとした様子だった。

一度眠ってさえしまえば、アゼルはしばらく起きない。丁度アイリたちが休む前にしっかりと眠ってくれるのなら、これでかなり安心だ。

ヘレーナにアゼルを託して、アイリはそっと子供たちの部屋から出る。子供たち——というのは、ヘレーナの息子もまた、乳兄弟としてこの城で一緒に生活しているからだ。それほどまでに、この国は他家との距離が近いのだ。

「ふぅ……」

最近少し眠りが浅くて、疲れが出ているようだ。

ヘレーナとは定期的に交代しながら、赤子たちとともに夜を過ごすことも多い。そうなると、アイリ自身もどうしてもぐっすりは休めなくて、うつらうつらしてしまう。

子育ては皆でするもの。その常識は、元の世界での常識とはかなり違っていた。

その立場は、アイリどころか王であるガルフレイも変わらないからだ。

だから共寝の夜はガルフレイも一緒にいてくれるのだけれど、根本的に皆と体力が違いすぎてアイリの身体だけがついていかない。

「大事ないか？」

「うん、大丈夫。今日からしばらくはヘレーナたちにお願いできるし。今夜と明日は、ゆっくりさせてもらう」

「そうか」

「うん。――ね、ガルフ。疲れちゃった」

そう言いながら腕を伸ばすと、彼もすぐにアイリのおねだりを汲み取ってくれて、そっとアイリを抱き上げる。子ども部屋から夫婦の私室はさほど遠くはないものの、このままだと部屋に着くまでに眠ってしまいそうだった。

「もう少し、休む時間を増やしてはどうだ」

「ん。でも結局、アゼルのこと気になっちゃって」

「そうか。だが、無理はするな。子育ては皆でするものだ。余も、皆も、いつでも交代できる用意はある。もっと頼れ」

「だね。無理そうになったら、素直にお願いするよ。でも、もうちょっと頑張らせて」

「本当に、そなたは真面目だな」

「どうかな――故郷のお母さんたちは、もっと苦労してると思う。ここはみんなで子育てするから」

そう言いながらも、気がつけばウトウトしてしまう。かくりと身体の力が抜け、いけないいけないと首を横にふった。

「よい、アイリ。眠っておけ」

「ん。でも、まだ……おふろも……」

「ああ、気にするな」

ガルフレイが少し楽しそうな顔をしている。

これは、ガルフレイによる全身丸洗いが決行されちゃうなと思うけれども、もうお任せだ。人間としての尊厳は一旦横に置いて、身を委ねてしまおうと思う。

「ん……」

おやすみ。そう言葉にできたかできなかったか、気がつけばアイリはあっという間に眠りに落ちていた。

そうして真夜中。アイリはふっと目が覚めた。

（ん……まだ、夜中……？）

眠りが浅いのがクセになってしまっているからか、ゆっくり眠ることができる日も、こうして夜中に目が覚める。

けれども早めに眠りにつけたからか、ちゃんと身体はスッキリしている気がした。

ガルフレイの逞しい胸筋を枕に、アイリはごそごそと彼に擦り寄った。

（あったかい……）

彼もまたぐっすりと眠っているらしく、規則正しい寝息が聞こえてくる。それでも無意識にアイリが目ざめたことに気がついたのか、肩くらいまでのびたアイリの髪をゆっくりと梳かすのだ。

（おっきな手）

眠っているからか少し動きが緩慢だけれども、この手の優しさがとても好きだ。心地よくてぎゅっと彼を抱きしめながら擦り寄ると、彼の大きな腕もアイリを求めてぐるりと巻き付いてくる。

「！」

気がつけば彼の上に乗っかるような形で抱き込まれ、逞しい彼の身体をベッドに、アイリはうっとりと目を細めた。

体重をかけてもビクともしない逞しい身体に擦り寄るだけで、とっても安心する。あったかくてポカポカして、そして、彼の魅力に毎日ときめいているのだ。

「……」

こうやって至近距離で眺めてみると、眠っている彼の顔が起きている時よりも幾ばくか可愛く見える。

無防備な寝顔を見て、胸がウズウズしてくる。

そういえば、こうして彼の寝顔をじっくり見ることなど滅多にないのだ。だいたいアイリの方が早く眠りに落ちてしまい、起きるのも彼の方が早いから。

「……ふふ」

夜中に目が覚めて、ちょっとだけ妙なテンションになっていることは自覚している。けれども、この珍しい非日常感に、アイリの好奇心がむくむくとわき起こりはじめた。

(身体だけじゃなくて、手も、頭も、全然大きさ違うんだよね)

真実巨人と言うのが正しく、彼を見あげるのが当たり前になっているが、眠っているときなら頬にだって簡単に唇が届く。

ちゅ、と軽く頬に口づけて、ふふふと笑う。普段は結構恥ずかしくて、なかなか自分からはできないけれど、今なら少し大胆になれる気もした。

ちゅ、ちゅう……と、額に、頬に、そして首筋にと、アイリはたくさんキスを落とし

(ふふ……おっきーい)

た。どこでもキスし放題。こんなことはなかなかない。

（へへへ、たのし）

いつもキスされてばかりだから、やり返した気分だ。

こうして上から見下ろしているのも楽しい。エッチの最中にこの体位になった時は、いつも余裕がないから堪能できないのだ。

起こさないように気をつけはするけれども、もう少しこの体勢を楽しませてもらおうと思い、アイリは彼の筋肉に触れたり、キスしたりしてその体温を感じていた。

すこしだけ彼の寝衣がはだけ、肌が見えてセクシーだ。

その胸に手を這わせながらうっとりしていると、ふと、状況が変化しつつあることに気がついた。

（あれ？）

ぐっすりと眠っているはずなのに、アイリの脚にあたっているモノが、しっかりと熱を持ちはじめている気がする。

むくむくむく、とあっという間にそれは硬さをもち、その存在感をアピールしはじめた。

（え、ちょっと、待って？）

眠っているんじゃ——そう思って彼の顔の方に目を向けたとき、血の色の瞳とバッチリ目があった。

「……」

「……」

「…………アイリよ」

「あー……えーっと……」

おは、よう？　そう言おうとしたけれど、ぐいと引っ張られて叶わなかった。次の瞬間にはすっかりと彼の形の整った唇にキスをされていて、何も話せなくなってしまったからだ。

「ん……」

「ン、ン……っ」

それはネットリとしたキスだった。唇をこじ開けられ、じっくりと舌を絡められる。じゅ、じゅ、とわざと音を立てられると、その淫靡な響きであっという間に身体が火照っていく。

「あっ、ン――」

出産後、アイリの体調が戻るのにも時間がかかったし、ガルフレイもアイリを気遣って遠慮しているからか、ずっとご無沙汰ではあった。相当我慢させている自覚ももちろんあるわけで――、

「ガルフ……」

「せっかく我慢していたのにな」

「あっ」

「こうも悪戯されては、余もさすがに」

「んっ、んんっ」

彼は己の下穿きの紐を解き、ぶるりとその凶悪な熱棒をあらわにする。アイリのネグリジェを捲り上げて、少し体勢をずらし、大事な部分に擦れるように股の間に挟むと、下から突き上げるように腰を振る。

「我慢、できぬ……！」

「あっ、ガルフっ‼」

あっという間に形勢逆転してしまった。

ぐいと強く熱い肉棒を押し当てられると、アイリの身体もたちまち反応する。乳首の先がネグリジェに擦れヒリヒリする。割れ目からはとろりと愛液がこぼれ落ち、下着が邪魔で仕方がなかった。

「あ、ガル……んんぅ」

彼の胸筋を往復するようにさするのは、おねだりしたい気持ちのあらわれだ。それがわかっているからこそ、ガルフレイも喉の奥で低く笑った。

しゅるり、と、アイリの下着の紐も解かれてしまう。それからネグリジェも剝ぎ取られ、アイリは気がつけば何も身にまとっていなかった。

下から持ち上げるように胸を揉まれ、乳首をころころと指で転がされる。執拗なほどにじっくりと捏ね回され、そのもどかしさにアイリは身をよじった。

「あ、ガルフ……」

「余にもそなたの身体を楽しませてくれ」

「あ、ああ……ん」

くりくりと緩急をつけて捏ねられると、ピリピリと電流が走るような心地がする。昔と比べて、少しだけ大きくなったアイリの胸の感触をガルフレイは好んでいるらしく、いつもたっぷり捏ねられる。

おっぱいは揉まれると大きくなるらしいのだけれど、子供を産んだのと相乗効果でしっかり大きくなっている気がする。

（ん――やば。ほしい、かも）

アイリ自身も久しぶりに欲情してしまったらしく、下半身がきゅんとするのを感じていた。

ああ、あそこに熱い彼の猛りがあたっている。それを受け入れたらどんなに気持ちいいだろうと、気がつけばアイリの腰も揺れている。

「ほしいか？　アイリ？」

「んぅ……」

「どうなのだ？　そなたの体調のことはそなたにしかわからない。はっきり言葉にせぬと」

こすこすと揺すられて、ますますアイリは切なくなる。

医者の許可は出ていたが、ガルフレイが気遣って、今日の今日まで延び延びになっていた。彼は本当にずっと我慢してくれていたのだ。

「ガルフ……」

「ん？」

「したい……な」

「そうか」

薄暗い中でも、彼が破顔したのがわかる。自分からおねだりしてしまったことが恥ずかしく、それでもやっぱり彼に甘えたくて、縋るように顔を寄せた。

瞬間、彼の血の色の瞳がぎらりと光ったような気がした。

彼は上半身を起こして、アイリの身体を反転させてから己の膝に座らせる。背中がぴったりと彼に密着した状態で抱き込まれ、アイリの心臓が大きく跳ねた。

ぐいと太腿を摑まれ、M字になるように広げさせられると、アイリの大事な部分に冷たい空気が当たって神経がそこに集中する。

胸や腿を捏ねられながら、やがて彼の片方の手が長い間触れてこなかったアイリの秘所へと辿り着くと、緊張でアイリの身体が強ばった。

「ひぅ……っ」

その指先が繁みを掻き分け、割れ目にすっと沿うように触れられるだけで、全身が強ばる。恥ずかしくて両手で顔を覆い隠すと、ガルフレイが耳元でそっと囁いた。

「大丈夫だ、ゆっくりする」

「うん……」

とはいうものの、つぷん、と指を一本挿れられただけで、強い刺激がアイリの身体を襲った。ブルブルと身体が震え、膣がぎゅっと締まる。

「痛むか?」

「ううん、だいじょ、ぶ……!」

ちょっと、刺激が強いだけだ。

アイリはガルフレイに身体を預けたまま、彼の与えてくれる刺激に酔っていた。ゆっくりと状態を確かめるように膣をなぞる太い指。やがて彼も大丈夫だと判断したのか、グイと奥へとつっこまれ、そのままグリグリと強く擦られはじめる。

「あ……ん……」

「ん。感じるか、アイリ?」

アイリがこくこくと首を縦にふると、ガルフレイが喉の奥で笑った。

ぴちゃぴちゃと淫靡な水音が聞こえてくると、やがて彼は指を二本に増やす。久しぶりでもあるし、アイリのことを気遣ってか、いつもよりもかなり入念に解しているようだった。

あっという間にアイリの大切な場所はびしょびしょになり、愛液がこぼれ落ちる。彼の余った方の手で顎を掴まれ、後ろを向かされて、彼とたっぷりキスをしながらその行為に蕩けていく。

ぐずぐずになったアイリは、腹の奥が切なくてたまらなかった。気がつけば、もっと奥に触れてほしくて、彼の指に押しつけるようにして腰が揺れている。

「ガルフ、私、もう……」

背中に当たっている硬くて熱いものの存在感に、はやく、はやくと気持ちだけがはやる。

「ん？　ほしいか」

「ん。切なく、な……ンンッ」

悪戯するようにきゅっと花芽をつままれて、アイリは仰け反った。じれったいほどに嬲られて、もう我慢できなくなる。

「ん、ほし、……ぃ」

「そうか」

素直におねだりすると、ガルフレイは満足そうに笑いながら、アイリの唇を啄んだ。ちゅっ、ちゅっ、とわざと音をたてながら、ぐるりとアイリの身体を反転させる。

指を引き抜き、代わりに彼の熱をアイリのお腹にあてて、擦る。早くほしいのにまだまだ焦らされて、涙目になりながらアイリは懇願した。

「ガルフ……ぅ」

「くくっ。ああ、我が妻は愛らしいな。ねだるのも上手だ」

「もうだめ、ほしいよ」

「わかっている。ほら、アイリ……」

そう言いながら、彼は少しだけアイリの腰を浮かした。

アイリは彼の首に両腕を回し、膝立ちになる。彼がそのまま動かないということは、アイリのペースで挿れなさいと言うことなのだろう。

「ん、……ふぅ、ン」

「くっ」

亀頭がつぷりとナカに挿入り、そのまま慎重に腰を沈めていく。

ガルフレイのモノは大きく、久しぶりなこともあって、やっぱり苦しかった。

「あっ、ハァっ、ガル……」

「ああ、ゆっくり、来るといい」

「ん、んんっ」

ちゅっちゅとたくさんのキスに溺れながら、ゆっくりゆっくり沈んでいく。下からアイリの内臓を押し上げるほどの圧迫感に汗がにじみ、それでも彼がほしくて腰を落としていった。

「はっ、はぁっ。ガルフ、すごいっ」

「ああ……」

「久しぶり。おっ、きい……」

「ん。アイリ。──ああ、わかるか？　奥まで挿入った」

ぐりぐりとアイリの奥の奥まで彼のモノが埋め込まれ、アイリのナカはいっぱいにな

る。苦しいけれど、アイリの心は歓喜に満ちて、うっとりと目を細めた。

「ガルフ、すき……っ」

「！　まったく、そなたは」

アイリの突然の告白に、ガルフレイは目を細め、ゆっくりと円を描くようにアイリの中をかき混ぜる。敏感な場所に彼のボコボコとした熱棒が擦りあてられ、強すぎる刺激にアイリは仰け反った。

じゅぷ、じゅぷ。

淫靡な水音が響きわたり、ますますアイリの気持ちは高まっていく。

吐息に甘さが混じって身をよじると、ガルフレイはアイリの身体を弄り、しっかりと抱きしめて離してはくれなかった。

「ん、あ……ガルフぅ」

「ああ——どうだ、いいか？」

「ん、きもちいい。きもち、ぃ」

「そうか」

ガルフレイの笑みが濃くなり、そして腰の動きが大きくなる。アイリの身体を支えたまま、ギリギリまでモノを引き抜き、一気に突き上げる。そのあまりの衝撃に、アイリは嬌声をあげ、身体をぶるりと震わせた。

「や、あ！　ガル、ん！　ガルフっ‼」

「クッ……！　アイリ、もっと、もっとだ」

「あっ、ああっ！」

パンパンと強く腰を打ち付けられ、アイリは必死になってガルフレイに摑まった。彼の胸に汗の雫がこぼれ落ち、はくはくと呼吸する。

ひたすら強い刺激を与えられ、いよいよ波が押し寄せてきた。

「だめっ、ガルフ、私、もうっ」

「ああ。いいぞ、イけ」

「あっ、ああっ……！」

意識が一瞬途切れたかと思うと、一気に波に流される。瞬間、彼のモノも脈動し、アイリの中に精を一気に吐き出した。

「クッ……っ……！」

ガルフレイの射精は長く、納まりきらなかった精がトロトロと股の間をこぼれ落ちていく。

お腹の奥が熱く、そのあまりの快楽に、アイリの膣はぎゅうと収縮した。その搾り取るような動きに、ガルフレイも苦しそうに吐息を漏らしながら、アイリの身体を抱き寄せる。

一度精を吐き出してもなお、彼のモノは硬さを保ったままだった。それがアイリの奥に押し当てられたまま腰を引き寄せられると、果てて敏感になった場所に強く当たる。

痺れるような刺激に呼吸することもままならない。アイリが彼にもたれかかると、そのまま彼はさらに奥をかき混ぜるように動いた。

「あっ、アン！　まっ、まって、ガル……っ」

「すまない、もう少し……っ」

繋がったまま、ガルフレイはアイリの身体を横たえさせた。そのまま上からのしかかり、絶え間なく腰を振り続ける。

「はっ、ガルフっ……ンンッ！」

「ハッ、ハァッ、アイリッ――アイリッ！」

一度スイッチが入ってしまうと、ガルフレイはこうして止まれなくなることがある。

これまでも、何度も彼と身体を重ねた。

もちろん、アイリのことを気遣ってくれるからこそ、加減してくれることがほとんどだった。

けれども、もともと体力のある彼の箍が外れると、なし崩しにただひたすら貪りあってしまうことがある。――いや、彼のせいだけではない。アイリもアイリで、どうしてもほしくなってしまうから、もう――。

「ん……ガルフ……っ」

「アイリ……！」

ぼた、ぼたと大粒の汗が落ちてきて、混ざり合う。

全身がどろどろに融け合うみたいだった。自分の身体の形もわからず、快楽の海を漂うような感覚に、アイリはただただ身を委ねた。

なんとか両手をのばし、そっと彼の頬に触れる。血の色の瞳と目があうと、だんだん彼の顔が近づいてきた。

唇も、そして中も——互いに貪りあい、混じり合っていく。じゅぷじゅぷと一度中に出された精を掻き出すかのように強く穿たれて、アイリは目を細める。呼吸しようとも唇を塞がれ、意識が遠くなる。

平衡感覚はとっくに失われ、ぐにゃりと揺れる世界の中で、彼の存在だけがすぐ側にあった。

溺れる。

ああ、どこまでも。深い、彼の海へと。

やがて再び白く塗りつぶされる意識の中、アイリは確かに微笑んだ。

彼が与えてくれる快楽なら、安心して、落ちていける。

——と、思ったのだけれども。

「……っ」

「あの……ガルフ?」

「…………っ」

「うん、大丈夫。大丈夫だからね?」

「ほら、調子に乗った私も悪かったというか。ね？　ほら、私、生きてるし。うん、お互い様というか。こういうこともあるっていうか。……ね？　ガルフだけが悪かったわけじゃ、ないんだよ？」

「余は……」

「…………っ！」

そう、四日かかった。――アイリがまともにベッドから起き上がれるまでに。

久しぶりのまぐわいから四日。

「あぎゃあ！　あんぎゃあ……！」

「あー、うん。アゼル、よしよし、ごめんね」

「んぎゃあ、んぎゅ……」

結果、動けないアイリとともに過ごすためにと、アゼルの方がこの夫婦の寝室へ連れて来られていて、母子共々それぞれのベッドに横になる日々だった。

ちなみに、そこまでアイリを追い詰めたガルフレイは、本人が反省しているだけでは済まなかった。どうやら、アゼルのことを見てくれている者たち一同に、これでもかというほどに責められたらしい。

久しぶりだからといって、無茶をさせすぎだと。

さすがの覇王さまも今回ばかりはこってりと絞られ、また本人も自主的に猛省し、こうしてアイリの前でうな垂れている。

「ほら、ガルフ」

彼の方を向いて、アイリはにっこりと微笑んだ。こっちこっちと誘うように呼びかけると、彼がそっと顔を近づけてくれる。

「久しぶりで、私もね？　よかったんだよ？」

エッチの時以外にはあまり言葉に出さない本音を、こっそり彼の耳元で伝えた。

あぎゃ、あぎゃ、とアゼルがアイリに呼びかけて甘えるように、アイリもまたガルフレイに甘えたい。ほんとうに、一家そろって甘えん坊なのだ。

ぴょこっとガルフレイが顔を上げる。

少しだけその目に生気が宿った。

（もう、ガルフったら）

先ほどまで落ちこんでいたはずなのに、アイリのひとことで一気に背筋が伸びるのだ。

「私は今日ももう少し休ませてもらうけど、ガルフはちゃんと訓練してきてね」

「ああ」

「あと――ね、ガルフ」

ダメ押しで、もうひとこと。彼の耳を借りて、そっと囁く。

「また、しようね？　今度はもうちょっとお手柔らかに――ね？」

「……！」

ダメ押しでもう一声。いつまでも覇王さまが落ちこんでいるわけにはいかないからこそ。

もちろん、効果はてきめんだった。

シャキリと立ち上がった彼は、今日も凛々しい顔で、外へ向かう。

「身体を鍛えてくる。アゼルは頼んだぞ」

「うん、もちろん」

きっと今日もけが人が増える。

でもきっと、彼の臣下たちも喜ぶだろう。

家族のためにと日々強くなるガルフレイはやっぱり、絶対強者で絶対王者なのだ。

番外編　指輪談議

それは、ガルフレイが武闘大会を優勝し、とうとうアイリが妃となる了承をくれたあとのことだ。

一日でも早く彼女と結婚式を挙げるため、ガルフレイはその準備に日々奮闘していた。

そんなある日のことだった。

「――ロウェン、知恵を貸してくれるか」

アイリがすっかり寝入った深夜に、わざわざロウェンを呼び出した。

寝室とは続きにある居間のソファーに腰かけ、ガルフレイはずっと気難しい顔をしていた。そんなガルフレイの様子に、ロウェンもただならぬ雰囲気を察知したのか、緊張した面持ちだ。

「指輪の交換、という文化を知っているか？」

「指輪の交換？」

自ら訊ねておきながら、まず知らないだろうなとは思っていた。なぜならそれは、アイリから聞いた彼女の世界の文化だからだ。

「――いや、な。アレに元の世界の結婚式について訊ねたところ、そのような慣習があると言っていたのだ」

「なるほど、異世界の文化だったのですか」

「ああ。――やはりこの国には、どの地域にもそのような文化は存在しておらぬよな」

「聞いたことがありませんね。指輪は、武具を握るのに邪魔になりますから、好んで身に付ける者自体が少ないですし」

「そうよな」

ガルフレイは大きく頷いた。

「かの世界ではな、結婚する際、男と女がそれぞれ指輪を交換するらしい」

「男と女が、ですか？　――男も、指輪をはめると？」

「ああそうだ」

ガルフレイは真剣な表情で頷く。

やはりロウェンも同じところで引っかかりを覚えたようだ。

この世界において、護られる立場の女はともかく、男で指輪をしている者など皆無だ。

しかしアイリの世界では、そうでもないらしい。

「余は、アイリが望むのであれば、指輪のひとつやふたつはめることは構わぬ」

「さすが我が主。女神さまへの深い愛情、素晴らしいです」

「うむ。だがな――」

心配ごとはいくつもあるのだ。

「指輪の交換、だ。交換するための指輪というのは、いつからはめるべきなのだと思う?」

「……!」

ロウェンはカッと目を見開いた。彼も予想していなかった疑問なのだろう。

しかし、いざ当事者になってみると疑問しかない。

指輪の交換、というからには、普段それぞれがはめている指輪を交換し合うということに違いない。ということは、その指輪は結婚式の前よりはめていなければいけないはず。

もしかして、年季が入れば入るほどいい——といったことはないだろうか。

「一日でも早くご用意した方がよさそうですね」

「ああ、ロウェンもそう思うか。ならば明日にでも手配する」

「かしこまりまして」

アイリのためだ。この世で最も高価な指輪を作ってみせようと思う。

「結婚式は、こちらの形式で構わないとアレは了承した。だが、アレを想うならば、アレの望む指輪の交換くらいはしてやりたい」

「ごもっともです」

「うむ。——それから、ロウェン」

「まだ何か……?」

ロウェンがごくりと唾を飲み込む。

アイリの世界の文化は、ガルフレイたちが理解しえないものばかりだ。何が飛び出してくるのかと、戦々恐々としているのだろう。

「この指輪の交換とやらだが、なんと互いに左手の薬指につけることが決まっているらしい」

「左手の？　――ああ、それならばまだ、武具を持つのに影響は出にくいですね」

「そうではない。アレが言うにはな、左手の薬指というのは、心の臓と繋がっている場所だそうだ」

「心の臓と……！」

「指輪の交換というのは、互いの心を繋ぐものとなるらしい」

「なんと……！」

「つまり、指輪を交換することで、互いの命を縛りつける呪具となる」

「そのような魔法が……!?」

異世界の魔法――彼女曰く、科学というものらしいが――は、恐ろしい。この世界には存在しえない魔法効果を生み出すらしい。

「――そこまでの深い繋がりを求められると。女神さまは、それほどまでに我が主のことを！」

「そうよの。あちらの世界の愛は、深い。――アレがなかなか決断できなかったはずだ」

結婚とは命を縛る約束だなんて、こちらの世界とはまるで重みが違う。

いや、ガルフレイとて、愛情深さで劣るつもりはない。だが、彼女が結婚を渋っていた理由のひとつが、まさかこんな形で理解できるとは。

（それでも、アイリは余と生きることを了承してくれた）

なんという僥倖だろう。

彼女は元の世界の全てを失うだけでなく、自分の命まで差し出してくれるつもりだったのだ。なにがなんでも、彼女を幸せにしなければならない。改めて決意しながらも、ガルフレイは吐露する。

「で。それに近い魔法は、この世界に存在すると思うか？」

迫真の質問に、ロウェンはたっぷり十秒、目を閉じて考える。

「…………聞いたことがありませんね」

「そうよの」

ふたりして、口を閉ざす。

長い沈黙が流れ、重たい雰囲気がますます重くなった。

「余は無力よな。アレの望むようにしてやりたいのに、なかなか上手くいかぬ」

「少なくとも、結婚式までにそのような魔法を開発し、実践するのは難しそうですね」

「ああ」

他にもやるべきことは山積しているのだ。魔法研究に費やす時間はまずないだろう。

というより、ガルフレイは魔力こそ豊富だし創造の魔法も得意としているが、魔法全般に詳しいかと問われればそうでもない。戦闘に活かせそうなものはひと通り習得している自信はあるが、それ以外は必要最低限の生活魔法くらいだ。けっして、魔法研究に優れているわけではない。

「――指輪の金属を、我が主の魔力を染める。それでは女神さまには納得していただけないでしょうか」

「そのあたりが現実的だろうが、しかし――」

ガルフレイは頭を抱えたくなった。

アイリは優しい娘だ。だから、ガルフレイが精一杯考えて差し出したものを否定することはないだろう。きっと笑って喜んで見せてくれる。

――しかし、それは本当に、彼女の笑顔なのだろうか。

(期待させるだけさせておいて、実際は思ったものとは違った――と落胆させるかもしれぬな)

誰かの期待に応えるのがこうも難しいこととは思わなかった。今からすでに、プレッシャーで押しつぶされそうだ。

「それから、ロウェン」

「…………まだ、何か」

これ以上無理難題があるのかと、ロウェンは頬を引きつらせている。あの冷静なロウェンにすらこのような顔をさせるのだ。異世界の文化とは恐ろしい。

（それでも、アイリはこの世界に馴染もうと頑張ってくれている）

ならば、ガルフレイもそれに応えるだけだ。

（必ずやり遂げてみせる。指輪の交換とやらをな――――！）

そう心に決め、最後の疑問を口にした。

「指輪の交換とやらは、互いの左手の薬指にはめたものを交換すると言ったな」

「はい。確かに伺いました」

「あの世界の男女は、ほぼ体格が同じなのだという。ということは、指の太さもそう変わらぬということだが」

「あ……」

ガルフレイの言葉の意味を理解したらしく、ロウェンが硬直している。

「余とアレとでは、薬指の太さが違いすぎる」

「……そ、それはっ」

「…………入ると思うか？　余の左手の薬指に、アレのサイズの指輪が」

「無理ですね」

――今日一番の即答であった。

＋＋＋＋＋

最上の指輪を、なるべく早くに。

無茶な注文だとはわかっていたが、この国の頂点に立つふたりのためならばと、職人は頑張ってくれた。そうして、わずか五日で仕上げてくれたのだ。

ふたつの指輪が並ぶ箱が届き、ガルフレイはいそいそとアイリの元へ戻った。つい今し方まで、彼女とふたりで部屋で寛いでいたのだ。

「急な仕事？　大丈夫？」

突然呼び出されて部屋を出たものだから、アイリは少し心配そうだ。一体何があったのかと問いかけてくる彼女に、さて、どう切りだしたものかと考える。

預かった小さな箱は、ガルフレイの手のひらの中だ。彼女から見えないようにと背中側に隠し、さっと彼女の隣に腰かける。そうして彼女の腰を抱きながら、ガルフレイは深呼吸をした。

「本当にどうしたの……？」

緊張で、普段あまり見せない顔をしていたのだろう。アイリの表情が不安でさっと陰った。

いや、そんな顔をさせたいわけではないのだ。ガルフレイは決意をし、彼女と真っ直ぐ向き合うことにする。

「アイリよ」

今、この指輪を彼女に渡すことは決定事項だ。きたる結婚式の日、正式に彼女と指輪を交換するためには、一日でも早く互いに馴染ませておく必要がある。

彼女が真に喜んでくれるかどうか、いまだに不安ではある。だが、自分は覇王だ。どんなときも威風堂々と振る舞って然るべき。

そんな決意が彼女にも伝わったのだろう。アイリは息を呑み、ごく真剣な顔つきで向き合ってくれる。

（――いや、これでは戦いに赴く前のようではないか）

もう少し、愛が伝わる雰囲気にしたいところだが難しい。ぐるぐる渦巻く不安を宥め、ガルフレイは彼女に囁きかける。

「以前、そなたは言っていたな。そなたの世界には、結婚するにあたり指輪の交換をする文化があるのだと」

「――！」

アイリがはっと息を呑んだ。瞬間、その頬もぱっと赤く染まる。

どうやら彼女にとっては、とても嬉しい話題だったらしい。まずは好感触でほっとする。

（あとは、がっかりさせぬようにするだけか）

それがとても難しいのだが。

だが、もう後には退けない。だからガルフレイは、隠していた箱をすっと差しだした。

深紅のビロードで包まれた上品なその箱を、彼女の目の前で開けてみせる。

「これ――」

彼女の目が見開かれる。黒曜石の瞳がきらきらと輝き、潤みを帯びていく。

「——もしかして、結婚指輪？」

「ああ、そうだ」

彼女はくしゃりと目を細める。

感極まった。それが伝わる最高に美しい表情だった。

急いで作らせてよかったと、心がぐっと熱くなる。

「余と指輪の交換をするのだろう？」

「うそ。本当に……？」

「ああ。そなたが望むのなら、なんだって」

「うれしい」

アイリは両手を口元にあて、肩を震わせている。心の底から喜んでくれているのがわかって、ガルフレイも歓喜する。

「まずはこれを、そなたの左手の薬指にはめる。——そうだな？」

「はめて、くれるの？」

「もちろん。——アイリ、手を」

そう言うと、彼女はこくりと頷いて、そっと左手を差し出してきた。

白状すると、サイズの問題はどうにも解決できていない。だから結婚式当日の交換にあたって、改めてサイズを調整しなければいけない。それをどう説明したものか悩む。

ただ、今はアイリがとても嬉しそうで、水を差したくない気持ちが勝る。覇王でありながら情けないものだと思いつつも、彼女のサイズに合わせた小さい方の指輪を摘まむ。

そうして彼女の左手の薬指に、ゆっくりとその指輪をはめていった。

「ふふっ」

アイリがずっと、にこにこそわそわしている。——ああ、なんと愛らしいことだろう！

この笑顔をずっと見ていたい。そのような気持ちが膨らんでいく。

「私も、ガルフの指にはめていい？」

「もちろんだ」

まさかアイリ手ずからはめてもらえるとは思わず、ガルフレイは破顔する。

「相変わらずおっきな手」

アイリは少しソワソワした様子だった。もう触れ慣れているはずなのに、はにかみながらこの手をとってくれる。

そうしてケースにはめられたもう一方の指輪を手に取り、ゆっくりとガルフレイの指にはめていく。

（なるほど、これは——）

愛する者の手によって、指輪で縛られるような感覚。今は何かの魔法で縛られているわけでもないのだが、確かに、特別な儀式のように感じる。

悪くない。——いや、素晴らしいものだ。

今まで経験したことのない種類の、感動に似た感覚。それが胸の奥に芽吹いていくのを感じる。ただ、この感動をどうにも言語化できなくて、ガルフレイはずっと押し黙っていた。

「一足先に、結婚式できちゃった気分」

「――？」

しかし、彼女の口から溢れた言葉に片眉を上げた。

いや、これはあくまで結婚式に向けた準備の一環である。この指輪を、この後どのような手順で交換に至らせるのか。それがいまだに懸念事項ではあるのだが。

「指輪の交換、ちょっと憧れてたの。こうしてふたりきりで交換するのも素敵だね。――ありがと、ガルフ」

そう言いながらアイリは、指輪をこつんとぶつけ合うように互いの左手を重ねる。大満足そうににこにこ笑ってから、今度は自分の左手を、まるで宝物のように己の胸に押しつけて握り込む。

「この指輪、一生大事にするね」

まさに女神の微笑みであった。こうも喜んでもらえて、こんなにも幸せなことはないのだが。

（その指輪を？）

なんとも違和感があった。

だって、今彼女がはめているその指輪は、やがてガルフレイの手元に渡るべきものだ。

（余の存在ごと大切にする、と言う意味か？）

異世界の文化は本当に解釈が難しい。ガルフレイは元々口数が多い方でもない。感覚の擦り合わせが上手にできず、困惑する。

「――ガルフ？　どうしたの？」

「あ、いや。――やがて我が手元に渡るべきそれにも、愛情を深く込めてくれるとは。さすが余の女神だと思ってな」

「ん？」

ぽろりと溢れ出た本音に、アイリは小首を傾げた。

「手元に、渡る？」

「ああ。アイリは、指輪の交換を所望している。ならば、結婚式の当日にはこれを互いに交換する。そうだな？」

いよいよ、どうにもならなかったサイズの事やら、指輪に込める魔法について懺悔せねばならないらしい。つい表情が強張るも、アイリはアイリでそれどころではなさそうだ。

「え？　交換って、そういうこと⁉」

いや、なぜ彼女がびっくりするのだろうか。

「違うよね？　今、交換したよね？　これ、もらっていいんだよね⁉」

「――む？」

ガルフレイは片眉を上げた。どうにも話が見えない。

「指輪の交換って、お互いに指輪をはめ合うってことで！　今、したよ！　これで全部だよ⁉」

「何⁉」

ここに来て明らかになる〈指輪の交換〉の全貌に、ガルフレイは驚愕の声をあげた。

「――聞くが、アイリ」

「うん」

「互いの心の臓を縛るという魔法は？」

「は？」

――アイリが、一体何を言っているのかわからないという顔をしている。その表情を見ただけで、ガルフレイはそのような魔法が存在しないことを悟った。

「……そもそも、互いが事前にはめている指輪を、交換し合うという意味ではなかったのか」

「え⁉　そんなまさか」

アイリはきょどきょどしながら、互いの左手の薬指に視線を行ったり来たりさせている。

彼女は考えが全部顔に出る。今もきっと、さすがにそれは無理なのでは？　と思っているのだろう。あきらかに頰を引きつらせている。

「――――こほん！　あのね、ガルフ」

ガルフレイが色々思い違いをしていたらしいことを悟ってくれたらしい。アイリが改めて、こちらに向きなおった。

「指輪の交換、今、したからね。今、はめてもらったこの指輪、私、一生外さないんだから」

口を尖らせながら、わざわざ「今」を強調している。

「ガルフにだってあげないよ？　これ、私のだからね」

そう主張する彼女がたまらなく愛しい。

すっかり見とれていると、彼女はぱっと微笑んだ。くすくすと笑いながら、こちらの手を握ってくる。

「だから、ガルフも大切にしてくれたら嬉しいな。——その、お仕事の邪魔になるかもだから、外すなとかは言わないけど。でも——」

「外さぬよ」

きっぱりと宣言する。

彼女の手をぐいっと引き、腕の中に抱き込んでから、耳元で囁く。

「外してなるものか」

——結婚式当日に、という計画が、まさかこんな形で崩れることになるとは思わなかった。やはり異世界の文化の違いというのは、ままならないものだ。

しかし、ちっとも嫌な気分にはならない。むしろ、面白いくらいだ。

「そなたの深い愛情、確かに受け取った。そなたの愛、そしてそなた自身を一生大事にすると誓おう」

アイリがゆっくり顔を上げる。きらきらと輝く黒い瞳と目が合った。

（ああ、本当に愛おしい）

この腕の中に摑まえたガルフレイの女神。一生、彼女のことを手放してなるものか。

そうしてガルフレイは、花が綻ぶように微笑む彼女に誓いの口づけを落としたのだった。

あとがき

みなさまはじめまして、こんにちは。浅岸久と申します。

このたびは『覇王さま、大きすぎますっ！　最強王者は実は粗●ン⁉　転生聖女のヒミツの閨事情』をお手にとってくださり、ありがとうございます。

さて、こちらのお話は二〇一九年にムーンライトノベルズで連載し、第五回ムーンドロップス恋愛小説コンテストにて佳作を頂いた作品となります。二〇二三年四月頃にルキアさまから電子書籍化をしていただき、さらに今回ムーンドロップス文庫さまより書籍化いただく運びとなりました。

実は、丁度このあとがきを書いているのは夜。そして現在、外は雷鳴が鳴りひびいております。この状況によりいっそうの縁のようなものを感じ、「覇王さま、これまで長い道のりを歩んでいらっしゃったなあ」と感慨深い気持ちになっております。本当に、たくさんの読者様と出会える機会を頂けてとても嬉しいです。

さてそんな本作ですが、出オチ上等、ＴＬ作品として大丈夫なのかなという、なかなか「漢！」な世界観のお話となっております。この世は力がすべて！　な、雷鳴鳴りひびく異世界に飛ばされてしまったアイリが、異世界の価値観や倫理観、文化などに戸惑いながらも、覇王さまと交流を深めていく物語です。

　覇王さまをはじめとした脳筋万歳なマッチョ男子をたくさん書けてとても楽しかったです。中でも覇王さまは、豪胆で懐深いところと繊細さを兼ね備えた男前な性格になればいいなあと思いつつ仕上げましたので、少しでも気に入って頂けましたら嬉しいです！

　そんな覇王さまですが、今回、蜂不二子先生により、大変男前ですばらしいマッチョに仕上げていただきました！　蜂先生の描かれる美男子らしさと、覇王さまの逞しさが見事にマッチして、キャラデザが上がってきたときに画面の前で拍手喝采をしておりました。アイリもすっごく素敵なスポーツ女子で、セクシーな衣装とのバランスが最強で、「この体格差カップル……好き……！」と、拝み倒しております。蜂先生、本当に素晴らしいイラストの数々をありがとうございました！

　また、ご指導いただきましたご担当さまをはじめ、刊行に携わってくださった出版社のさま、そしてこの本をお読みくださいました読者の皆さまにもお礼申し上げます。本当にありがとうございました！

　では、またお会いできますように。

浅岸　久

本書は、電子書籍レーベル「ルキア」より発売された電子書籍『覇王さま、大きすぎますっ！　最強覇王さまは実は粗●ン!?　屈強な彼とのヒミツの閨事情』を元に加筆・修正したものです。

★著者・イラストレーターへのファンレターやプレゼントにつきまして★
著者・イラストレーターへのファンレターやプレゼントは、下記の住所にお送りください。いただいたお手紙やプレゼントは、できるだけ早く著作者にお送りしておりますが、状況によって時間が掛かる場合があります。生ものや賞味期限の短い食べ物をご送付いただきますとお届けできない場合がございますので、何卒ご理解ください。
送り先
〒160-0022　東京都新宿区新宿 1-36-2
（株）パブリッシングリンク
ムーンドロップス 編集部
○○（著者・イラストレーターのお名前）様

覇王さま、大きすぎますっ！
最強王者は実は粗●ン!?
転生聖女のヒミツの閨事情

２０２３年１２月１８日　初版第一刷発行

著……浅岸 久
画……蜂不二子
編集……株式会社パブリッシングリンク
ブックデザイン……しおざわりな
（ムシカゴグラフィクス）
本文ＤＴＰ……ＩＤＲ

発行人……後藤明信
発行……株式会社竹書房
〒102-0075　東京都千代田区三番町８－１
三番町東急ビル６Ｆ
email：info@takeshobo.co.jp
http://www.takeshobo.co.jp
印刷・製本……中央精版印刷株式会社